元曲三百首

注评

——任中敏　卢前　选编——王星琦　注评——

凤凰出版社

图书在版编目（CIP）数据

元曲三百首注评 / 任中敏，卢前选编 ；王星琦注评
. -- 南京 ：凤凰出版社，2015.5（2017.4重印）
（凤凰经典·名著精评本）
ISBN 978-7-5506-2134-3

Ⅰ. ①元… Ⅱ. ①任… ②卢… ③王… Ⅲ. ①元曲－注释 Ⅳ. ①I222.9

中国版本图书馆CIP数据核字(2015)第045903号

书　　名	元曲三百首注评
选　　编	任中敏　卢　前
注　　评	王星琦
责任编辑	陆　扬
出版发行	凤凰出版传媒股份有限公司 凤凰出版社(原江苏古籍出版社) 发行部电话025-83223462
出版社地址	南京市中央路165号,邮编:210009
出版社网址	http://www.fhcbs.com
照　　排	南京凯建图文制作有限公司
印　　刷	江苏凤凰通达印刷有限公司 南京市六合区冶山镇,邮编:211523
开　　本	889×1194毫米　1/32
印　　张	7.75
字　　数	230千字
版　　次	2015年5月第1版　2017年4月第2次印刷
标准书号	ISBN 978-7-5506-2134-3
定　　价	32.00元

(本书凡印装错误可向承印厂调换,电话:025-57572508)

前　言

一部中国古代诗歌史，也可以看作是诗体的递嬗、演变史。诗经、楚辞、汉乐府、古诗、近体，一路发展下来，及于宋词、元曲，体式上不断翻新，各有其繁盛与辉煌的时期。便是王国维所说的“一代有一代之文学”。不过，所谓体式上的翻新，并非另起炉灶，凭空而来，相反倒是新中有旧，或是直接的承嗣传续，或是背离了一种连续性传统，而返祖归根，接受的是另一种传统。以元曲言之，剧曲不论，作为诗歌体式的元散曲，所接受的并非宋词的传统，而是古乐府的传统，元人自己就明确地将元散曲径直称为“我大元乐府”。元人巴西邓子晋《太平乐府序》有云：“今中州小令套数之曲，人目之曰乐府，亦以重其名也。举世所尚，辞意争新，是又词之一变，而去诗愈远矣。”

话说得非常清楚，元人目之为乐府的散曲，与词和诗，均相去甚远，称之为元人新乐府，庶几近之。虞集也说“北乐府出，一洗东南习俗之陋”（《中原音韵序》）。何谓之“东南习俗”？显然是指词调的末流之弊。说得更清楚些，是北乐府焕然一新，使得词之末流黯然失色。邓子晋所言“辞意争新”，特别值得注意。即是说，体式一新，其意自然也就新了。形式虽然不能完全决定内容，至少可以影响内容。李渔在谈到“意新”时，颇有独见，所言虽是针对词的，但对曲似更为恰当：“所谓意新者，非于寻常闻见之外别有所闻所见，而后谓之新也。即在饮食居处之内，布帛菽粟之间，尽有事之极奇，情之极艳，询诸耳目，则为习见习闻，考诸诗词，实为罕听罕睹。以此之新，方是词内之新。”（《窥词管见》）

我们读元散曲，明显感到它与诗词韵味上差异极大，在意趣上，则更不相侔。诚如钟嗣成所说的："吾党且啖蛤蜊，别与知味者道。"（《录鬼簿序》）总之，一句话，我们在读元散曲时的审美感受，与读传统诗词时是完全不同的。这与北乐府体式之新、意趣之新，有着内在的、也是必然的联系。

语言上脱胎换骨般的变化，也使得元散曲获得了古代诗歌史上卓然独立的地位。韦勒克与沃伦曾精辟地指出："真正的诗歌史是语言的变化史，诗歌正是从这种不断变化的语言中产生的。"（《文学理论》第 14 章，三联书店版第 186 页）且看乔吉的一首小令：

> 眼中花怎得接连枝？眉上锁新教配钥匙，描笔儿勾销了伤春事。闷葫芦铰断线儿，锦鸳鸯别对了个雄雌。野蜂儿难寻觅，蝎虎儿干害死，蚕蛹儿毕罢了相思。

此曲纯用口语，通体用比。无非说的是情变后的失落，却反反复复，在近乎絮叨之中，活脱脱地揭示了一个失恋少女细微真切的心理情态。这样的例子是不胜枚举的。

宋元时期是汉语言变化最活跃的时期。在中古语言向近古语言过渡的过程中，中原语言与北方各少数民族乃至域外语言碰撞并相互渗透，从而变得丰富且相互缠夹。因此，《中原音韵》出现于元代中后期，决非偶然。龙潜庵先生曾明确指出："宋元语言与现代语的渊源关系，由于时代较近，就更为密切，好些宋元语言直到现在仍然流行或保留于某些方言之中。"（《宋元语言词典·序》）这里可以举一个小例子。在张可久的散曲作品中，至少有两处用到"锦胡洞"（锦湖洞）。一是［双调·折桂令］《酒边分得卿字韵》云："客留情春更多情，月下金觥，膝上瑶筝。口口声声，风风韵韵，袅袅亭亭，锦胡洞。"又［越调·小桃红］《寄春谷王千户》云："紫箫声冷彩云空，十载扬州梦，一点红香锦湖洞。"这二曲中的"锦胡洞"是什么意思？据上下文推断，可知是青楼北里之意。卢前校勘云："抄本作胡洞，何校本作衚衕。"原来，胡洞就是今之胡同，即小巷。前着一"锦"字，便指花街柳巷，这在旧北京“八大胡同”的称谓中仍可循到一点消息。这种用法大约始于元大都时期。胡同这个词，正是从蒙古语译音转借而来的，hudag 在蒙语中是“井”的意思，用于汉语则由“有水井处”转而为“幽街曲巷”之意。考诸北京和东北三省语言，胡同多是因水井而得名（可参阅方龄贵《元明戏曲中的蒙古语》第 322 页，汉语大词典出版社，1991）。举一而反三，仅就“胡同”一词，即可见出宋元之际语言变化的情况。此后，不仅是在散曲文学中，就是在戏曲小说中，“胡同”之用，已是屡见而不鲜了。如明朱有燉[北南吕·一枝花]《风情》套有云：“正你那花胡同行休再，锦排场少去挨。”其用法与元杂剧和元散曲中相同，以“胡同”前加一“花”字（或“锦”字），喻指青楼、勾栏。而在小说中，《西游记》、《金瓶梅》等，都不乏用例。

行文至此，忽然想到叶梦得《避暑录话》中所说“凡有井水处，皆能歌柳词”的说法，一向人们以为这是说柳永词流布之广远。是否也可以将“有井水处”理解为烟花巷陌，因为这更切合于柳词在歌妓中传唱的情况。若是，“胡同”一词当在南宋时就已传入中原了，或许是蒙古语借助于女真人不胫而走亦未可知。

以上我们从体式与语言之变异方面，概要说明了元曲新变与代兴的意义。笔者曾在一篇文章中指出，元散曲出现在我国古代诗歌史上，正应了马致远“青山正补墙头缺”之语，它弥补并丰富了我国诗歌乃至韵文文学的形式与内涵，补阙之功盖莫大焉。我一直都认为，元曲是一种完全独特的艺术，甚至是人们通常理解的传统文学艺术中的“另类”，元人是完全将“大元乐府”视为“新声”的。而后人往往误读元曲，甚至是一误再误。如人们非要将其与诗词捆绑在一起来谈，说什么词是“诗余”，曲是“词余”之类的废话，其实曲就是曲，它是一种独立的诗体；又如人们往往用经典主义的先入为主的阅读、唯美主义的不无曲解的批评，甚或以纯学究式的臆测与演绎来阐释元曲，殊不知元曲早已逸出了传统的经验主义的命题之外，而且每每与传统的形式主义、精英主义乃至文学主义的要旨相冲突。它是与此前任何一体文学都判然有别的、融大俗大雅于一体的绝唱。它汲取古乐府精神，以天真率意为旨归，带着浓重的民间文学情调。它是真正意义上的“大众文化”，是当时的“流行歌曲”。没错，娱乐性、消费性、通俗性、商业化、世俗化等等特点，它统统具备。所谓“时新小令”、“尖新茜意”、“说尽道透”、“曲而不屈”云云，无非是说它与正统文学的种种差异。故而对这种特殊时代的特异“时调”，必须以特殊的、个案性的阅读心理去细细体味。否则，难免枘凿不入。俄国形式主义文论家什克洛夫斯基说得好：“新的艺术形式的产生是由把向来不入流的形式升为正宗来实现的。”(《情感之旅》)元曲其庶几乎！

在对元曲所谓思想内容的理解上，我们过去也有不少的误解。如将隐居乐道视为元人在逃世、避世，就是泛泛的、笼统的、含混的，甚至是隔靴搔痒的。元曲家何曾逃世？避世避到哪里去？若真的是逃避，还哪儿会有那么多的牢骚愤懑，避之尤恐不及，当是一种“失语”状态，明哲保身嘛。元曲家们乖时怨命，然内心决非一潭死水，波澜不兴，而是垒块在胸，芒角峥嵘，常常是淋漓酣畅，一吐为快。与其说是逃避，不如说是无奈：

带野花，携村酒。烦恼如何到心头！谁能跃马常食肉？二顷田，一具牛，饱后休。

佐国心，拏云手。命里无时莫刚求，随时过遣休生受。几片绵，一片绸，暖后休。

带月行，披星走。孤馆寒食故乡秋，妻子胖了咱消瘦。枕上忧，马上愁，死后休。

这是马致远[南吕·四块玉]《叹世》组曲，原共九首重头曲。上面三首分别写的是食、衣、住(行)，曲中勃勃跃动着一股挥之不去的磊落不平之气，与逃避丝毫不涉。作者屈为小吏，为人驱使。晚年退隐了，心气却始终无法抚平。作者的遭遇，与元代社会制度、特别是选官制度，是直接相关的，所以他认命。这个命，不是别的，乃“是中国文化、东方文化中人生哲学的最高哲学”。“‘命’是什么？‘天’又是什么？在中国哲学中是大问题。……儒家观念中的‘命’是宇宙之间那个主宰的东西，宗教家称之为上帝、为神或为佛，哲学家称之为‘第一因’，而我们儒家称为‘命’。……所以这‘命’与‘天’两个东西，可以讨论一生的，也许一生还找不到它们的结论。”（南怀瑾《历史人生纵横谈》）反正这个“命”与打卦占卜算命的那个命，不是一回事。

还有一种误读，就是动辄就以积极与消极来看待元曲，元代的社会相当复杂，元代士人的心理就更其复杂。为了节省篇幅，我们还是举一个具体例子来谈这个问题。先看关汉卿的一首[四块玉]《闲适》小令：

适意行，安心坐，渴时饮饥时餐醉时歌，困来时就向莎茵卧。日月长，天地阔，闲快活。

此曲应心随口，自然流出。追求的是一种适意的、悠闲的生活情趣，可谓究于天人之理义，合于自然之精神，其中渴饮饥餐醉歌，又似受到全真道思想的影响。事实上这只是一种理想的生活状态，元代士人心向往之，并非就是已然这般生活了。且此曲在“闲适”的背后，仍藏有愤世嫉俗和磊落不平。元曲家每每言“闲快活”，差不多成了口头禅。不必一看到“闲快活”就以消极斥之。元曲家的“闲快活”，实有特定所指。特别是元初士人，家山依旧，却舆图换稿，连进身之阶也断绝了，生存一时间都成了问题，如何快活得起来呢？因而，这“快活”实质上是反话，是至哀至痛之语。或者说，这“快活”是忘的结果。张申府先生别解“快活”二字，耐人寻味不已，似有助于我们理解元散曲中的这个“闲快活”：

快活在于活得快。
活得快时必有所忘。
快活实尤在于忘。
忘时必有合。

快活更在于合。
是故天人合一为许多哲家之最后归宿。
美是一切事理之标准。
而忘为人生最大目的。
柏格森说，要活不得不有所忘。
岂但如此，要快活便更不得不有所忘。

（《所思》）

看来元人的“闲快活”，最终目的是为了忘。于是他们羡刘伶，崇陈抟，刘纵酒，陈嗜睡，而醉与睡的状态，都可以暂忘。这样去想问题，就不难理解元曲家们的乖张与放纵了。暂忘的背后，是深不可解的矛盾与痛苦，是无际无涯的彷徨与惆怅。其与积极、消极原是不搭界的。读元曲有时确须横看竖看，更须反过来看。元曲家们的气话、牢骚言、忿忿语，有时是当不得真的；而有时他们的俳谐与滑稽，戏谑与调笑，甚至插科打诨，却是至为严肃的，又必须观之以巨眼。这是要在阅读欣赏中区别对待的。读得多了，自有会心会意之处。

关于元曲的独特性以及阅读元曲时所应注意的问题，固不止以上数端，这里只是就笔者个人的阅读感受，撮其要者罢了。相信读者各自都会有不同的心得体会。关于具体作品的分析评骘，可以去看本书中的注、评。末了，简单谈谈本书体例上的一些问题。

任中敏先生选编《元曲三百首》，始于上世纪二十年代。正如卢前先生所说的，《元曲三百首》之辑，“盖踵蘅塘退士之于唐诗，彊村翁之于宋词而为者”。即为满足一般读者的需求，精选元曲，以便于普及元曲的阅读与欣赏。1931 年，上海民治书局有铅印本，收元曲小令 300 首，编为一卷，附录一卷，署任中敏辑。1943 年，卢前先生取任辑本加以修订，理由是“卷中所录颇不称（不平衡——引者）。或二三首，或十数首，而张可久多至七十二首。选录初毕，殊未自惬”（《原序》）。即是说，任、卢二先生都不满意。时值抗战时期，卢前先生的修订颇有想法："而今日之世，为五千年来所未曾睹，凡百旧文，何足状当前情事万一；描影绘声，惟酣畅淋漓、直不屈之曲体其庶几乎！"居于重庆北碚的卢前先生，乃借元曲家的牢骚愤懑，以贬时讥世也。现在容易见到的，有 1945 年重庆中华书局印本，署任中敏编，卢前重订。1947 年上海再版，32 开本 60 页。此后陆续有些印本，皆舛误较多。上世纪 80 年代以来，坊间有不少翻印本，多署任中敏、卢前编，如湖北人民出版社 1994 年版等。本书依据的版本是江苏广陵刻印社 1998 年版。这个本子校勘较精，宣纸铅印，仿线装，上下两册一函，精美大方。但这个本子也有些问题，目录所列曲目，只列曲牌，不标宫调，一仍旧本。本书根据《全元散曲》以及《钦定曲谱》(《康熙曲谱》)，将宫调一一补齐。又，广陵本《出版说明》称其所收曲为 308 首，然马致远、张可久二家虽注明分别收 32 首、42 首，实际上马致远是 31 首，张可久是 40 首；全书总收也非 308 首，而是 297 首。这很可能是卢前先生"略加删定"时就已误数，以后各本沿其误，未加改正。本书目录上标注数目亦未加擅改，为的是保留历史原貌，故在这里加以说明。

为了方便读者，每一作者第一次出现时，本书都撰写一个作者小传，以便于知人论世，分析作品。第一次出现的曲牌，也根据曲谱加以介绍，并将其定格句式列出，这对于作品艺术特色的分析和总体韵味的把握，似不可或缺。

书中每首曲子，我们都与《全元散曲》以及元人所编散曲集互校，重要的置于注文中说明。

关于本书注释，以力求简洁、方便读者为务。典故一般概括其大意，拈出出处；重复出现时或采取互见形式说明，或高度概括其用意。对于宋元俗语谣谚等，径直说明其意，不溯源逐流考其原委，亦不引例句。

"品评"务求言之有物，有话则长，无话则短。在简洁凝练地阐明评者观点的同时，尽量站得高些，视野开阔些，切实揭出品评人的艺术感受与心理体验，力避空洞与浮泛。

任中敏先生所辑的这个选本，在历史上起到了普及元曲的作用，功莫大焉，自有其不可替代性。但今天看来，局限也是明显的。马致远与张可久、乔吉选得还嫌多，而前期大家如关汉卿等似乎还可以略有增加。特别是无名氏的曲子，多有精彩杰作，也应有所增加。如无名氏的[双调·山丹花]小令以及[中吕·朝天子]《志感》等，皆为不可多得的佳构，未选进来很是可惜。此外，只选小令不选套数，也是令人遗憾的。严格说来，它应名之曰《元曲小令三百首》。不过，选辑作品是件难事，难免顾此失彼。时至今日，尚无一个超过此本，并为学术界所公认的本子。因此，重新校勘、注评这个本子，还是很有意义的。

虽然我们做了切实的努力，但本书一定还存在这样那样的问题。顾此而失彼之弊，疏漏与舛错之处，在所难免。尚望读者与同行专家多多赐教，以便我们修订再版时，能加以改正和弥补。

原　　序

昔吴公子札观周乐，闻大雅，曰："曲而有直体"；颂，则曰："曲而不屈。"前尝假"直"、"不屈"二义，论有元之曲。夫唐诗、宋词、元曲，自时代言之者，各有其所胜。然诗必雅正，词善达要眇之情，曲则庄谐并陈，包涵恢广。自体制言之，亦各有其专至，不相侔也。惟诗在唐后，一再演变，虽曰未穷，途径之凿辟殆尽。若词随宋亡而亡，形体徒存，不复能别开异境。独曲未造极，世称元曲，顾曲实非元所能尽耳。

往在南都，中敏有《元曲三百首》之辑，盖踵蘅塘退士之于唐诗，彊村翁之于宋词而为者。时元曲传本，仅有杨朝英二选与天一阁藏《乐府群玉》；诸家别集及《乐府新声》尚未得见，故卷中所录颇不称。或二三首，或十数首，而张可久多至七十二首。选录初毕，殊未自惬。今年，前从闽海还渝城，居北碚山馆，纂全元曲二百二十八卷成，因取中敏旧选，略加删定，去南都始订兹编且十七年矣。而今日之世，为五千年来所未曾睹，凡百旧文，何足状当前情事万一；描影绘声，惟酣畅淋漓、直不屈之曲体其庶几乎！是涵泳无妨元曲之中，而取材必在元曲之外，《元曲三百首》者，聊备体格，供来者之玩索而已。

卢　前

民国三十二年十月十日

目　　录

无名氏(二十首)

元好问（一首）

元好问(1190—1257)，字裕之，号遗山，太原秀容(今山西忻州)人。七岁能诗，号为神童。十四岁从郝天挺学，淹贯经史百家，六年学成，为礼部赵秉文所赏识，一时名震京师，人称“元才子”。金宣宗兴定五年(1221)进士，曾任尚书省左司都事，转员外郎。金哀宗天兴二年(1233)，入翰林知制诰。金亡不仕，以著述自任。为一代文宗，以文章独步近三十年，元初文士多从其学。元世祖在藩邸闻其名，将以馆阁处之，未用而卒。有《遗山集》、《中州集》、《壬辰杂编》等行世。散曲作品传世者不多。朱权《太和正音谱》评其词谓“如穷崖孤松”。

[双调·小圣乐]①骤雨打新荷

绿叶阴浓，遍池塘水阁，偏趁凉多。海榴初绽②，妖艳喷香罗③。老燕携雏弄语，有高柳鸣蝉相和。骤雨过，珍珠乱糁④，打遍新荷。　人生有几？念良辰美景，一梦初过。穷通前定⑤，何用苦张罗⑥。命友邀宾玩赏，对芳尊浅酌低歌。且酩酊，任他两轮日月，来往如梭。

【注释】① 小圣乐：据陶宗仪《南村辍耕录》卷九《万柳堂》条记载，廉野云、卢疏斋、赵松雪等于京师万柳堂宴集时，有歌妓解语花歌[小圣乐]曲“绿叶阴浓”，谓[小圣乐]属[小石调]，“元遗山先生好问所制，而名妓多歌之，俗以为[骤雨打新荷]者是也”。《太平乐府》以此曲入[双调]，并将[骤雨打新荷]作为曲牌名。据《九宫大成谱·总论》引《宋史·燕乐志》，知[双调]、[小石调]俱属商声七调。吴梅《北词简谱》谓：“此实是诗余，故从无入套者。”乃将其视为词调。② 海榴：即石榴，因其自海外传入，故有此称。③ 妖艳喷香罗：是说石榴花刚开放，红艳如绸。喷：怒放；罗：绫罗类丝织品。以上二句似化用元稹《早春登龙山静胜寺》中“海榴红绽锦窠匀”句意。

④ 糁(sǎn):散落、洒下。⑤ 穷通前定:穷困和显达本是前生就注定了的。语本《庄子·让王》:"古之得道者,穷亦乐,通亦乐,所乐非穷通也。"⑥ 张罗:宋元俗语,犹言筹措、谋划。

【品评】遗山为一代文坛巨子,偶为词曲,则出手不凡。其写景明丽爽畅,写情疏狂豪宕,一气贯注,浑化无迹。如此,岂能不脍炙人口、流布广远。上片写景,艳而不冶,闹而不喧,意境特出;下片抒情,熟而不俗,似醉犹醒,别具一段心绪。读此曲多以为其表达及时行乐,情调消极。殊不知金元间士人遭逢不遇,苦苦求索生命意义,骨子里的积极求索往往藏于表面的消沉之中。遗山内心深处的情怀自是芒角四射的。这种内心矛盾重重,却又不甘沉沦的情怀对有元一代的士人影响极为深刻。卢前先生《蠙庐曲谈》有云:元遗山"所作曲虽不多,而甚超妙,其《骤雨打新荷》小令即是"。"超妙"之处恰恰在于曲中寄寓的磊落不平之气,读者须潜心凝思,反复深味之。

杨果（二首）

杨果（1195—1269），字正卿，号西庵，祁州蒲阴（今河北安国）人。早年曾流寓许昌等地，授徒为业。金哀宗正大元年（1224）进士，历任偃师、蒲城、陕县令。入元后，河南课税杨奂起用为经历，后又被史天泽举为参议。中统元年（1260），为北京宣抚史，次年拜参知政事。至元六年（1269）出为怀孟路总管，以老致仕。卒，谥文献。《元史本传》称其“性聪敏，美风姿，工文章，尤长于乐府”。有《西庵集》，今不传。散曲作品现存小令 11 首，套数 5 套。《太和正音谱》评其曲曰：“杨西庵词，如花柳芳妍。”

[越调・小桃红]① 采莲女② 二首

采莲人和采莲歌③，柳外兰舟过④。不管鸳鸯梦惊破。夜如何？有人独上江楼卧。伤心莫唱，南朝旧曲⑤，司马泪痕多⑥。

采莲湖上棹船回⑦，风约湘裙翠⑧。一曲琵琶数行泪。望君归，芙蓉开尽无消息⑨。晚凉多少，红鸳白鹭，何处不双飞。

【注释】 ① 小桃红：越调曲牌，又名[采莲曲]、[武陵春]、[绛桃春]、[平湖乐]等。定格句式为七五七、三七、四四五，八句六韵。② 采莲女：杨果今存小令 11 首皆用[越调・小桃红]调牌，其中 8 首一组见于《阳春白雪》，无题。而另 3 首见于《太平乐府》，题作《采莲女》。以上所选 2 首均出自无题 8 首一组，为原第 2、第 8 首。③ 和（hè）：即唱和，相互应和。④ 兰舟：又作“木兰舟”，船的美称。旧题南朝梁任昉《述异记》下有云：“七里洲中，有鲁般（班）刻木兰为舟，舟至今在洲。诗家云木兰舟，出于此。”⑤ 南朝旧曲：指南朝陈后主所作的《玉树后庭花》，它向来被视作亡国之音。这里似借以指引发离人伤感的歌曲。⑥ 司马泪痕多：唐代诗人白居易于元和年间被贬为江州司马，他作于这时期的《琵琶行》诗，借歌女身世以抒发自己失意的悲哀。诗的末两句谓："座中泪下谁最多，江州司马青衫湿。"此取其意。⑦ 棹(zhào)船：方言，即划船、撑船。⑧ 风约：犹风掠、风拂。⑨ 芙蓉开尽：指时序已是秋季了。芙蓉：荷花的别称。

【品评】二曲皆写离人相思之情。"独上江楼卧"之叹与鸳鸯双飞之羡，是同一思绪的不同说法。音乐的穿插其间，更增无限凄凉，且有余音缭绕，不绝如缕之韵致。杨果这组曲子，仍可见出词向曲过渡的痕迹，风格较为典雅。或以为前一曲是悼金亡之作，恐不确。"南朝旧曲，司马泪痕多"二句，不过是取曲调之哀婉，令人伤心落泪之意。从一组曲看，基调都是写离人相思之情的。

刘秉忠(三首)

刘秉忠(1216—1274),初名侃,出家为僧后又名子聪,及入仕后始更名秉中,字仲晦,号藏春散人。其祖籍瑞州(今江西高安),世代仕辽,曾祖官邢州(今河北邢台),遂移家任所。少时曾为邢台节度府令史,寻弃去,隐居武安山中。后于云中(今山西大同)得遇元世祖,被重用。以征大理、攻南宋功勋卓著,至元初拜光禄大夫,位至太保,参预中书省事,对元蒙开国多有建树。死后追赠太傅,封赵国公,谥文贞。一生著述丰富,有诗文集32卷,《藏春集》6卷等。其散曲善于汲取民歌营养,散淡萧疏,今存小令12首。

[南吕·干荷叶]①三首

干荷叶,色苍苍②,老柄风摇荡。减清香③,越添黄。都因昨夜一场霜,寂寞在秋江上④。

干荷叶,色无多,不耐风霜剉⑤。贴秋波,倒枝柯。宫娃齐唱采莲歌⑥,梦里繁华过⑦。

南高峰,北高峰,惨淡烟霞洞⑧。宋高宗⑨,一场空,吴山依旧酒旗风,两度江南梦⑩。

【注释】① 干荷叶:又名[翠盘秋],本是以“干荷叶”起兴的民间小调。或以为其取荷叶干后只剩光杆之意,用为鳏夫之曲。刘氏一组8首中有的可能就是“始曲”,即咏鳏夫愁苦的。此令曲定格句式为三三五、三三、七五,七句七韵。此组曲8首《乐府群珠》总题作《即名漫兴》,意思是就“干荷叶”之名随意抒发。据此,原8首中的后4首今人多疑为误收,当归于无名氏。这里所选3首分别为原第1、第4、第5首,故末一首未必为刘秉中作。

② 苍苍：言色已衰老。③ 减清香：《全元散曲》作“减了清香”。④ “寂寞”句：当由杜甫“鱼龙寂寞秋江冷”（《秋兴八首》之四）句点化而来。⑤ 剉（cuò）：即摧剉，是折磨、摧残之意。⑥ “宫娃”句：由唐许浑“吴娃齐唱采莲歌”（《夜泊永乐有怀》）句变化而来。宫娃：宫女，吴地通称少女为娃。采莲歌：当指南朝梁武帝所制《采莲曲》。⑦ “梦里”句：繁华景象如同梦境般过去了。古“花”、“华”二字通，故这里有双关意。⑧ 烟霞洞：在杭州西湖。这里代指南宋偏安临安。⑨ 宋高宗：南宋第一个皇帝赵构。他于1127年登基，建炎三年（1129）在杭州设行宫。至绍兴八年（1138）正式定都杭州，从此偏安势成。⑩ 两度江南梦：历史上于杭州建都的王朝，除宋高宗外，还有五代时吴越王钱镠。或以为“两度”乃指六朝兴废与南宋之亡。

【品评】前面两首，就“干荷叶”之名，随意抒发：一写寂寞孤零，一写繁华如梦如烟，都有某种多意性含蕴。然它毕竟是在以“干荷叶”说事，比兴一如民歌，视作“始曲”可也。或许刘秉中将民歌取了来，略事润饰，亦未可知。后面一首，情形有所不同，关键它并非“即名”，只有“漫兴”，故可视为[干荷叶]调牌传布开来以后，人们只取其调度曲，而不再是调名与内容统一之“始曲”了。

王和卿(三首)

王和卿，大名(今属河北)人。生平事迹已难以详考。钟嗣成《录鬼簿》将其列在"前辈名公"之中，称"王和卿学士"(别本或又作"王和卿散人")。与关汉卿同辈或稍长。陶宗仪《南村辍耕录》言其"滑稽佻达，传播四方"。又谓"中统初，燕市有一蝴蝶，其大异常"，和卿即赋[醉中天]小令，"由是其名益著"。卒，关汉卿曾往吊唁。其散曲今存小令21首，套数2套，残套2套。按：任半塘先生认为此王和卿即蔚州人王鼎(1242—1320)，恐不确。隋树森《全元散曲》谓："今人或以和卿即汴梁通许县尹王鼎，恐未必确。"又，王恽《中堂事纪》中曾提到燕京行中书省有架阁库官太原人王和卿，此人是否就是曲家王和卿？其与蔚州王和卿(见《危太朴文续集》)是否为一人，均待考。故以下三曲署王和卿而不署王鼎。详可参阅孙楷第《元曲家考略·王和卿》。

[仙吕·醉中天][1]咏大蝴蝶

弹破庄周梦[2]，两翅驾东风。三百座名园一采一个空。难道风流种[3]，吓杀寻芳的蜜蜂！轻轻的扇动[4]，把卖花人扇过桥东[5]。

【注释】① 醉中天：仙吕宫曲牌，亦可入双调和越调，定格句式为五五七、五六、四四，七句七韵。② "弹破"句：《庄子·齐物论》载，庄周在梦中变成了一只蝴蝶，翩翩飞舞，自由自在。醒来之后，竟不知是自己在梦中化成了蝴蝶，还是蝴蝶在梦中化成了自己。这里借此言蝴蝶，一则夸饰其大，再则寄托某种难以言明的寓意。弹，《太平乐府》本作"蝉"，《尧山堂外纪》则作"挣"。③ 难道：犹难怪人说。风流种：指风流多情的人物。难道，王骥德《曲律》作"谁道"。此句任本作"难道是风流孽种"？此据《全元散曲》。④ "轻轻"句：任本"轻轻"下无"的"字。此据《全元散曲》。⑤ "把卖花人"句：宋谢无逸《蝴蝶诗》："江天春暖晚风细，相逐卖花人过桥。"此变用其意。

扇(shān):用作动词。

【品评】此曲在曲史上名气甚大。它以滑稽诙谑为尚,属俳谐一格,堪称元前期散曲小令中的杰作。它夸张得近乎荒诞,然非常有趣。王骥德《曲律》评此曲曰:"只起一句,便知是大蝴蝶。下文势如破竹,却无一句不是俊语。"观其用庄生梦蝶事和变用谢无逸《蝴蝶诗》,仿佛信手拈来,却令人意想不到,拍案叫绝。全曲无一字言是蝴蝶,却无一句不是写蝴蝶。还是王骥德说得好:"令人仿佛中如灯镜传影,了然心中,却摸捉不得,方是妙手。"至于其寓意,不必就是戏谑关汉卿,也不必就是讽刺花花太岁者流,一句话:不必粘着于某事。若即若离,水月镜花,可能更有趣,更美妙。

[仙吕·一半儿]①题情②二首

鸦翎般水鬓似刀裁,小颗颗芙蓉花额儿窄③。待不梳妆怕娘左猜④。不免插金钗,一半儿鬅松一半儿歪。

别来宽褪缕金衣,粉悴烟憔减玉肌⑤,泪点儿只除衫袖知。盼佳期,一半儿才干一半儿湿。

【注释】① 半儿:仙吕宫曲牌,定格句式为七七七、三九,五句五韵。与[忆王孙]曲略同,惟末句添两个"儿"字。前四句亦可作七七、七七。② 题情:作者用[仙吕·一半儿]写《题情》小令一组共 4 首,这里选的是第1、第 4 首。③ 小颗颗:极言其小。④ 左猜:亦作"做猜"。起疑心,犯猜忌。⑤ 粉悴烟憔:当作"粉悴胭憔",粉与胭脂相对。这句是说憔悴瘦损得连敷粉和搽胭脂也无济于事了。

【品评】二首皆写小儿女春思情态。前一首重在刻画微妙的心理活动,活脱脱写出陷入情爱中的少女情怀——她有了意中人,而且苦苦思念着他,以至于心绪迷茫,神情疲倦,打不起精神来,甚至连梳妆打扮的兴致也失去了。于是她只好胡乱穿插钗环,强打精神,以免母亲猜疑。一个细微的想法,一个下意识的动作,生动传神,写活了人物。后一首写离别相思,只用白描手法,颇似《西厢记·长亭》中的崔莺莺,"从今后衫儿袖儿都揾作重重叠叠的泪"([叨叨令])。情态亦栩栩如生。

盍志学(西村)(四首)

盍西村,生平不详。盱眙(今江苏盱眙)人。钟嗣成《录鬼簿》未载其名,而有盍志学,或以为系一人,故任本原作盍志学。《太和正音谱》一百五十人"词林之英杰"中又有"阚志学",或以为与盍志学为一人,待考。查任本盍志学名下所选四首小令,皆出于盍西村[越调·小桃红]《临川八景》,故此属盍西村名下。《太和正音谱·古今群英乐府格势》于"元一百八十七人"中列盍西村,评其词曰:"如清风爽籁。"其散曲今存小令17首,套数1套。

[越调·小桃红]西园秋暮①

玉簪金菊露凝秋②,酿出西园秀③。烟柳新来为谁瘦④?畅风流⑤,醉归不记黄昏后。小槽细酒⑥,锦堂晴昼,拚却再扶头⑦。

【注释】① 西园秋暮:作者以[越调·小桃红]写一组重头曲共8首,总题作《临川八景》。这里所选3首,分别为原第2、第3、第5首。②"玉簪金菊"句:言玉簪花和菊花上凝结着霜露。玉簪:多年生草本花卉,秋季开花,花白色,有香味。③ 酿:渐渐形成。秀:指秋色之美。④ 瘦:形容秋后垂柳叶落,枝条裸露。⑤ 畅:恰好,正是。这里有特别与格外意。⑥ 细酒:精制的美酒。⑦ 拚却:犹言不顾一切。扶头:扶头酒之省称,古代一种易于醉人的酒。这里借"扶头"字面,是说再醉一场又何妨。

【品评】小曲写园林秋色笔简意浓,从凝在花上的露珠入手,到园柳之瘦,都匠心独运,出手不凡。又以人物的醉而再饮,突出秋光之宜人。是醉酒还是醉于色彩斑斓的秋色奇绝之中,则留待读者去揣摩了。

[越调·小桃红]江岸水灯

万家灯火闹春桥,十里光相照。舞凤翔鸾势绝妙①。

可怜宵[2]，波间涌出蓬莱岛[3]。香烟乱飘，笙歌喧闹，飞上玉楼腰[4]。

【注释】① 舞凤翔鸾：形容凤形、鸾形花灯仿佛要飞舞翱翔起来。鸾：传说中类似凤凰的神鸟，是吉祥的象征。② 可怜：可爱。③ 蓬莱岛：传说中神仙的居所，海上三仙山之一。这里是形容水上灯船所营造的飘渺景象。④ 玉楼：传说中天宫的楼阁。此指江岸上的楼阁在灯火辉映下的美景，以及倒映水中的神奇景象。

【品评】江岸、桥、花灯以及香烟缭绕、笙歌旖旎，构成了一幅有几分神秘的春宵景致，令人目不暇接。小令一字不闲，于闹热中现出民俗风情，无异于一幅风俗画卷。

[越调·小桃红]客船夜期[1]

绿云冉冉锁清湾[2]，香彻东西岸。官课今年九分办[3]。厮追攀[4]，渡头买得新鱼雁。杯盘不干，欢欣无限，忘了大家难。

【注释】① 客船夜期：一作"客船晚烟"。期：相约聚会。② 绿云：指点燃的火烛青烟在江湾缭绕。状人烟之稠密。锁：笼罩、缭绕。③ "官课"句：是说一年的官税十成已交完了九成，可以松一口气了。④ 厮追攀：相互攀结，相互邀请聚会。

【品评】这首令曲在《临川八景》中是值得注意的一首。首先，写人家课税将完，聚会相邀，欢欣无限，气氛闹热而生动，生活气息相当浓重。其次，见出船家、渔人们的浑厚、质朴。一句"厮追攀"，写出了他们的豪爽与真挚。最后，是末句之妙：一年到头了，课税将完了，大家呼取豪饮，欢乐之中藏无限辛酸。平时辛苦艰难自不待言。结句使全曲一下子厚重起来，值得含味再三。

[越调·小桃红]杂咏[1]

杏花开后不曾晴[2]，败尽游人兴。红雪飞来满芳径[3]。问春莺，春莺无语风方定。小蛮有情[4]，夜凉人静，唱彻《醉翁亭》[5]。

【注释】① 杂咏：作者以[越调 · 小桃红]写一组重头组曲，共 8 首，此为第 3 首。② 杏花开后：后，《梨园乐府》作“候”。候，指时节，节候。③ 红雪：喻指红杏花纷落如雪，即所谓“落红”。④ 小蛮：本指白居易的侍女，她能歌善舞。这里代指歌姬。⑤《醉翁亭》：琴曲名，又作《醉翁吟》、《醉翁操》，借宋欧阳修《醉翁亭记》之意而创制。详宋王辟之《渑水燕谈录》卷七《歌咏》。

【品评】小曲写得抑扬有致。先是春雨连绵，败人兴致；继而落红满径，风定莺闲；终是良宵曲悠，沁人心脾。看它承转自如，波谲云诡，透出一种复杂的人生况味来。真是愈小愈巧，愈巧愈令人不觉。既脍炙人口，又涵泳味长。

关汉卿（六首）

关汉卿，生卒年未详，一般认为约生于金末，卒于元成宗大德年间(1297—1307)。名不详，号已斋叟，汉卿是字，以字行。《录鬼簿》言其为大都人，一说为祁州(今河北安国)人。元代伟大的戏曲作家，元杂剧的奠基人，长期活跃于民间书会组织中，从事戏曲的创作演出活动，元人周德清《中原音韵》列其为“元曲四大家”之首。所作杂剧60余种，今存18种(个别作品尚有争议)。其散曲作品今存小令56首，套数13套，风格疏放活泼，题材丰富多样，语言本色当行，卓然而独立，洵为大家风范。王国维说：“关汉卿一空依傍，自铸伟词，而其言曲尽人情，字字本色，故当为元人第一。”(《宋元戏曲史》)

[双调·沉醉东风]①

伴夜月银筝凤闲②，暖东风绣被常悭③。信沉了鱼④，书绝了雁，盼雕鞍万水千山。本利对相思若不还⑤，则告与那能索债愁眉泪眼⑥。

【注释】① 沉醉东风：双调曲牌，定格句式为六六、三三七、七七，七句六韵。其中前四句须构成两对。② 凤闲：是说相爱双方的男方不在女方身边。此曲为女子倾述口吻。凤为凤凰的雄性，古人以凤凰喻指夫妻或情侣。闲，即空。凤的位子空闲着，即是不在之意。③ 悭：缺。④ 信沉了鱼：与下句“书绝了雁”对举，都是说书信难通。古有藏信鱼腹、系书雁足之说，倘沉了鱼、绝了雁，岂不是无法通书信了吗？⑤ “本利对”句：是以高利贷来比喻相思债。元代有所谓“羊羔利”，本利愈年加倍增长，愈久利息愈高。这里是说分离愈久相思愈浓重。⑥ “则告与”句：是说只能以泪洗面来偿还相思债了。

【品评】此曲通体用比，极饶民歌意味。闺中人相思入骨，念远怀人，给人留下极为深刻的印象。而将相思比作高利贷，要整日以泪洗面来偿还，亦是奇思妙想，别出机杼。至于语言之明快如话，声吻酷肖，亦是关曲之一贯作风。所谓当行本色，不粘不滞，“如弹丸脱手，后人无能为役”。须细细含玩，始能味之。

［双调·碧玉箫］①

盼断归期，划损短金篦②。一搦腰围③，宽褪素罗衣④。知他是甚病疾？好教人没理会⑤。拣口儿食，陡恁的无滋味⑥！医，越恁的难调理。

【注释】① 碧玉箫：双调曲牌，定格句式为四五、四五、三五、三三、一五，九句九韵。② “划损”句：古俗：女子有在钗饰等物上划道记日期的习惯。这句是说离别时日已很久了。金篦：梳篦之美称。③ 一搦（nuò）：即一握，一把，形容女子腰肢瘦弱。④ 宽褪：是说因身子消瘦而使衣带显得松弛了，即体不胜衣。⑤ 没理会：即不明白。⑥ 陡恁的：一下子变得如此这般。陡：突然。恁：这样的。

【品评】此亦闺妇相思怀人之作。与上曲略有不同的是，此曲纯用赋法。“划损金篦”、憔悴瘦损、饮食无味，心病难医，皆以内心独白形式道出。其刻画闺妇形象，既重细节描摹（刻划金篦），更重心理感受的开掘，故能穷形毕相，攫魂夺魄。

［双调·大德歌］①

风飘飘，雨潇潇，便做陈抟也睡不着②。懊恼伤怀抱，扑簌簌泪点抛。秋蝉儿噪罢寒蛩儿叫③，淅零零细雨打芭蕉。

【注释】① 大德歌：双调曲牌，定格句式为三三五、五五、七五，七句七韵。元人杨朝英编《阳春白雪》，选录关汉卿十首［大德歌］，其中有春、夏、秋、冬“闺怨”曲四首，此为秋闺怨的一首。大德，为元成宗年号。② 便做：

犹言即使是，纵然是。陈抟：五代至宋初时的高隐，曾在华山修道。相传他嗜睡，一睡百日不醒。③ 蛩(qióng)：即蟋蟀。

【品评】 关汉卿写闺情，每首都有突出的特点。此曲以声音搅扰闺中人构成意趣，风雨声、秋虫声以及雨打芭蕉声等等，挥之不去，声声入耳。总之，秋声恼人。不是秋声恼人，而是思妇自恼，相思怀人之意便如此婉转透出。全曲首尾照应，上下映衬，一气贯注，全无滞碍。如泪珠儿与雨点儿、风雨声与虫鸣声，处处形成勾连映带之意，却又全无安排经营痕迹。文心缜密，思致绵长。

[南吕·四块玉][①]闲适 二首

旧酒投[②]，新醅泼[③]，老瓦盆边笑呵呵[④]。共山僧野叟闲吟和[⑤]。他出一对鸡，我出一个鹅，闲快活。

南亩耕[⑥]，东山卧[⑦]，世态人情经历多。闲将往事思量过。贤的是他，愚的是我，争甚么！

【注释】 ① 四块玉：南吕宫曲牌，定格句式为三三七、七、三三三，七句五韵。关汉卿[四块玉]《闲适》小令原作 4 首，此选原第 2 首和第 4 首。② 投：为"酘"的俗字。酒再酿称为酘。一说若饮酒过量，次日再饮，以酒解酒，谓之酘。③ 新醅(pēi)：指新酿而未过滤的酒。泼：指斟酒。④ 老瓦盆：指粗陋之酒器。⑤ 吟和(hè)：吟诗唱和。⑥ 南亩：指田地。《诗经·豳风·七月》："同我妇子，馌彼南亩。"诸葛亮《出师表》有云："臣本布衣，躬耕于南阳。"⑦ 东山卧：晋谢安曾"高卧东山"，隐居不仕。东山在今浙江上虞西南。

【品评】 关汉卿一组《闲适》曲，并非是其避世——逃世的遁词，或许到了大德间他已是身心疲惫，且近于桑榆暮景，所谓"世态人情经历多"，于是，欲与污浊的社会彻底决裂，有几分无奈，但毕竟是一种超越，这于他在[南吕·一枝花]《不伏老》中那种愤世嫉俗的不屈服精神并不矛盾。元曲家的"闲快活"是自嘲的，也是反讽的。张申府先生别解"快活"，很有意味："人生最好的境界只是活得快，死得快。人生最不好的境界只是活不得死不得。”(《所思》)想想元曲家们想必是硬将后者说成了前者,非为调侃,实是至哀至痛的苦涩之言——不快活而向往快活而已。读懂了这个“闲快活”,才可与言元曲。

[南吕·四块玉]别情

自送别,心难舍[①],一点相思几时绝?凭阑袖拂杨花雪[②]。溪又斜,山又遮,人去也!

【注释】① 舍:舍弃,放下。② “凭阑”句:是说飘飞的杨花遮住望远的视线,用袖子将它从眼前拂开。杨花雪,飞舞的杨花似漫天雪花。

【品评】劈头里便是送别心上人的回忆。“凭阑袖拂杨花雪”一句大妙,一个下意识的、极其细微的动作,写出了人物的无比专注:这女子送走心上人之后,便登上楼头颙望,也不知她望了多久了。飘飞的杨花挡住了她的视线,她挥袖拂去,继续向送别的方向眺望。拂袖的动作可视为是对回忆的一个切断,一种陌生化效应,而“溪又斜”以下,又是送别的回忆。“人去也”一句,平白之中含无限深情,韵味弥长。小曲洵为送别类作品中之杰作。至于其语言,则堪称前期曲家本色当行的突出代表。本色是金,当行则是精制而成的金首饰。

王恽（一首）

王恽(1227—1304)，字仲谋，号秋涧，卫州辉汲(今河南卫辉)人。中统初左丞姚枢宣抚东平，辟为详议郎。后历官翰林修撰、同知制诰，兼国史院编修官。元世祖至元五年(1268)，迁御史台，拜监察御史。后曾历任平阳、河南、燕南、山东等地方官，有政声。至元二十九年(1292)归京，授翰林学士、嘉议大夫。成宗元贞、大德间，加通议大夫知制诰，同修国史。后进中奉大夫。卒赠翰林学士承旨资善大夫，追封太原郡公，谥文定。恽青年时曾师事大诗人元好问，精于古文，诗词曲皆工，又善书画。有《秋涧先生大全文集》百卷。今存散曲小令41首，风格奇丽雄健。

［越调·小桃红］①

采菱人语隔秋烟②，波静如横练③。入手风光莫流转④。共留连，画船一笑春风面⑤。江山信美⑥，终非吾土，何日是归年⑦？

【注释】① 小桃红：又名［采莲曲］、［武陵春］、［平湖乐］等。定格句式为七五七、三七、四四五，八句六韵。② 秋烟：指秋日飘散在湖面上的雾霭。③“波静”句：化用谢朓《晚登三山还望京邑》中“澄江静如练”句意。练：素绢。④“入手”句：是说赶趁良辰美景，不要白白错过。入手：犹入眼，是适逢之意。流转：错过，失去。⑤“画船”句：由杜甫《咏怀古迹》之三中“画图省识春风面”句化来。这句是写采菱女荡舟湖上，笑容可掬。⑥“江山”二句：点化王粲《登楼赋》中“虽信美而非吾土兮。曾何足以少留”而来。信美：确实美丽。吾土：犹言我的故土、家乡。⑦“何日”句：借用杜甫《绝句二首》中“今春看又过，何日是归年”句，以寄托思乡之情。《全元散曲》此句句首多一“问”字。

【品评】作者原作为一组十首，皆写于在平阳(今山西临汾)任地方官时。这一首以反衬手法写思乡之情，先是写足了平湖秋色之美，以及采菱女的妩媚，“江山”句陡然一转，直抒胸臆，流露出浓稠得无法化解的乡愁。这不能不说是一种高明而又自然的笔调。此外，全曲差不多句句有来历，却又浑化无迹，如同己出，既见学问又见性情。自然，更见出巧思妙构，于短幅之中，见出大局段来。

白朴（六首）

白朴（1226—1306以后），字太素，号兰谷；初名恒，字仁甫，祖籍隩州（今山西河曲），后移居真定（今河北正定）。幼遭金末战乱，与母亲离散，曾随其父好友大诗人元好问避难、流寓，受到良好教诲与熏陶。金亡绝意仕进，漫游各地。宋亡后定居建康（今江苏南京），过着“诗酒优游”的生活。卒后以子贵，赠嘉议大夫，掌礼仪院大卿。白朴阅历丰富，又承元好问教益，文学成就杰出，为元曲四大家之一。所作杂剧16种，今存《梧桐雨》等3种；散曲今存小令37首，套数4套；亦能词，有词集《天籁集》行世。《太和正音谱》评其词“如鹏抟九霄”。

[双调·庆东原]①

忘忧草②，含笑花③，劝君闻早冠宜挂④。那里也能言陆贾⑤？那里也良谋子牙⑥？那里也豪气张华⑦？千古是非心⑧，一夕渔樵话。

【注释】① 庆东原：双调曲牌，又名[庆东园]、[郓城春]，定格句式为三三七、四四四、三三，八句六韵。首二句及末二句宜对仗，中间三个四字句宜作“鼎足对”。② 忘忧草：即萱草，俗名金针菜，花可食。古俗以为佩之可以忘忧。③ 含笑花：属木兰科，花形似兰花，花开时不完全展开，像含笑貌，故名。④ 冠宜挂：“宜挂冠”的倒装。王莽时，逢萌挂冠东都城，举家浮海而去，后遂以挂冠指辞官。见《后汉书·逢萌传》。⑤ 那里也：犹言（如今）哪里去了，如今安在？陆贾：曾从汉高祖刘邦定天下，有辩才，拜为太中大夫。见《史记·陆贾传》。⑥ 子牙：即姜子牙，曾辅周文王、武王灭商纣王，建立周王朝。⑦ 张华：字茂先，西晋武帝时为中书令，曾作《鷦鷯赋》以明志，阮籍称其有王佐之才。见《晋书·张华传》。⑧ “千古”二句：是说千古的是非曲直，最终都成了渔夫樵子茶余饭后的闲话。

【品评】白朴称得上是彻底不与元蒙统治者合作的汉族士人。经历了

"壬辰之难"与金亡的严酷现实之后，他似乎否定了一切功名进取、兼济天下等传统价值观，差不多诗酒优游之外，更无有意义的事体了。透过这表面上的虚无主义表现，我们不难窥测到白朴内心的矛盾与痛苦。劈头的一句"忘忧草"特别值得注意：竭力要忘却的东西，往往又是最难割舍的东西，人生欲要快乐不能不有所忘；"含笑花"亦耐人寻味，因为笑与忘是息息相通的。读白朴此曲，不可径以消极视之，"笑"、"忘"二字，恰是全篇关窍。

[双调·驻马听][①]舞

凤髻盘空[②]，袅娜腰肢温更柔。轻移莲步，汉宫飞燕旧风流[③]。谩催鼍鼓品梁州[④]，鹧鸪飞起春罗袖[⑤]。锦缠头[⑥]，刘郎错认风前柳[⑦]。

【注释】① 驻马听：双调曲牌，定格句式为四七、四七、七七、三七，八句六韵。白朴[驻马听]原为一组四首，分别咏吹、弹、歌、舞。② 凤髻盘空：舞者的发型是盘空凤形。③ 汉宫飞燕：形容舞者舞态轻盈优美，似善舞的汉成帝宠妃赵飞燕。④ 鼍(tuó)鼓：用鼍皮制的鼓。鼍为鳄鱼的一种。梁州：唐大曲名，由西凉传入，亦作"凉州"。⑤ "鹧鸪"句：言舞者绣有鹧鸪图案的春罗制成的衣袖翩翩翻飞。⑥ 缠头：观者赏赐给歌妓的锦缎类称缠头。⑦ 刘郎：指刘晨。元曲中常以《太平广记》中刘晨、阮肇入天台山采药遇仙女故事，喻指男女爱情，这里是以刘郎喻指追捧舞者的观众。

【品评】曲写舞者姿态，颇得丹青法。敷色点染，层次分明。首二句从发式、腰肢起笔，为"特写"之处，可谓工于发端者也；接下来写莲步轻移，舞之始也；继写音乐声起，渐入佳境，舞袖翻飞，已臻高潮；末二句，实际上写的是观者的评价，缠头频送，已见出欣赏者的态度，更有沉浸于乐舞中者，竟将舞者姿态视为风中摇曳之春柳——尚未从沉醉中醒来。如此层层写来，是将文字当了画笔，直到活脱脱画就一位姿容绝丽、技艺出神入化的舞蹈者来。

[仙吕·寄生草][1]饮

长醉后方何碍[2]，不醒时有甚思？糟腌两个功名字[3]，醅淹千古兴亡事[4]，曲埋万丈虹霓志[5]。不达时皆笑屈原非[6]，但知音尽说陶潜是[7]。

【注释】① 寄生草：北仙吕宫曲牌，定格句式为三三、七七七、七七，七句五韵。这首令曲一说为范康所作，《全元散曲》于范康名下录存同调牌一组4首，分别咏“酒、色、财、气”，此为第1首。② 方何碍：犹言有什么妨碍呢？方：将，始。③ 糟腌：以酒糟浸渍。④ 醅淹：以未滤的酒浸泡。⑤ 曲埋：以酒曲掩埋。虹霓志：凌云壮志。⑥ 不达时：不识时务。屈原非：是说屈原不该在政治上过于执著，结果遭到迫害；也不该坚持“众人皆醉我独醒”，令自己葬身汨罗。⑦ 陶潜是：陶潜的做法是对的。这里主要指陶渊明不满官场黑暗，不愿为五斗米折腰，终于辞官归隐田园，诗酒自乐。

【品评】元曲家非屈原是陶潜，是有愤懑牢骚和特定背景的，不可执于文面。此曲王世贞以为是“诨中奇语”，即是说有“打诨”意味。白朴拈出三事，欲加以否定，即功名、兴亡、志气。三者实为士人最为关心的东西。用酒去腌、去淹、去埋，其实无济于事，因为酒醒了痛苦还是要袭上心头。白朴是一位“饮量素悭”的人，他饮酒是为了“嗜睡有味”，即为了忘。故以为此曲为反语、为激愤语，都是有道理的。一个不善饮酒、微饮即醉的人，大劝别人饮酒，有几分滑稽，而滑稽的背后，却是作者太多太多的痛苦。

[双调·沉醉东风]渔夫

黄芦岸白蘋渡口[1]，绿杨堤红蓼滩头[2]。虽无刎颈交[3]，却有忘机友[4]，点秋江白鹭沙鸥。傲杀人间万户侯[5]，不识字烟波钓叟。

【注释】① 黄芦：枯黄的芦苇。白蘋：蘋即俗称之田字草、四叶菜，生长在浅水低湿处，秋天枯萎后呈白色。② 蓼（liǎo）：亦称水蓼或河蓼，丛生于水边，秋天开淡红色小花，故也称红蓼。③ 刎颈交：同生死共患难的朋友。《史记·廉颇蔺相如列传》："卒相与欢，为刎颈之交。"④ "却有"二句：忘机友，毫无巧诈之心的好朋友。《列子·黄帝》篇上说，有个人在海边与鸥鸟嬉戏，亲昵无间。一日，其父令其抓取鸥鸟，鸥鸟便统统飞走了。二句是说渔夫与白鹭、沙鸥为盟，忘却世间一切机心。⑤ "傲杀"句：点化唐人胡曾《赠渔者》诗中之"不愧人间万户侯"句而来。汉代分封诸侯，大者食邑万户，称万户侯。此泛指官高位显者。

【品评】此曲颇为有名。蒋一葵《尧山堂外纪》谓其"有味而佳"。首二句对仗工巧，色彩鲜艳明丽。渔夫与鸥鹭为友，傲杀万户侯的志趣，其实是作者的想象之词，渔夫形象不过是隐居生活的一个符号。曲家们一方面竭力美化隐居的环境，一方面又曲折流露出他们内心的矛盾、痛苦。前者是为了反衬出现实社会的污浊、丑陋，后者则无论如何也掩抑不住。渔夫所以那样优游自在，因其是不识字的。人生识字忧患始，有隐逸情结的曲家们，都是识字的呀！这就构成了一种有趣的错位。正是在这种错位之中，我们看清了曲家的心路历程。

[仙吕·醉中天]① 佳人脸上黑痣

疑是杨妃在②，怎脱马嵬灾③？曾与明皇捧砚来④，美脸风流杀。叵奈挥毫李白⑤，觑着娇态，洒松烟点破桃腮⑥。

【注释】① 醉中天：仙吕宫曲牌，定格句式为五五、七五、六四四，七句七韵。此《佳人脸上黑痣》曲《太平乐府》作杜遵礼作。② 杨妃：指唐玄宗李隆基的宠妃杨玉环，即杨贵妃。③ 马嵬（wěi）灾：安史之乱暴发，唐玄宗仓皇由长安出逃，奔向四川。行至马嵬坡（今陕西省兴平县马嵬镇），为平息兵谏，玄宗不得不赐白绫与杨玉环，令其自缢。④ "曾与"句：传说唐玄宗召李白入内庭，令其作诗，李白醉，遂命高力士为其脱靴，杨妃为其捧砚，玄宗自己为调御羹。事见《松窗杂录》。后又由此附会出"李太白醉写赫蛮书"事，见《野客丛话》。⑤ 叵奈：犹言可恨，没来由。⑥ 松烟：古代制墨分油烟、松烟两种，前者用于绘画，后者用于书法。

【品评】小曲属俳谐格，一派游戏笔墨，然却是早期散曲正宗格套之一。其妙在将“佳人脸上黑痣”与“太白醉写”联系在一起，荒诞中有奇思，无稽中有妙想，用语谐谑幽默，一个“叵奈”，激活全篇，令人绝倒。

[仙吕·一半儿]题情①

云鬟雾鬓胜堆鸦，浅露金莲簌绛纱②，不比等闲墙外花③。骂你个俏冤家④，一半儿难当一半儿耍。

【注释】① 这首小令《全元散曲》列为关汉卿所作同题组曲之第 1 首，此从《太平乐府》、《尧山堂外纪》。② 浅露：犹微露。簌绛纱：绛纱簌之倒文，言金莲之移动使绛红色纱裙发出簌簌的响声。③ 等闲：寻常。墙外花：喻指外面的美色，即所谓“野花”。④ 俏冤家：宋元俗语中相爱男女彼此的昵称。

【品评】小曲写男子为少女的美丽所倾倒，既压抑不住自己如火的情欲，又不敢贸然相犯，写得细致生动，微妙有趣；可谓传神摹影，惟妙惟肖。其曲风之泼辣率真，朴野自然，在诗词中是难以表现的。《尧山堂外纪》将其坐实为关汉卿逸事，不妥。将文学作品当作实录，总然不是良策。

胡祗遹（一首）

胡祗遹(1227—1293)，字绍开(又作绍凯、绍闻)，号紫山，磁州武安(今属河北)人。世祖中统初为大名宣抚员外郎，至元间为应奉翰林文字，兼太常博士。后出为河东山西道提刑按察副使。元朝统一全国之后，历任宣慰副使、提刑按察使等职。召拜翰林学士，未赴，改任江南浙西道提刑按察使，未几以疾辞归。卒，赠礼部尚书，谥文靖。《元史》有传。著述颇丰，有《紫山先生大全集》等。散曲作品今仅存小令11首，《太和正音谱》评其曲曰："如秋潭孤月。"

[双调·沉醉东风][1]

渔得鱼心满愿足，樵得樵眼笑眉舒[2]。一个罢了钓竿，一个收了斤斧。林泉下偶然相遇，是两个不识字渔樵士大夫，他两个笑加加的谈今论古[3]。

【注释】① 沉醉东风：作者写有同调牌曲共2首，这里选的是第2首。② 樵得樵：前一个"樵"指人，即樵夫；后一"樵"指物，即薪、木柴。③ 笑加加：犹笑呵呵，笑哈哈。

【品评】渔父樵夫在元散曲中已充分符号化了，文人们钦羡渔樵生涯，就是钦羡出世隐逸。此曲中值得注意的是"渔樵士大夫"句，既是渔樵如何又是士大夫？令人费解。大有雪中芭蕉图之意。这恰恰说明，文人曲子中的渔樵，并非生活中的渔父樵夫。至于"不识字"，骨子里只是"忘"，人生必有所忘，否则痛苦便是无限的。白贲、白朴都写了"不识字的渔父"，它成了符号中的符号，是元代士人检讨、比较人生得失时的一种特定所指。明乎此，读元人散曲庶几可势如破竹。

王德信(实甫)(二首)

王德信,字实甫,大都(今北京)人。约略与关汉卿同时,生平事迹不详。元代最著名的戏曲作家之一。所作杂剧今知有14种,今存3种,其中《西厢记》杂剧最负盛名,为古代戏曲史上之杰作。《录鬼簿》贾仲明补吊词有云:“作词章,风韵美,士林中等辈伏低。新杂剧,旧传奇,《西厢记》天下夺魁。”其散曲作品,今仅存小令1首,套数2套,另有残套1套。《太和正音谱》评其曲曰:“王实甫之词,如花间美人。铺叙委婉,深得骚人之趣。极有佳句,若玉环之出浴华清,绿珠之采莲洛浦。”

[中吕·山坡羊]①春睡

云松螺髻②,香温鸳被③,掩春闺一觉伤春睡。柳花飞④,小琼姬,一片声雪下呈祥瑞。把团圆梦儿生唤起⑤。谁,不做美?呸,却是你!

【注释】① 山坡羊:中吕宫曲牌,又叫[苏武持节]、[山坡里羊],亦可入黄钟宫与商调,定格句式为四四七、三三、七七、一三、一三,十一句九韵。它除独用作令曲之外,还可以与[青哥儿]合而为带过曲。此首题又作《闺思》,一作张可久作,明人蒋一葵《尧山堂外纪》卷六十八以此曲属王实甫。② 云松螺髻:是说螺形的发髻在睡下时松散了。云:即乌云,指头发。③ 鸳被:鸳鸯被之省,即合欢被。宋元俗语对夫妻合盖被子之美称。④ “柳花飞”三句:言柳絮飘飞有如下雪一般。柳花:即柳絮。小琼姬:犹言小丫环。一片声:是小丫环的惊叫声,她将飘飞的柳絮说成是下雪了。《中原音韵》此句无“片”字,此从《尧山堂外纪》。⑤“把团圆梦”句:是说由于丫环惊叫,闺妇从美梦中醒来,她在梦中正与良人团圆欢会。生唤起:硬是被吵醒。此句《中原音韵》和《尧山堂外纪》均无“把”字,此当是从别本。

【品评】将雪比作柳絮,最早是晋人谢安的侄女谢道韫,她因而被后人称为“柳絮才”。这里反其义而用之,将柳絮比作雪,而且极尽夸张之能事,使小丫环大叫高声。如此,惊觉闺中人好梦,惹得一阵埋怨。小曲于谐趣中完成两个人物的刻画,此正曲之长处也。

[中吕·十二月过尧民歌][①]别情

自别后遥山隐隐[②],更那堪远水粼粼[③]。见杨柳飞绵滚滚[④],对桃花醉脸醺醺[⑤]。透内阁香风阵阵,掩重门暮雨纷纷。　　怕黄昏忽地又黄昏,不销魂怎地不销魂[⑥]!新啼痕压旧啼痕,断肠人忆断肠人。今春,香肌瘦几分,搂带宽三寸[⑦]。

【注释】① 十二月过尧民歌:中吕宫带过曲。[十二月]句式为六个四字句,六句四韵;[尧民歌]只作带过曲用,无独用者,其定格句式为七七、七七、二五五,七句七韵。② 遥山隐隐:远山隐隐约约。这里用作双关,是说别时情景隐约还在心上。③ 远水粼粼:与上句相对应,是说水隔断了有情人。粼粼:波光闪闪的样子。④ 飞绵:指飘飞的杨花柳絮。⑤“对桃花”句:用拟人手法,以人面喻桃花。又暗用崔护“人面桃花相映红”诗意(见《本事诗·情感》),喻指有情人不能相见。柳永《满朝欢》词有云:“人面桃花,未知何处,但掩朱扉悄悄。”曲中“透内阁”二句暗用此意。⑥ 销魂:亦作“消魂”,失魂落魄的样子。此暗用江淹《别赋》中“黯然销魂者,唯别而已矣”意。⑦ 搂带:亦作缕带,束腰带,或泛指衣带。宽三寸:是说人憔悴瘦损,体不胜衣。

【品评】此写“别情”之杰构也!以山喻离愁,以水喻别恨,虽非王实甫首创,然遥山远水,隐隐粼粼,毕竟在前人成句基础上融入了独特感受。《西厢记》第五本第一折首曲[商调·集贤宾]与此带过曲似有某种联系,录在下面,可印读发明:

> 虽离了我眼前,却在心头有。不甫能离了心上,又早眉头。忘了时依然还又,恶思量无了无休。大都来一寸眉峰,怎当他许多颦皱。新愁近来接着旧愁,厮混了难分新旧。旧愁似太行山隐隐,新愁似天堑水悠悠。

此亦以山水喻离愁别恨,不过具体到了太行与大河。而且这里也有新愁旧愁叠加的意象。这两首曲子为清代无名氏所注意,经再创造而写成了《抛红豆》曲,被王悠然收入《回肠荡气曲》中。曲子是这样的:

> 滴不尽相思血泪抛红豆,开不完春柳春花画满楼,睡不稳纱窗风雨黄昏后。忘不了新愁与旧愁,咽不下玉粒金莼噎满喉,照不见菱花镜里形容瘦。展不开的眉头,挨不明的更漏。呀,恰便似遮不住的青山隐隐,流不断的绿水悠悠。

曹雪芹曾取了此曲,写入《红楼梦》中,让贾宝玉以筷子敲碗唱了这支《抛红豆》曲(第 28 回)。将以上三曲对读含味,不仅可以看出它们之间的瓜葛,而且不难悟出其妙处来。至于王实甫带过曲中多用叠字,又形成"联璧对"式等,充分发挥曲之所长的特点,则是明显的,且已落于二义,周德清评此曲谓:"对偶、音律、平仄、语句皆妙。"(《中原音韵》)

伯颜(一首)

伯颜(1237—1295),蒙古部族人,姓八邻氏,其父曾事宗王旭烈兀。至元初奉使由西域入朝,为世祖忽必烈所赏识,拜为中书左丞相。至元十一年(1274)领兵伐宋。宋亡,曾出镇和林,数平诸王叛乱,功勋赫赫。成宗立,加太傅录军国重事,卒赠太师开府仪同三司,追封淮安王,谥忠武。《元史》卷一二七有传。

[中吕·喜春来]①

金鱼玉带罗襕扣②,皂盖朱幡列五侯③,山河判断在俺笔尖头④。得意秋,分破帝王忧。

【注释】① 喜春来:又名[阳春曲][惜芳春],中吕宫令曲曲牌名。定格句式为七七七、三五,五句五韵,前二句宜对仗,或前三句为"鼎足对"。② 金鱼:鱼形金符,金制四品以上官员可佩置。玉带:与官服相配的玉制腰带。罗襕:绫罗制成的官服。③ 皂盖朱幡:黑色车盖,红色旗旌,言所乘官车之豪华。列五侯:犹言位列五侯之尊。此泛指权高势尊,地位显赫。④ 山河判断:指攻城掠地的指令。判断,即裁夺、命令之意。

【品评】小曲语短气豪,有睥睨六合、气吞万里之慨,非功高卓著之一代元勋不能言之。叶子奇《草木子》、蒋一葵《尧山堂外纪》皆言此曲为伯颜作,而《太平乐府》、《乐府群珠》则谓姚燧所作。细味此曲,一派征服者声吻,乾坤把于股掌之中,山河悬在笔尖之上,是何等气概!故宁信其为伯颜手笔更近情理。小曲更妙在人物内心的所谓"得意"之态,寥寥写来,神采飞扬,一代开疆勋臣形象跃然而出。《元史》本传中称其"深略善断",统二十万大军"若将一人,诸帅仰之若神明"。功成还朝,"归装惟衣被而已,未尝言功也"。口头上"未尝言功",心里却"得意"非常,两相印读,大有意味。伯颜能诗善曲,而曲为余事,往往更见其真实之心迹也。

张弘范（一首）

张弘范(1238—1280)，字仲畴，河北定兴人，蔡国公张柔之第九子，人称张九元帅。中统初，为行军总管，后进益都淄莱等路行军万户。以陷襄阳、下建康有功，改亳州万户，又授镇国上将军、江东道宣慰使。曾从伯颜伐宋，至元十五年(1278)任蒙古汉军都元帅，曾俘宋丞相文天祥；次年，攻厓山，陆秀夫负宋幼帝昺蹈海，宋亡。至元十七年(1280)病卒，封淮阳王，谥献武。《元史》卷一五六有传。他善槊，能诗，著有《淮阳集》、《淮阳乐府》。钟嗣成《录鬼簿》将其列在“前辈已死名公，有乐府行于世者”之中。

[中吕·喜春来]

金妆宝剑藏龙口①，玉带红绒挂虎头②，绿杨影里骤骅骝③。得志秋，名满凤凰楼④。

【注释】① 金妆宝剑：以金为装饰之剑。龙口：饰以龙纹的剑鞘。宝剑入鞘，故谓“藏龙口”。② 玉带红绒：玉制腰带上悬着红穗。虎头：即虎头牌，金元时由皇帝颁发给大臣以便宜行事的虎形令牌，也是一种身份的标志。③ 骤骅骝：纵马疾驰。骤，马疾驰。骅骝，马之美称。传说周穆王八骏中有骅骝一名，后亦泛指骏马。④ 凤凰楼：指宫廷中的楼阁。此泛指宫禁与朝廷。此句“名”字《全元散曲》作“喧”。

【品评】此曲亦为意满志得者所自然流出之豪纵快语，或受伯颜曲影响亦未可知。作者曾随伯颜伐宋，且功高盖世，春风得意之态压抑不住，亦在人情物理之中。弘范少年得志，文曾从学于郝经，天资甚高，率意吐属，往往踔厉奇伟；武则擅马上横槊，骁勇过人，世祖曾赐名“拔都”(蒙语勇士)。小曲有如简笔勾勒之速写，绘形摹影，神态可掬。谓其开散曲塑造人物形象之先声，未为不可。惟其与前伯颜曲构想仿佛，略嫌雷同。

严忠济（一首）

严忠济（？—1293），一名忠翰，字紫芝，长清（今山东济南西）人。严实之子。袭父职任东平路行军万户。元世祖忽必烈伐宋，奉诏出兵，多立战功。因有人上疏言其威重一方，被免职。他在任时曾抑制豪强，令他们代属下及百姓缴纳赋税。去职后豪绅们联合起来向他讨债，忽必烈命内库代为偿还。至元二十三年（1286）授中书左丞，行江浙省事。卒谥庄孝。《元史》有传。能曲，《全元散曲》录存其小令2首。《太和正音谱》将其列于"词林之英杰"一百五十人中。

［越调·天净沙］[①]

宁可少活十年[②]，休得一日无权。大丈夫时乖命蹇[③]。有朝一日天随人愿，赛田文养客三千[④]。

【注释】① 天净沙：越调曲牌，定格句式为六六六、四六，五句五韵。首三句宜作鼎足对，或作首二句对。② "宁可"二句：作者任东平路行军万户时，"治为诸道最"（《元史本传》），抑制豪强，颇有政声。一旦被免职，他深感权力之重要，故发出浩叹。③ 时乖命蹇（jiǎn）：时运不济，命中注定遭受挫折。④ 田文：即孟尝君，战国时齐国贵族，被齐湣王任为相国。养客三千：战国时有权豪与贵族养士的风气。当时孟尝君门下有食客数千人，三千只是个概数。事详《史记·孟尝君列传》。

【品评】说尽道透，一如脱口而出，此正曲文学一个突出的特点。

姚燧(二首)

姚燧(1238—1313),字端甫,号牧庵,祖籍营州柳城(今辽宁朝阳),迁居洛阳。少孤,依伯父姚枢(官至翰林学士承旨)成人。曾得到许衡的赏识与奖掖。历任提刑按察司副使、翰林直学士、大司农丞。大德间,出为江东廉访使,江西行省参知政事。仁宗至大间授翰林学士承旨、知制诰,兼修国史。卒谥文。能文善诗,文与虞集并称,散曲则与卢挚齐名。《元史》有传。有《牧庵集》50卷。散曲今存小令29首。套数1套。《太和正音谱》将其列在"词林之英杰"一百五十人中。

[越调·凭阑人][①]寄征衣[②]

欲寄君衣君不还,不寄君衣君又寒。寄与不寄间,妾身千万难[③]。

【注释】① 凭阑人:越调曲牌,定格句式为七七、五五,四句四韵。② 寄征衣:据清人吴长元《宸垣识略·识余》载,大都名妓张怡云曾于"佐贵人行酒"时唱过此曲。征衣:远行者御寒之衣。③ 妾身:古代女子自谦时的称谓。

【品评】此为短章中之杰作!三言两语,即道出闺中思妇细微心地。想或是民歌,经姚牧庵润饰之,亦未可知。吴瞿安先生谓此曲"深得词人三昧",此言不虚。其与唐人"打起黄莺儿"以及王昌龄《闺怨》诗,似可齐观并论。妙在它通体是个悖论,体贴关切与忧虑顾忌之间的无法统一。这不仅在情事,它甚至构成了人生两难的多义性。它的简洁凝练,干净利落,本身也是一种美。

[中吕·阳春曲][①]

笔头风月时时过[②],眼底儿曹渐渐多[③]。有人问我事如何？人海阔，无日不风波[4]。

【注释】① 阳春曲：中吕宫曲牌，即[喜春来]。② 笔头风月：指自己文墨生涯的惬怀与美好。③ 儿曹：本指后辈、小儿辈，此当指文坛上的后辈、新人。④ 风波：这里是指人与人之间的纠纷与争斗。

【品评】作者是文章钜公，声名赫赫，且仕途得意，位列三公。他曾以[中吕·阳春曲]调牌，写过一首题作《得志》的小令（一说为伯颜作，参阅本书第27页“品评”），其志得意满的神情栩栩然如在目前。那末，这位牧庵公何以又对人海风波惊叹不已呢？看来此一时彼一时，红尘纷扰在皇帝老儿恐怕也在所难免吧。曲中似乎说的是文坛，官场上又何尝不是如此？姚燧对“眼底儿曹”所以有微词，怕是有感而发。

卢挚（八首）

卢挚(1242—1315后),字处道,一字莘老,号疏斋,又号嵩翁,涿郡(今河北涿州)人。20岁时即以诸生进为元世祖侍从,累迁河南路总管。大德初,拜集贤学士,出任湖南路廉访使,后复为翰林学士,迁承旨。再出任燕南河北道廉访使。晚年寓宣城。其文与姚燧齐名,诗则与刘因齐名。惜著述多已失传,今仅存部分诗文。散曲作品今存小令120首,在前期作家中,数量仅次于马致远。他虽官位显达,却在散曲作品中流露出淡泊闲适的情愫,且向往自然质朴的田园风光,贯云石评其曲曰:"媚妩如仙女寻春,自然笑傲。"《太和正音谱》将其列入"词林之英杰"一百五十人中。

[黄钟·节节高]① 题洞庭鹿角庙壁②

雨晴云散,满江明月。风微浪息,扁舟一叶。半夜心③,三生梦④,万里别。闷倚篷窗睡些⑤。

【注释】① 节节高:黄钟宫曲牌,又作[接接高]。定格句式为四四、四四、三三三六,八句四韵。② 鹿角庙:在今湖南岳阳市南五十里处。鹿角是镇名,庙当在镇中。大德(1297—1307)初,作者授集贤学士、大中大夫,出任湖南岭北道肃政廉访使,此曲当作于此时。③ 半夜心:半夜里的思绪。④ 三生梦:原作"三更梦",据《全元散曲》改。三生:即佛家所谓的前世、今世与来世。⑤ 些:即些许,亦即少许、一点点。楚方言中"些"亦作语尾助词。

【品评】作者出为地方官,北人而南寓,思乡之情是少不了的,便是所谓"万里别"了。前四句,极写其静,以"明月"埋下乡思伏笔,孤独之状如在目前。"半夜心"以下三句,调转笔锋写复杂的内心感受。心动是为大动,与前四句形成鲜明反衬。末句收在"闷"字上,可谓一波三折,益转益深。游子天涯的思绪不揭自出。其妙处更在仿佛信笔,实则情动于衷。疏斋曲每每如此。

[南吕·金字经]①宿邯郸驿②

梦中邯郸道③，又来走这遭。须不是山人索价高④。时自嘲，虚名无处逃⑤。谁惊觉？晓霜侵鬓毛。

【注释】① 金字经：南吕宫曲牌，又名[阅金经]、[西番经]，亦可入双调。定格句式为五五七、一五、三五，七句七韵。② 邯郸：在今河北省南部，元代为县。驿：驿站，古代官员、公差人员往来住宿休整或换马匹的馆舍。③"梦中邯郸道"二句：唐人传奇中沈既济的《枕中记》，写卢生于邯郸道上遇道士吕翁，在旅舍中，吕翁将一枕授与卢生，卢生枕之入梦，在梦中享尽荣华富贵，亦备受世态炎凉。醒来时店主人煮的小米饭尚未熟，便是"黄粱一梦"故事。巧的是卢挚也姓卢，故称"又来"。④ 须：终究。此用作转折。山人：指隐士。这里是作者自指。这句是说高隐之士并非为了邀名逐利。⑤ 虚名：指作者任燕南河北道廉访使。这里流露出归隐之意。

【品评】曲用"黄粱梦"故事巧极：一则作者也姓卢，正好以卢生自况自嘲；再则疏斋宿于邯郸旅舍之中，恰正在邯郸道上，是巧上加巧。为虚名所累，颠沛奔波，在客途旅况中，疏斋已如当年卢生一样，大彻大悟，感到归隐似乎已迟，毕竟两鬓染霜了。不是为了邀名逐利（索价高），却又为虚名羁绊，内心矛盾再明显不过。"惊觉"二字下得妙！既扣住了黄粱梦故事，又揭示了作者的迟暮之感，使全曲陡然一震，读之者或不觉也要瞥一眼自家的鬓梢。

[双调·殿前欢]①

酒杯浓，一葫芦春色醉疏翁②，一葫芦酒压花梢重③。随我奚童④，葫芦干兴不穷。谁人共？一带青山送。乘风列子⑤，列子乘风。

【注释】① 殿前欢：双调曲牌，又名[凤将雏]、[燕引雏]、[小妇孩儿]，定格句式为三七七、四五三五、四四，九句八韵。末二句或对仗或作回文，第六句亦可加二衬字，以与五、七句合成鼎足对。作者用此调写重头曲一组4首，总题为《八葫芦》，因每首中均有两个“一葫芦”。此首为原第1首。② 春色：代指美酒。苏轼《洞庭春色赋序》：安定郡王以黄柑酿酒，名之曰洞庭春色。疏翁：卢挚号疏斋。然残元本《阳春白雪》翁上之山字模糊，亦不像“疏”字。《全元散曲》作“山翁”，“山翁”指晋山简，山简性好酒，后遂以作醉酒典故。③ 花梢重：是说随手将酒葫芦挂在花树上，压弯了花枝。④ 奚童：侍应的小童，即俗称之书童。⑤ “乘风”二句：是写醉后有飘忽之感。列子：即春秋时郑国人列御寇。《庄子·逍遥游》：“夫列子御风而行，泠然善也。”

【品评】曲写醉酒，感受独特。两葫芦酒喝干了，兴致仍高，直待要拉上小书童一道来尽兴了。“一带青山送”句尤妙，醉中感到青山在动，仿佛有灵有知，要为醉翁送行。结二句用回文，读起来朗朗上口，体会起来亦飘飘欲仙。没有切实的体会，如何写得出此等独特感受！

[双调·落梅风][1]别珠帘秀[2]

才欢悦，早间别[3]，痛煞俺好难割舍[4]。画船儿载将春去也，空留下半江明月。

【注释】① 落梅风：双调曲牌，又名[寿阳曲]，定格句式为三三七、七七，五句四韵。第三、五句须上三下四，与第四句上四下三相配，不可更易。② 珠帘秀：即朱帘秀，当时著名杂剧演员，与关汉卿、胡祗遹、冯子振、卢挚等许多曲家有赠答酬和之作，与关汉卿、卢挚尤有深交。此曲《全元散曲》作《寿阳曲》。③ 间别：离别。④ 痛煞俺：《全元散曲》作“痛煞煞”。

【品评】小曲语短情长，真率直白之中，含无尽缠绵，有一种格外动人的魅力。大家而为短章，堪称令曲中之经典。吴瞿安先生评此曲称“其风致婉妙”（《顾曲麈谈》）。李修生《卢疏斋集辑存》谓此曲可能作于大德八年（1304），时当疏斋还朝为翰林学士时。可供参考。倘将其与珠帘秀同调牌《答卢疏斋》对读，更能深入体会到其妙处。

[正宫·黑漆弩][1]晚泊采石矶[2]，歌田不伐[黑漆弩][3]，因次其韵[4]，寄蒋长卿佥司、刘芜湖巨川[5]

湘南长忆嵩南住[6]，只怕失约了巢父[7]。舣归舟唤醒湖光[8]，听我篷窗春雨。 故人倾倒襟期[9]，我亦载愁东去。记朝来黯别江滨，又弭棹蛾眉晚处[10]。

【注释】① 黑漆弩：正宫曲牌，白贲曾以此牌作曲，起句为"侬家鹦鹉洲边住"，故又名[鹦鹉洲]。又因白贲曾为学士，此牌又称[学士吟]。此曲分上下片，上片句式为七七、七六，下片换头为七六、七七，八句五韵。此曲当作于大德七年(1303)，次年即还朝为翰林学士。② 采石矶：原名牛渚矶，因其为牛渚山突出至长江而成。在今安徽马鞍山市长江东岸。③"歌田不伐"句：据王文才《元曲纪事》，知卢挚此曲所依韵之原唱，就是白贲的[鹦鹉曲]，疏斋则以为原唱为田不伐词，或是误记，或当时传唱中人们即误属田词。按：田不伐宋政和初供奉大晟乐府，为制撰官。见《碧鸡漫志》。田词为金元所重，元遗山集中多次提及，白朴更是在《天籁集》于《水龙吟·序》中曾举田不伐《洋呕集》字律。④ 次其韵：按所唱和之原作的原韵作诗填词。⑤ 蒋长卿：生平事迹未详。佥司：即佥事，官名，元时诸卫、诸亲军及廉访、安抚各司，皆置佥事，是总管文牍的文职。刘巨川：名不详，巨川是字，延安人，徙山东莘县，曾为县教谕。详《吴文正集·故教谕刘君墓碣》。称其芜湖，是因其在芜湖任职，具体职务已不详。⑥ 湘南：县名。故城在今湖南湘潭境。此泛指湖南。嵩南：指河南嵩山之南。此泛指河南。疏斋大德前曾作过河南路总管，大德初授集贤学士，持宪湖南。⑦ 巢父：传说中唐尧时的隐士。因其在树上筑巢而居，时人号为巢父。⑧ 舣(yǐ)：使航船停靠岸边。⑨ 倾倒：这里是倾吐之意。襟期：襟怀。⑩ 弭棹(mǐ zhào)：停船。蛾眉晚处：当指美人迟暮之处，这里是指使人伤感的地方。

【品评】晚泊采石，忆中原与潇湘为官经历，作者于花甲之年，对自己迟迟未能隐居颇有悔恨、遗憾之意。这从"只怕失约了巢父"一句中看得再清楚不过了。曲中的"襟期"，当理解为隐居的志向，出世之怀抱。而"蛾眉晚处”，所谓的美人迟暮之感，也是指向“襟期”之“失约”的。或许曲中提到的蒋、刘二位，已经归隐，故舟中寄意怀友之际，于感伤之中，透露出钦羡之意。曲意委婉含蓄，心绪黯淡寂寥，曲折流露出作者对地北天南飘泊不定的官宦生涯之厌倦。

[双调·沉醉东风]秋景①

挂绝壁松枯倒倚②，落残霞孤鹜齐飞③。四围不尽山，一望无穷水，散西风满天秋意。夜静云帆月影低，载我在潇湘画里④。

【注释】① 秋景：此曲当作于大德年间，时作者持宪湖南。② “挂绝壁”句：化用唐李白《蜀道难》诗中“连峰去天不盈尺，枯松倒挂倚绝壁”句意。③ “落残霞”句：化用唐王勃《滕王阁序》中“落霞与孤鹜齐飞，秋水共长天一色”而来。鹜（wù）：野鸭。④ “载我在”句：宋人绘有《潇湘八景图》平远山水组画。这里是说秋景如画，人仿佛在画中。潇湘：湖南境内最大河流。源出于广西，流经零陵的湘水，与从九嶷山北流的潇水相汇合，称为潇湘，也称湘江，流入洞庭湖。

【品评】曲写潇湘秋光奇绝，以舟中所见的流动视角观之，气象辽远阔大，景物清奇如画。全曲情景交融，动静映衬，意境萧疏而蕴藉，无异于一幅匠心独运的长卷水墨画，既多姿多采，又令人无限神往。

[双调·沉醉东风]闲居①

恰离了绿水青山那搭②，早来到竹篱茅舍人家。野花路畔开，村酒槽头榨③，直吃的欠欠答答④。醉了山童不劝咱⑤。白发上黄花乱插⑥。

【注释】① 闲居：此题重头小令一组原共 3 首，这里所选为第 2 首。② 恰：刚刚，适才。那答：那里。③ 槽：酿酒器具。榨：用笃（chōu）过滤酒。

④ 欠欠答答：形容醉态，犹摇摇晃晃。⑤ 咱：读作 zá，古代方言中“咱家”之省。这里是韵句。⑥ 黄花：指野菊花。

【品评】曲写闲居适意，信步青山绿水之间，恰逢新醅村酒初酿，尽兴而饮，酩酊而归。忽发少年狂兴，采野花满鬓乱插，小书童并不阻拦。可谓满纸野趣童心，一派自在潇洒。小令迤逦写来，顺情遂性，笔法灵动跳脱，韵律自然妥帖，隽永活泼，清新可读。堪称别调，自是不可多得。

[双调·沉醉东风]重九①

题红叶清流御沟②，赏黄花人醉歌楼。天长雁影稀，月落山容瘦。冷清清暮秋时候。衰柳寒蝉一片愁，谁肯教白衣送酒③。

【注释】① 重九：即农历九月初九重阳节。古人以六属阴，以九属阳，故名之。古代重视重阳，届时有很多民俗活动，如登高赋诗，插茱萸，饮菊花酒等等。详《荆楚岁时记》等。② “题红叶”句：唐人记红叶题诗故事颇多。比较有名的是范摅《云溪友议》卷十中所载之卢渥事。卢渥赴京应举，偶在御沟（宫廷中向外排水的沟渠）拾得一枚红叶，上题诗云：“流水何太急，深宫尽日闲。殷勤谢红叶，好去到人间。”后唐宣宗放出部分宫女，渥得一人，即红叶题诗者。这里不过以红叶、黄花点明季节，装饰文面。③ 白衣送酒：南朝宋檀道鸾《续晋阳秋》载，晋陶渊明好酒而不能常得，九月九日于东篱下采菊盈把，闲坐之。未几，江州刺史王弘命白衣人送酒至，即便就饮，酣醉而归。

【品评】这首令曲情调有些哀伤。在冷清清的感觉之中，雁影是零落的，山形是清瘦的，更有衰柳疏枝，寒蝉悲鸣。总之，周遭的一切反映到作者的意识中，都只是一个“愁”字。重阳日，王维写下了“独在异乡为异客，每逢佳节倍思亲”（《九月九日忆山东兄弟》）的千古名句，陶渊明便是归居田园了，仍有好友差人送酒来。看来，疏斋倦于官场，欲隐居而又因种种原因难以痛下决心。此曲尾句未尝不是一个注脚：假使隐居了，谁肯像王弘对待陶潜那样遣白衣使者为自己送酒呢？其内心的孤独与寂寥溢于字里行间。故可推测此曲或是疏斋宪使湖南期间所写，其笔下暮秋景象，被充分情绪化了。

珠帘秀(一首)

珠帘秀,姓朱氏,元代著名杂剧女演员,珠帘秀乃其艺名,排行第四,生卒年未详。《青楼集》中说她“杂剧为当今独步;驾头、花旦、软末泥等,悉造其妙”。一时名公推重之,“后辈以‘朱娘娘’称之者”。她与当时许多著名曲家交情深厚,曾与关汉卿、卢挚、胡祗遹、冯子振、王恽等互有词曲赠答。曾一度献艺扬州,后在杭州嫁一道士,晚景凄凉,不知所终。现存小令1首,套数1套。

[双调·寿阳曲]①答卢疏斋②

山无数,烟万缕。憔悴煞玉堂人物③。倚篷窗一身儿活受苦,恨不得随大江东去。

【注释】① 寿阳曲:双调曲牌,亦作[落梅风]。参见前卢挚[双调·落梅风]《别珠帘秀》注①。② 卢疏斋,即卢挚,疏斋乃其号。卢挚有同调牌《别珠帘秀》曲,见前。可将两曲对读之。③ 玉堂人物:泛指显贵的文人学士。玉堂:官署名。汉代侍中有玉堂署,宋以后称翰林院为玉堂。卢挚曾官翰林学士,因称。

【品评】曲写离愁别绪,别出机杼。先写苍茫山色和淡烟暮霭,大有“四围山色”、“一鞭残照”意味,点出离别之环境。继写离别之际眼中的人物,寥寥三句,画魂写心,描写出人之不堪。其韵味与卢挚原曲异曲同工,各逞其妙。珠帘秀曲似更见女性细微心地,体贴、怜爱,以至难舍难分的真情,溢于言表。不知此是否帘秀将往杭州去嫁人?若是,则此生离无异于死别!将卢、珠二曲对读之,当更动人心魄。

刘敏中（二首）

刘敏中(1243—1318)，字端甫，济南章丘(今属山东)人。至元中，曾由中书掾擢为兵部主事，拜监察御史。因弹劾权臣桑哥而辞官。未久，被起用，官至翰林直学士兼国子祭酒。大德间出为东平路总管，擢陕西行台治书侍御史。后召为集贤学士，参议中书省事。武宗时又曾出为淮西肃政廉访使，转山东宣慰使，召为翰林学士承旨。延祐五年(1318)卒，赠光禄大夫柱国，追封齐国公，谥文简。能诗词，擅散文，有《中庵集》等。《元史》有传。其散曲今仅存小令2首。

[正宫·黑漆弩]村居遣兴[①]二首

高巾阔领深村住[②]，不识我唤作伧父[③]。掩白沙翠竹柴门，听彻秋来夜雨。　　闲将得失思量，往事水流东去。便直教画却凌烟[④]，甚是功名了处？

吾庐却近江鸥住，更几个好事农父[⑤]。对青山枕上诗成，一阵沙头风雨。　　酒旗只隔横塘，自过小桥沽去。尽疏狂不怕人嫌，是我平生喜处。

【注释】①《村居遣兴》二首，当作于作者因弹劾权臣桑哥而辞官归乡之时，是有感而发，而非泛泛之咏。② 高巾：《全元散曲》作“长巾”，长巾阔领，指隐居乡里时穿着的简朴服装。深村：指僻远的乡村。③ 伧父：亦作伧夫，詈语，犹言村野鄙夫。④ 便：即使、纵然。直教(jiāo)：表示一件事的完成或将欲完成。凌烟：即凌烟阁。唐太宗曾图二十四功臣像悬于此。画却凌烟，指自己的画像上了凌烟阁，是功成名就之意。⑤ 好(hào)事农父：指热心肠的农夫。

【品评】《元史》本传中说：“敏中平生，身不怀币，口不论钱……每以时事为忧，或郁而弗伸，则戚形于色，中夜叹息，至泪湿枕席。”读此可知敏中忧国忧民的情愫。他弹劾权奸桑哥时，也不过三十一二岁。故隐居乡里时写此二曲，乃真实心迹之流露。辞官乡居，心潮澒洞；画却凌烟，非己之志。倒不如沽酒横塘，尽性疏狂。细细味之，忧时郁怫之慨，牢骚愤懑之叹，悄然透出。二曲要在得失之思量、权衡：居官未必是福，乡隐焉知是祸？元代知识分子的矛盾、痛苦尽在其中了。

陈草庵(二首)

陈草庵,生平事迹不详。《录鬼簿》称其为“陈草庵中丞”,列于“前辈已死名公,有乐府行于世者”中。孙楷第《元曲家考略》谓其名英,曾任宣抚,延祐初拜为河南省左丞。元张养浩《云庄类稿》卷九《析京陈氏先茔墓碑铭》引陈英自述,叙其家世与生平经历,可参考。《全元散曲》录存其小令 26 首。其曲多为愤世嫉俗之作。

[中吕·山坡羊]叹世①

晨鸡初叫,昏鸦争噪,那个不去红尘闹②?路迢迢③,水迢迢,功名尽在长安道④。今日少年明日老。山,依旧好;人,憔悴了。

【注释】① 叹世:作者用[中吕·山坡羊]写有重头组曲共 26 首,总题作《叹世》。这首为第 16 首,下面一首为第 22 首。② 红尘:指俗世纷争之处所,引伸亦喻指官场或争名逐利之地。③ 迢迢:《乐府群珠》作“遥遥”,《梨园乐府》则作“迢遥”。④ 长安道:通往京城的道路。

【品评】想来作者经历过宦海风波,似乎彻底看破了红尘。曲中人生易老的慨叹,也不宜视为消极,这里有个价值观问题,自然也有人生意义的探询。此外,曲中也折射出元代士人处境之尴尬,以及他们内心深处的“两难情结”——一方面是地位的边缘化,一方面又心有不甘。如此,便在蹉跎之中,人老去了,憔悴了——他们的叹息是沉重的。

[中吕·山坡羊]叹世

渊明图醉①,陈抟贪睡②,此时人不解当时意。志相违,事难随,由他醉者由他睡③。今朝世态非昨日④。

贤，也任你[5]；愚，也任你。

【注释】① 渊明图醉：陶渊明写有《饮酒》诗 20 首，其《序》中说："余闲居寡欢，兼比夜已长，偶有名酒，无夕不饮。顾影独尽，忽然复醉。既醉之后，辄题数句自娱。"② 陈抟（tuán）贪睡：北宋时隐士陈抟曾先后修道武当山、华山，"每寝处，多百余日不起"。事详《宋史·隐逸列传·陈抟》。③ "由他"句：《全元散曲》作"不由他醉了齁睡"。齁（hōu）：打呼噜声。④ "今朝"句：《全元散曲》为"今日世途非向日"。⑤ 也任你：《全元散曲》作"谁问你"。下面一句"也任你"亦同。

【品评】图醉、贪睡，无非是为了忘却烦恼与忧愁，可见元曲家是有烦忧的。陈草庵揭出其中原因："志相违，事难随。"这值得引起我们的注意。他们非今日是昨日，也透露出对现实的牢骚愤懑来。

奥敦周卿（一首）

奥敦周卿，女真人。姓奥敦（汉译亦作奥屯），名希鲁，字周卿，号竹庵。天一阁本《录鬼簿》“前辈名公”中有“奥殷周侍御”，当为“奥敦周卿”的衍误。世祖至元六年(1269)杨果任怀孟路（今属河南）总管时，奥敦任总管府判官。后历任河北、河南道提刑按察司事，又任江西、江东宪使，澧州路总管，直至侍御史。其曲在当时颇有名声，俞德邻《佩韦斋集》卷一〇有《奥屯提刑乐府序》。《太和正音谱》将其列于“词林之英杰”一百五十人中。《全元散曲》录存其小令2首，套数1套。

［双调·折桂令］①

西湖烟水茫茫，百顷风潭，十里荷香。宜雨宜晴，宜西施淡抹浓妆②。尾尾相衔画舫③，尽欢声无日不笙簧④。春暖花香，岁稔时康⑤。真乃上有天堂，下有苏杭。

【注释】① 折桂令：双调曲牌，又名［蟾宫曲］、［天香引］、［广寒秋］、［秋风第一枝］等，定格句式为六四四、四四四、六六四、四四，十一句九韵。此曲《阳春白雪》前集卷二作［蟾宫曲］，《全元散曲》从之。原为同题重头2曲，此为第2首。《乐府群珠》题作《咏西湖》。② “宜西施”句：化用苏轼诗句“欲把西湖比西子，淡妆浓抹总相宜”（《饮湖上初晴后雨》）。③ 尾尾相衔：言船一艘艘紧紧相连，络绎不绝。画舫：华丽的画船。④ 笙簧：本指竹管吹奏乐器，这里泛指丝竹管弦诸般音乐。⑤ 稔(rěn)：庄稼成熟，此泛指年景丰收。

【品评】曲写西湖美景，除了风光旖旎和歌舞升平之外，又写到丰年欢欣，把西子湖写得无般不美，有如天堂。作者情绪极好，面对良辰美景，彻底陶醉了。“上有天堂，下有苏杭”之谣谚，看来在宋元时期已广为流传了。

马致远（三十二首）

马致远（约1250—1321后），号东篱，大都（今北京）人。早年曾热衷于功名，却始终未能实现自己的抱负。曾任江浙行省务官（一作江浙省务提举）。晚年退隐，过着诗酒林泉的闲适生活。他是一位孜孜不倦的曲家，早年曾加入贞元书会，且有很大的名声，被称为"曲状元"。所作杂剧有15种，今存《汉宫秋》等6种；散曲今存小令115首，套数22套。在艺术风格上，他是元曲豪放派最有代表性的作家，被誉为"元曲四大家"之一。在语言上，他融汇了诗词的精华，同时汲取了生动的口语，创造性地丰富了曲的独特意境和艺术体式。《太和正音谱》评其词"如朝阳鸣凤"，列为元曲家一百八十七人之首。

[双调·水仙子]① 和卢疏斋西湖②

春风骄马五陵儿③，暖日西湖三月时，管弦触水莺花市④。不知音不到此，宜歌宜酒宜诗。山过雨颦眉黛⑤，柳拖烟堆鬓丝，可喜杀睡足的西施。

【注释】① 水仙子：双调曲牌，又名[凌波仙]、[湘妃怨]、[冯夷曲]等，亦入中吕、南吕，还可与[折桂令]合为带过曲。定格句式为七七七、五六、三三四，八句七韵。首二句或首三句可对仗，亦可不对仗。《全元散曲》此曲牌名为[湘妃怨]。② 卢疏斋：即卢挚。字处道，号疏斋，大都涿郡（今河北涿州）人。至元五年（1268）进士，累官至翰林承旨。元初时文章与姚燧齐名，诗与刘因齐名。亦能曲，《全元散曲》录存其小令120首。③ 五陵儿：借指贵家子弟。李白《少年行》："五陵年少金市东，银鞍白马度春风。"五陵，本指汉代五座皇帝陵墓。④ "管弦"句：形容管弦演奏的音乐掠过水面，传播到群莺喧闹的花丛之中。市：极言西湖春三月花团锦簇、鸟雀争鸣。⑤ "山过雨"三句：形容雨后春山有如西施黛眉颦皱；柳烟拖绿，有如西施蓬松的鬓发，而整个春天的西湖，犹如酣睡初醒的西施。这里可视为是对苏轼以西子喻西湖更细致、更形象的描摹。

【品评】写西湖之春的诗词曲可谓汗牛充栋，然此曲别是一番情调。前三句写西湖繁华，抓住了游人在春风暖日中徜徉之感受，突出一个“闹”字，管弦、莺歌，更有花团锦簇；“不知音”二句乃言西湖春景之“宜”，即所谓“宜晴宜雨”，“宜酒宜诗”等等——西湖无时不美，无处不美；最妙自然还在末三句，作者感受之细微与独到，是极饶创造性的。特别是末句，更是令人叹为观止！春之西湖与睡足了的西施醒来之比并，真可谓神来之笔，大可玩味。这何啻一个巧比妙喻！

［双调·拨不断］①

叹寒儒，谩读书②，读书须索题桥柱③。题柱虽乘驷马车④，乘车谁买《长门赋》⑤？且看了长安回去⑥。

【注释】① 拨不断：双调曲牌，又称［续断弦］，定格句式为三三七、七七四，六句六韵。② 谩：莫。这里是无须的意思。③ 须索：定要，就得。题桥柱：司马相如离家去长安求取功名，过升仙桥，题词于桥柱云：“不乘赤车驷马，不过此桥。”见《成都记》。后遂以“题桥”或“题桥柱”喻指读书人有远大志向或博取功名。④ 虽：即使，纵然。驷马车：高官厚禄者所乘坐的四匹马豪华车子。⑤ “乘车”句：汉武帝的陈皇后失宠，被打入冷宫——长门宫，她以黄金百斤请司马相如作了篇《长门赋》，武帝读后大为感动，于是陈皇后被召回宫，重获宠幸。见司马相如《长门赋·序》。⑥ “且看”句：倒不如在长安城里闲逛逛后回家去吧。

【品评】小曲巧用民间说唱中“顶真（针）续麻”的形式，一句一转，直到推出一个读书无用的结论来，反映了在元代特定背景下读书人的失落与无奈。言外之意是说眼下不是汉代（这里的“汉”字用意双关，不能轻易放过），你纵然才高如司马相如，也是无济于事的。此外，陈阿娇买《长门赋》事，是一个被搬用烂了的故事，马致远却能熟事新翻，变幻出奇，将旧典用活，赋予其全新的意味，亦须细细含玩的。

[双调·拨不断]

菊花开，正归来。伴虎溪僧、鹤林友、龙山客[1]，似杜工部、陶渊明、李太白[2]，有洞庭柑、东阳酒、西湖蟹[3]。哎，楚三闾休怪[4]。

【注释】① 虎溪僧：指晋代高僧慧远。他在庐山东林寺时，足不出山，迹不入俗，寺前溪畔虎啸不时传来，故名虎溪。见陈舜禹《庐山记》。此泛指得道高僧。鹤林友：指五代时修炼成仙的殷天祥，他曾使鹤林寺的杜鹃花非时而于秋季开放。事见《太平广记》卷五二引《续仙传》。这里泛指道行高的道士。龙山客：指晋代的孟嘉。他是陶渊明的外祖，曾为桓温幕下参军。桓温于重阳日与属下宴集，孟嘉的帽子为风吹落而不觉，遭到嘲笑，于是请纸笔作答，文辞超绝，众皆叹服。事见陶渊明《晋故征西大将军长史孟府军传》。此借指放达不羁之高才名士。② 杜工部：即唐代大诗人杜甫，因其官至检校工部员外郎，世称杜工部。陶渊明：东晋大诗人陶潜，字渊明，以弃官归隐而著称。李太白：唐代大诗人李白，字太白，一生以纵情山水、漫游天下而名于后世。③ 东阳酒：即金华酒。今浙江金华古称东阳郡。④ 楚三闾：指战国时楚国大诗人屈原，他曾官三闾大夫。他曾说过："众人皆醉我独醒。"(《楚辞·渔父》)。

【品评】此曲写归隐之志，旷放而洒脱，曲折表达了元代士人仕途逼仄，不得不自我放逐的情怀。至于曲子句法之奇妙，当是第二义了。三个十字句形成鼎足对，每个十字句中又分别由三个鼎足而对的词语构成，这种巧体对式被朱权称为"燕逐飞花对"(《太和正音谱·对式》)。可见马致远是思想内容与技巧形式并重的。

[双调·拨不断]

酒杯深[1]，故人心，相逢且莫推辞饮。君若歌时我慢斟，屈原清死由他恁[2]。醉和醒争甚？

【注释】① 酒杯深：指把酒深饮，即畅怀痛饮。② “屈原清死”句：《楚辞·渔父》中说，屈原遭放逐，曾对渔父说：“举世皆浊我独清，众人皆醉我独醒，是以见放。”渔父劝他不必过于执著，“与世推移”就是了。屈原则表示宁可葬身鱼腹之中，也要保持清白，决不与浊世同流合污。恁（nèn）：如此，这般。

【品评】乍看上去，马致远仿佛对屈原的“清死”不以为然，相反，倒赞成渔父“与世推移”（糊里糊涂地随波逐流）的说法。细味之，曲中全是激愤之极的牢骚语，其与白朴[仙吕·寄生草]《饮》乃是异曲同工的，劝饮背后是无力改变现实的痛苦与无奈。

[双调·落梅风][①]远浦归帆

夕阳下，酒旆闲[②]，两三航未曾着岸[③]。落花水香茅舍晚，断桥头卖鱼人散[④]。

【注释】① 落梅风：此曲《全元散曲》题作《远浦帆归》，为《潇湘八景》组曲之第 2 首，且一组 8 首调牌皆为[双调·寿阳曲]。② 酒旆（pèi）：即酒旗，俗称“酒望儿”，亦即酒家的标识、幌子。③ 两三航：两三只渔船。航：代指船。④ 断桥：残破之桥。

【品评】小曲写黄昏江边渔村景象，淡远幽静，萧疏清旷，犹如一幅水墨画。而一个“闲”字，又一个“散”字，平添了几分凄寂，悄然透露出作者的出世之想，以及其恬淡超然的意绪，与元代文人画的韵味息息相通。

[双调·落梅风][①]

心间事，说与他。动不动早言两罢[②]。罢字儿磣可可你道是耍[③]，我心里怕那不怕？

【注释】① 此曲《全元散曲》调牌亦作[双调·寿阳曲]，为一组 23 首题情小曲之第 7 首。以下 4 首亦选自此组曲。② 早言：先说。两罢：即分手。

③ 碜可可：宋元口语，犹言惨兮兮，形容凄惨可怕的样子。耍：玩笑。

【品评】 此曲写小儿女情态，惟妙惟肖，情趣盎然。你看她爱得有多么诚挚，多么痴迷！意中人不经意说出要分手，而且在很大程度上是试探甚或是开玩笑性质，她就心慌意乱，怕得不得了。作者只抓住一对恋人在热恋中的一句话，以及女子的细微心理活动，就写活了人物。恋爱是一种情境，罗兰·巴特说："情境，就是忙活着的恋人。"（《一个解构主义的文本》）信矣！

［双调·落梅风］

人初静，月正明。纱窗外玉梅斜映①。梅花笑人偏弄影，月沉时一般孤另②。

【注释】 ① 玉梅：白色的梅花。② 孤另：即孤零，孤独。

【品评】 小曲写闺怨，笔调奇崛，可谓妙绝。这里的梅花被人格化了，其"笑人"、"弄影"说到底都是闺中人幻想出来的。梅花反衬出人的孤独、寂寥，而人的迁怒于梅花，虽语近荒诞，却非常有趣。称得上是出乎寻常意想之外，却在人情物理之中。处于恋爱漩涡中的人，往往是痴想无边的。最妙更在末句，大有"君莫舞，玉环飞燕皆尘土"（辛弃疾《摸鱼儿》）之慨，闺中人对"窗外玉梅"冷言道："莫太得意了，月落之后，你也弄不成影了，那时你我同样孤苦零丁！"读罢，令人忍俊不禁。

［双调·落梅风］

实心儿待，休做谎话儿猜。不信道为伊曾害①。害时节有谁曾见来？瞒不过主腰胸带②。

【注释】 ① "不信道"句：犹言信不信由你，我为你得了相思病。道：语助词，这里是加强语气。害：即害相思，得了相思病。② "瞒不过"句：是说因害相思而瘦损，衣带显得宽松了。主腰：亦作"麈腰"，古代女子贴身内衣。

【品评】此亦妙在末句，乃由“衣带渐宽终不悔，为伊消得人憔悴”（柳永《凤栖梧》）句变化而来，所不同处在于不仅衣带成了“害”的见证，而且它还是有知的。不信你去问衣带好了——闺中人憨痴之情态历历在目，声容可掬。作者寥寥数笔，追魂夺魄，写出了痴情小儿女之神韵。

[双调·落梅风]

蔷薇露，荷叶雨，菊花霜冷香庭户。梅梢月斜人影孤，恨薄情四时辜负①。

【注释】① 薄情：薄情人，这里指女主人公的意中人。四时：即一年四季。

【品评】小曲一句不闲，写的是四季闺怨。四时花，四时人，突出了顾影自怜、孤苦难当的思妇形象。大约薄情郎很久都无音书，闺中人无时不在企盼聚首，以至忍看花开花落，终于一腔怨尤，奔迸而出。前四句为末句造足了蓄势，故末句一出，便令人黯然。

[双调·落梅风]

因他害，染病疾，相识每劝咱是好意①。相识若知咱就里②，和相识也一般憔悴③。

【注释】① 相识每：朋友们，姐妹们。所谓相识相知者。每：们。② 就里：内情，隐情。③ 和：连，共。

【品评】此亦换一副笔墨写闺情之作。恋爱体验各有各的委曲，各有各的隐衷，别人相劝往往是劝不到点子上的。曲以自己相思之苦的不可言传，坠入爱情漩涡而难以自拔，以及害相思之后的身心憔悴，传达出爱的微妙与苦痛，相知姐妹的善意相劝，有如药不对症，是难以奏效的。“务头”亦在尾句，泼辣中有含蓄，于不写之写中为读者留下无限联想。

[越调·小桃红]春[1]

画堂春暖绣帏重[2]，宝篆香微动[3]。此外虚名要何用？醉乡中，东风唤醒梨花梦[4]。主人爱客，寻常迎送，鹦鹉在金笼。

【注释】① 此曲为总题《四公子宅赋》咏四季重头曲之第1首。所谓“四公子”，一般是指战国时期的孟尝君、春申君、平原君和信陵君。这里或只是借作宅舍的美称。② 画堂：泛指华贵的厅堂。绣帏：华丽的幕帐。重(chóng)：重重，言厅堂之深，幕帐重重。③ 宝篆：香炉中缕缕缭绕的烟雾形同篆书，故称之。④ 梨花梦：指易逝的春梦。梨花于仲春后开放，未久，春天就过去了。

【品评】此曲意甚朦胧。四首重头曲联系起来看，除了咏叹四季流转、光阴易逝之意外，也有淡泊名利、超然物外的情绪在。或许马致远有意在营造一种朦胧，逸笔草草，聊以写胸中意气。或以为结末三句隐约透露出主人公以鹦鹉在笼自喻，欲挣脱束缚。恐不确。结三句不过扣紧“宅”字，金笼鹦鹉亦只装饰文面而已，不宜附会。

[南吕·金字经][1]

絮飞飘白雪，鲊香荷叶风[2]。且向江头作钓翁。穷[3]，男儿未济中。风波梦[4]，一场幻化中。

【注释】① 金字经：南吕宫曲牌，又名[阅金经]、[西番经]，亦可入双调，定格句式为五五七、一五、三五，七句七韵。《乐府群珠》马致远此调牌下原共3首，分别题为《渔隐》、《樵隐》、《未遂》。此为第1首《渔隐》。② 鲊(zhǎ)香：腌制鱼的香味。③ 穷：指受困顿，不显达，非指一般意义之穷。④ 风波梦：比喻仕途之险恶，有如一场挣扎在风浪中的恶梦。

【品评】钓翁、渔父，包括山樵、野叟，在诗词曲中已然符号化了，均不过是出世之想的指符而已。此曲借钓翁摅发愤世、叹世之感，未必真的作者就去作了钓翁。男儿未济，士人困厄，在元代是较为普遍的，因而类似的牢骚语屡见于元人曲子中。末二句的人生幻灭感也不可简单视为消极，正是在这种痛苦的哀叹之中，藏着棱棱芒角，以及愤世嫉俗的倔强。

[南吕·金字经]①

夜来西风里②，九天雕鹗飞。困煞中原一布衣③。悲，故人知未知？登楼意④，恨无上天梯⑤。

【注释】① 此为同调牌三首重头曲之第3首，《乐府群珠》原有题《未遂》。② “夜来”二句：点化东汉王粲《登楼赋》之意，以猛禽乘风高飞，反衬出自己的失意与困窘。西风：指秋风。雕鹗(è)：两种猛禽。③ “困煞”句：本指王粲，因其为高平(今山东邹城)人，故曰“中原”。这里是以王粲自喻。煞：犹极。布衣：指平民百姓。④ 登楼意：王粲避董卓之乱，往投荆州刘表，竟不为所用。一日登当阳城楼眺望，作《登楼赋》，抒发怀才不遇的愤懑。此以王粲自况也。⑤ 上天梯：隐指进身之阶。

【品评】王粲登楼作赋，发摅牢骚愤懑之事，常被元曲家取以为意，比附自况，以宣泄胸中积郁。郑德辉有《王粲登楼》杂剧，借王粲之口，对元代的用人制度，几近破口大骂。可与马致远此曲对读发明之。此曲借咏王粲登楼，实是直摅胸臆之懑。雕鹗之高飞九天，布衣之沉抑下僚，显然是现实社会用人制度的曲喻，作者之悲叹与愤慨，实为一代士人之共同心声。

[双调·折桂令]①叹世

咸阳百二山河②，两字功名，几阵干戈。项废东吴③，刘兴西蜀④，梦说南柯⑤。韩信功兀的般证果⑥，蒯通言那里是风魔⑦？成也萧何⑧，败也萧何，醉了由他⑨。

【注释】①《全元散曲》据《太平乐府》及《乐府群珠》，此《叹世》曲原为2

首，调牌为［双调·蟾宫曲］。② “咸阳”句：指秦地险固。《史记·高祖本纪》：“秦，形胜之国，带河山之险，县隔千里，持戟百万，秦得百二焉。”唐裴骃《集解》引苏林曰：“秦地险固，二万人足当诸侯百万人也。”咸阳：秦国都城。③ 项废东吴：指项羽兵败，最终乌江自刎。④ 刘兴西蜀：刘邦被封为汉王后，凭借巴蜀与汉中之地，逐步东进，历五年而打败项羽，建立汉朝。⑤ 梦说南柯：言兴废都有如梦境一般虚幻。南柯：指梦。事见唐人李公佐传奇文《南柯太守传》。⑥ “韩信”句：功劳大如韩信，其结果也是死于非命（指为吕后所害）。韩信是汉朝开国功臣，后为刘邦与吕后杀害。兀的：这样的。证果：本为佛家语果报之义，这里是下场、结果之意。⑦ “蒯通言”句：蒯通的话哪里是疯人之语呀。蒯通即蒯彻，汉初著名辩士。他曾劝韩信起兵叛汉，韩不从，后为避祸而装疯。事见《汉书·蒯彻传》。⑧ “成也萧何”二句：宋元俚语俗谚。萧何为汉初名相，举荐韩信是他，后帮助吕后设计杀害韩信的也是他。⑨ 他：这里须读 tuō，有韵。

【品评】题作《叹世》，内容上又仿佛是在咏史，便是人们常说的借古讽今了。元人每每如此。无名氏有《赚蒯通》杂剧，用意与此略同。元代士人在沉抑下僚、志不得伸的严酷现实面前，往往由感慨悲愤转为哀叹、虚无，历史与现实都在这种虚无中变得意义模糊了。这可以看作是一种痛楚与无奈，却不能简单地归结为消极，因为透过对现实强烈的愤懑牢骚，不难感受到元曲家们的磊落不平之气，甚至是义无反顾的独立人格精神。

［双调·拨不断］

布衣中，问英雄。王图霸业成何用①！禾黍高低六代宫②，楸梧远近千官冢。一场恶梦！

【注释】① 王图霸业：成王图霸的基业。② “禾黍”二句：直接化用唐人许浑《金陵怀古》诗中成句：“松楸远近千官冢，禾黍高低六代宫。”禾黍高低：指昔日繁华化为荒芜的田园。《诗·王风》：“彼黍离离，彼稷之苗。行迈靡靡，中心摇摇。”旧说是写“闵周室之颠覆”，即悲故都荒芜而忧伤彷徨。六代宫：金陵（今江苏南京）曾为六朝故都，即三国吴、东晋、宋、齐、梁、陈。楸梧：古代陵墓多植这两种乔木。任本“楸”误作“揪”，此据《全元散曲》改。

【品评】此曲已由一般地否定仕途进取，进而否定了一切王图霸业，仿佛是彻底的历史虚无主义。梦而着一“恶”字，不仅是感伤语，更是至哀至痛语。元代士人之失落与悲慨，已痛入骨髓！

[双调·拨不断]

莫独狂[①]，祸难防。寻思乐毅非良将[②]，直待齐邦扫地亡，火牛一战几乎丧[③]。赶人休赶上[④]。

【注释】① 独：一味，只是。狂：骄纵，恣狂。② “寻思乐毅”二句：乐毅贤而善用兵，曾为燕昭王上将军。时燕与各诸侯合纵伐齐，乐毅统领燕、赵、韩、魏、楚五国兵力攻齐，攻下齐七十余城，惟独莒、即墨未能攻下。即是说，齐国并未扫地而亡。故言“直待”。事详《史记·乐毅列传》。③ “火牛一战”句：燕惠王时，齐国使用反间计，乐毅失势，出奔赵国。齐将田单用火牛阵大破燕军，收复所有失地，乐毅前功尽弃。火牛，任本误作“火中”。此据《全元散曲》改。④ “赶人”句：是说凡事不要逼人过甚。

【品评】此曲借咏史以寓现实感发：以为凡事须留有地步，不可逞强太过。而过犹不及，事物有可能向其反面发展。如此一番感发，既有时不我遇之心理不平，亦寄寓对现实用人制度的不满，心态相当复杂。

[双调·庆东原]叹世

明月闲旌旆[①]，秋风助鼓鼙[②]，帐前滴尽英雄泪[③]。楚歌四起，乌骓漫嘶，虞美人兮！不如醉还醒[④]，醒而醉。

【注释】① 旌旆：营帐中的战旗。② 鼓鼙（pí）：军中指挥号令的战鼓，这里指远处传来的战鼓声。③ “帐前”四句：楚霸王项羽在垓下被刘邦的汉军所围困，英雄失路，不禁潸然泪下。刘邦又使士兵高唱楚地民歌，以动摇楚军军心。乌骓（zhuī）：宝马名，此指项羽的战马。漫嘶：长长的鸣叫声。虞美人：指项羽的爱姬虞姬。垓下项羽被围困时，作歌唱道：“力拔山兮气盖世，时不利兮骓不逝。骓不逝兮可奈何！虞兮虞兮奈若何！”事详《史记·项羽本纪》。④“不如”二句：由苏轼《渔父》词“酒醒还醉醉还醒，一笑人间今古”点化而来。

【品评】此亦咏史篇什，大半楚汉相争熟事。其要旨在结二句，必欲将历史兴亡一发模糊了去。细味之，似又有借末路英雄之不堪，与元代士人仕路断绝相比附意，乃借题发挥，音在弦外也。

［双调·清江引］①野兴（二首）

樵夫觉来山月低②，钓叟来寻觅。你把柴斧抛，我把渔船弃。寻取个稳便处闲坐地③。

绿蓑衣紫罗袍谁为你④，两件儿都无济⑤。便作钓鱼人，也在风波里。则不如寻个稳便处闲坐地。

【注释】① 清江引：双调曲牌，又叫［江儿水］，定格句式为七五、五五七，五句四韵。《太平乐府》卷二马致远此调牌原《野兴》题下共 8 曲，这里选的是第 1、第 2 曲。② “樵夫”句：是说一觉睡醒已是月上中天之时了。觉来：醒来。③ “寻取”句：犹言找个安稳方便的地方闲坐着以便聊天。地：犹“着”、“下”。④ 绿蓑衣：樵夫渔父所用遮风雨的草结衣着。紫罗袍：指在朝为官。叶子奇《草木子·杂制》：“朝服一品二品用犀玉带，大团花紫罗袍，三品至五品用金带紫罗袍。”谁为你：犹不论是谁，即无论穿蓑衣还是着紫罗袍。《全元散曲》据《太平乐府》此句作“绿蓑衣紫罗袍谁是主”。⑤ 无济：无济于事。这里是都一样无益的意思。

【品评】此二曲骨子里仍是愤世嫉俗，超然物外，以至连渔樵（隐居的符号化形象）也否定了，如此只好去做神仙。倘若做不成神仙，“稳便处闲坐地”便无法做到。吃什么？如何生存？故，只能理解成它是牢骚语，使气话，就中寄寓的是一种心境，一种意绪。《桃花扇·余韵》似受到了此二曲的启发，一渔一樵话兴亡，终觉“避祸今何晚，入山昔未深”，作鸟兽散状了。无穷苦闷是深藏于曲中的，曲折透出的仍是一种对现实的万般无奈。

[双调·清江引]

林泉隐居谁到此，有客清风至①。会作山中相②，不管人间事。争甚么半张名利纸！

【注释】 ①“有客”句：是说清风似客来伴，言外之意是无客造访。② 会作：恰作，正好作。山中相：即山中宰相。《南史·隐逸列传下·陶弘景》中说，陶弘景隐居句曲山（茅山）中，帝手诏其出山为官，不就。梁武帝每遇吉凶征讨及国家大事，无不前往茅山咨询，时人遂称陶为“山中宰相”。此句实为自我解嘲语。

【品评】 此曲与上二曲一样，均为《野兴》题下八首之一。曲中对陶弘景似有微词，言外之意是真隐士就彻底与外界隔绝，不再去管人间冗事，“山中宰相”毕竟与朝廷往还，算不得真隐士。马致远并不想作什么山中相，这里既有调侃意味，又有自嘲情趣。“有客清风至”亦大妙之语，非“马神仙”、“曲状元”谁能道之？

[双调·清江引]

西村日长人事少①，一个新蝉噪。恰待葵花开②，又早蜂儿闹。高枕上梦随蝶去了③。

【注释】 ① 西村：意同“西畴”，喻指隐居者之所在。陶渊明《归去来兮辞》：“农人告余以春及，将有事于西畴。”人事：指躬耕者之农活。以春、秋两季为多。夏季少些。② 恰待：刚要，即将。③ 梦随蝶去了：用《庄子·齐物》中庄周梦中化为蝴蝶事。这里仅取其文面，是说进入了梦乡。

【品评】 此亦《野兴》八首重头组曲之一。马致远在这里美化了隐居的环境，营造出一个无忧无虑、宁静和谐的世外桃源般境界。末句点出，这样的境界怕只有在梦幻中才会有吧。小曲妙在以自然界的“闹”来衬托人世间的“静”，仿佛“西村”里绝无人事纷争。细绎之，这不过是作者的幻想之境罢了。

[南吕·四块玉]

酒旋沽,[①]鱼新买。满眼云山画图开,清风明月还诗债。本是个懒散人,又无甚经济才[②],归去来。

【注释】① 酒旋沽:刚刚买得酒来。② 经济才:指经世济民之才能。杜甫《上水遣怀》诗:"古来经济才,何事独罕有。"

【品评】此曲为总题名《恬退》四首重头曲之最后一首。曲写隐居乐道,无处不美。既有酒盈樽,又有鲜鱼佐之,且"满眼云山","清风明月",真的是诗酒乐天真,无异于神仙般快活潇洒。想来又是作者以审美态度面对自然,移情作用使得客体主观化了。后三句还是有点酸溜溜的——无奈情绪悄然透出。

[南吕·四块玉]天台路[①]

采药童,乘鸾客,怨感刘郎下天台[②]。春风再到人何在?桃花又不见开。命薄的穷秀才,谁教你回去来!

【注释】① 天台路:马致远用[南吕·四块玉]调牌共写 10 首以地名为题的一组曲,此为第 1 首。刘晨、阮肇入天台山(位于今浙江省东部)采药逢仙女故事,本于南朝宋刘义庆《幽明录》,原文已佚,今见于《太平广记》卷六十一《天台二女》。略云:刘晨、阮肇入天台山采药,逢二仙女,遂与二仙女各结为夫妻。半年后,因思家心切,刘、阮返回乡里,却已是"乡邑零落,已十世矣"。二人后重入天台山访二仙女,但杳无人迹。马致远写有《刘阮误入桃源洞》杂剧,即取材于刘、阮入天台山故事。② 怨感:指对刘、阮从天台山回乡感到怨怅、遗憾。

【品评】此曲妙在结二句。刘阮二郎既已入神仙境地,何苦还要回到早已零落的故乡呢？所谓“下天台”后，人不在，花不开，一片萧索，满眼凄凉，影射的恰恰是对现实人生的厌倦，曲折反映的正是元代士人的出世之想。马致远《刘阮误入桃源洞》杂剧第四折残曲有云：“脱离了尘缘凡想赴瑶宫，谁想采药天台遇仙种。”表达的是同样的思想，可以对读发明。

[南吕·四块玉]马嵬坡[1]

睡海棠[2]，春将晚，恨不得明皇掌中看。《霓裳》便是中原患[3]。不因这玉环，引起那禄山，怎知蜀道难？

【注释】① 马嵬坡：又叫马嵬驿，故址在今陕西省兴平县马嵬镇。唐玄宗天宝十四载(755)，“安史之乱”爆发，玄宗仓皇出京幸蜀，至马嵬坡，为了平息护驾御林军兵谏，玄宗不得已令杨玉环(贵妃)自缢。② 睡海棠：形容杨玉环的妩媚娇艳之态。宋释惠洪《冷斋夜话》卷一引《太真外传》记载，杨贵妃酒醉，高力士从侍儿扶掖而至，“妃子醉颜残妆，鬓乱钗横”，玄宗笑曰：“岂是妃子醉，真海棠睡未足耳。”③《霓裳》：即《霓裳羽衣曲》。传为唐玄宗梦游月宫所记之谱，后为舞曲，杨贵妃擅为此舞。中原患：指“安史之乱”给唐王朝带来的危机。

【品评】李、杨爱情是历代戏曲家反复染指的题材，仅元代就有关汉卿的《哭香囊》、白朴的《梧桐雨》等杂剧。然各人所作，思想倾向又不尽相同。马致远此令曲似有谴责之意，以为酿成“安史之乱”，责在李、杨的穷奢极欲，有咏史警世意味。马致远这样写，曲折流露出潜在的民族意识，因为安禄山一向是被称作“胡儿”的。这与他在《汉宫秋》杂剧中的用意是相仿佛的。

[南吕·四块玉]洞庭湖[1]

画不成，西施女，他本倾城却倾吴[2]。高哉范蠡乘舟去[3]。那里是泛五湖？若纶竿不钓鱼，便索他学楚大夫[4]。

【注释】① 洞庭湖：这里是指太湖。范蠡、西施故事出于汉赵晔《吴越春秋》等。吴越间的太湖中有所谓洞庭东山和洞庭西山，故称。② 倾城：这里是形容西施女的美貌。《汉书·外戚传》中说，李延年曾在武帝面前作歌道："北方有佳人，遗世而独立。一顾倾人城，再顾倾人国。"倾吴：灭吴。西施曾是越国施美人计而献给吴王夫差的姬妾，灭吴后随范蠡泛舟五湖而去。③ 范蠡：春秋时越国大夫，吴越相争时，他曾被吴国当作人质羁押，后回越助越王勾践复国。吴灭，他功成身退，泛舟而去。④ 便索：尔后，即时。楚大夫：指屈原。这句是说范蠡若不泛舟而去，下场就会像屈原一样，惨遭放逐，甚或像韩信一样被赐死。

【品评】"吴越春秋"故事在封建时代是很典型的。勾践其人，在范蠡看来是"可与同患，难与处安"的，故马致远认为范蠡"高哉"。文种曾与范蠡共辅勾践灭吴复国，然他没有像范蠡一样激流勇退，结果被勾践赐剑而死。小令是范蠡而非屈原，无非是倡隐，咏史终归还要落脚于现实思考的。此外，马致远用典也颇有学问。《越绝书·外传计倪》："倾城倾国，思昭于后王；丽质冶容，宜求鉴于前史。"曲中的"倾城却倾吴"，用得是非常恰切的。

[南吕·四块玉]临邛市①

美貌娘②，名家子，自驾着个私奔车儿。汉相如便做文章士③。爱他那一操儿琴④，共他那两句儿诗。也有改嫁时⑤。

【注释】① 临邛(qióng)市：古地名，即今四川邛崃。此曲咏卓文君、司马相如故事，卓文君是临邛富人卓王孙女。《汉书·司马相如传》载：相如客临邛，适遇卓文君新寡，相如知其好音，乃以琴心挑之，"文君窃从户窥，心说(悦)而好之"，遂"夜亡奔相如，相如与驰归成都"。② "美貌娘"三句：言卓文君与司马相如私奔事。美貌娘：指卓文君。名家子：亦指卓文君。因其为富人卓王孙女。文君奔相如后，因相如家贫，曾变卖车骑，置一酒舍，与相如在临邛市中当垆卖酒。③ "汉相如"句：司马相如因善作赋而为汉武帝赏识。文章士：以文章而受到重用。④ 一操：一曲。琴曲中有

“操”、“引”等名目。这句是说卓文君为司马相如琴挑而属意于他。⑤“也有”句:是说新寡的卓文君决意嫁给司马相如。

【品评】元代士人普遍有一种失落感,其社会地位的边缘化令他们非常苦闷。这首小令借司马相如这位“文章士”的得意于当时而自况,大有过屠门而大嚼意味。自然,也流露出生不逢时之叹。假使司马相如生于元代,他的命运会怎样呢? 曲子的韵外之致大约在此。说到底是一个价值取向问题。操操琴,作作诗,文人伎俩,在马致远那个时代,似乎是不被看重的。小令以四两拨千斤,值得含味再三。

[南吕·四块玉]叹世[①](三首)

带野花,携村酒,烦恼如何到心头。谁能跃马常食肉[②]? 二顷田,一具牛,饱后休。

佐国心,拿云手[③],命里无时莫刚求[④]。随时过遣休生受[⑤]。几叶绵,一片绸,暖后休。

带月行,披星走,孤馆寒食故乡秋[⑥]。妻儿胖了咱消瘦。枕上忧,马上愁,死后休。

【注释】①《叹世》:马致远[四块玉]《叹世》重头一组原共9首,这里选3首。② 跃马常食肉:喻指富贵得意。战国时燕人蔡泽曾言:“吾持粱刺齿肥,跃马疾驱,怀黄金之印,结紫绶于腰,揖让人主之前,食肉富贵,四十三年足矣。”见《史记·范睢蔡泽列传》。③ 拿云手:喻壮志凌云。唐李贺《致酒行》:“少年心事当拿云,谁念幽寒坐呜呃?”拿,或作“拏”。④ 刚:硬是,偏要。⑤ 生受:受苦,遭罪。⑥ 孤馆:指独处旅舍。寒食:节令名,农历清明前一天或前两天。传说春秋时晋国的介子推隐居山中,不愿为官。晋文公企图用烧山之法逼其出山,结果介子推宁死不出。后为纪念介子推,在他死的这天人们禁举火,只吃冷食。

【品评】三首令曲以隐逸为尚,大有逃世避世之嫌,甚至有大倡饱食终日、不思进取的消极意味。它折射出元代士人万般无奈、异常痛苦的复杂内心世界。假如真的认命了，满足了，怕是就连叹息也不必要了。惟其叹息，方见出不平与牢骚来。曲子的潜台词正是心未甘、气未平，就中跃动着郁勃之气和强烈愤懑。

[越调·天净沙]秋思①

枯藤老树昏鸦②，小桥流水人家，古道西风瘦马。夕阳西下，断肠人在天涯③。

【注释】① 秋思(sì)：秋天的思绪。思：思致、思绪，用作名词。② 昏鸦：黄昏时分归巢之乌鸦。③ 断肠人：肝肠寸断的游子。天涯：形容飘泊之游子所处的离家很遥远的地方。

【品评】这是元散曲中的杰作。周德清在《中原音韵·小令定格》中激赏此曲，谓其"极妙！秋思之祖也"！王国维《宋元戏曲考·元戏之文章》中则谓：马致远[天净沙]小令，"纯是天籁，仿佛唐人绝句"。游子天涯之作，历代不乏，而此曲能出人头地，实与特定时代的精神气候息息相关。少数民族入主中原，汉族士人皆有"客寄"之感，亦可谓之"天涯之愁"。"小桥流水人家"一句，与前及后均形成一种反衬：游子瞥见"人家"安居于"小桥流水"的恬静之中，钦羡之际，又顾影自怜，倍添思家之情。文心之妙，令人叹为观止！从句法上看，全曲二十八字一字不闲，且全用名词，不着一个动词，亦令人击节赞赏，拍案叫绝，可谓空前绝后，罕有其匹者。

[双调·拨不断]①

立峰峦，脱簪冠。夕阳倒影松阴乱，太液澄虚月影宽②，海风汗漫云霞断③。醉眠时小童休唤。

【注释】① 拨不断：马致远此调牌一组重头曲原共有 15 首，此首为最后一首。又此首《乐府群玉》属李致远作，《北词广正谱》则属马致远作，互见两家曲中。② 太液澄虚：天空澄彻空濛的景象。太液：即太清，也作太虚，均指天空。③ 汗漫：亦作漫汗，指漫无际涯。

【品评】小曲将隐士登高望远、与大自然亲近，写得风神潇洒，真有飘飘欲仙之感。“脱簪冠”，是说彻底放松，解除一切束缚，大有回归自然，拔出尘寰之意。从夕阳松影到月影宽阔，可见出时间的流逝，而“海风汗漫”，则是心胸放旷后的一种物我皆忘的感觉了。寥寥数语，意境宏阔，景象与心境相表里，于孤独中概见卓然独立的人格精神，不啻为高士造像也。

王伯成（一首）

王伯成，生平不详，涿州（今河北涿州）人。与马致远为忘年友。所作杂剧今知有 3 种，今仅存《贬夜郎》1 种。又以《天宝遗事诸宫调》（残）见称于世。《全元散曲》录存其小令 2 首，套曲 3 套。朱权《太和正音谱》评其词“如红鸳戏波”。

[中吕・喜春来]别情

多情去后香留枕①，好梦回时冷透衾②，闷愁山重海来深。独自寝，夜雨百年心③。

【注释】① 多情：犹言多情之人，此指情郎。② 好梦回时：即好梦醒来之时。衾：被子。③ 夜雨百年心：意为别后独寝，无限伤感，愁闷的情绪如百年夜雨，绵延不断。

【品评】令曲写闺中女子内心独白，细微生动。别后思念，情不能已。枕上留香，绣衾冷透，都是一种感觉，这种感觉写来淡淡，却是画楼人孤，虚帷独寂，读之令人黯然魂销。“夜雨”一句，更是将愁绪写到极致，得有余不尽之妙。

滕宾（一首）

滕宾，一作滕斌，字玉霄，黄冈（今属湖北）人。生卒年不详，主要活动当在武宗至大到英宗至治年间（1308—1323）。至大间曾任翰林学士，出为江西儒学提举，后弃家入天台山为道士。为人笃厚，喜谈笑，其谈笑之作为时人宝之。《录鬼簿》将其列为“前辈名公”二十三人中，谓“皆高才重名，亦于乐府留心。盖文章政事，一代典型”。有《玉霄集》。《太和正音谱》评其词“如碧汉闲云”。《全元散曲》录存其小令 15 首。

[中吕·普天乐][①]

叹光阴，如流水。区区终日[②]，枉用心机。辞是非，绝名利，笔砚诗书为活计。乐齑盐稚子山妻[③]。茅舍数间，田园二顷，归去来兮[④]！

【注释】① 普天乐：中吕宫曲牌，定格句式为三三、四四、三三、七七、四四四，十一句七韵。首二句，第三、四句和第五、六句宜对仗；末三句宜作鼎足对。《全元散曲》录存作者[中吕·普天乐]共 15 首。此首《乐府群玉》题为《劝世》，《雍熙乐府》则题作《叹世》。② 区区：这里有过于认真，谨小慎微之意。③ 齑（jī）盐：本指切成碎屑的咸菜或酱菜，用作调味。此泛指生活简朴，菜肴粗糙、单纯。④ 归去来兮：晋陶渊明辞去彭泽令归田之初，曾作《归去来兮辞并序》，叙述自己退隐后的心情和乐趣。后遂以“归去来兮”喻指辞官归隐。

【品评】这首劝人自劝的劝隐曲，以平朴直白胜场。它不加衬字，不用典实，自是一种本色格调。一种透悟的洒脱与自得其乐的任情任性，近乎天真。惟其天真，故不俗气。

李致远（三首）

李致远，生平未详。孙楷第《元曲家考略》根据元人仇远（1247—1326）《金渊集》卷二《和李致远君深秀才》诗，以为李致远为溧阳（今属江苏）人，名深字致远。他一生困顿，是一个"功名坐蹭蹬"，却"孤云野鹤心自由"的书生。明臧晋叔《元曲选》中将《还牢末》杂剧属李致远作，但一般认为此剧非李作，应为无名氏的作品。《太和正音谱》评其词"如玉匣昆吾"。其散曲今存小令 26 首，套数 4 套。

[中吕·红绣鞋]①晚秋

梦断陈王罗袜②，情伤学士琵琶③，又见西风换年华。数杯添泪酒，几点送秋花。行人天一涯。

【注释】① 红绣鞋：中吕宫曲牌，又称[朱履曲]。定格句式为六六七、五五五，六句五韵。② "梦断"句：喻美好的理想与期盼成为泡影。陈王罗袜：三国魏曹植《洛神赋》中写自己梦遇洛水女神宓妃事。文中以"凌波微步，罗袜生尘"形容洛神步态之美。曹植最后的封地在陈郡（今河南淮阳），故后人称其为陈王。③ 学士琵琶：指唐白居易《琵琶行》诗，诗中有感于自己与琵琶女"同是天涯沦落人"，格外伤情。

【品评】小令干净利落，情浓意切。陈思王、白香山为作者引为同气相求的知音者，足见作者的孤傲与清高。"数杯添泪酒，几点送秋花"一联，出手不凡，可谓回肠独转，别具一格。

[越调·天净沙]春闺①

画楼徙倚阑干②，粉云吹做修鬟③，壁月低悬玉弯④。落花懒慢⑤，罗衣特地春寒⑥。

【注释】① 春闺：此题《全元散曲》作《春闺情》。② 徙（xǐ）倚：徘徊、留连。③ 粉云：语含双关，既指闺人面敷之香粉，亦指天空白云；修鬟：环状发髻。④ 璧月：圆月、满月。亦含双关，隐指闺人所佩之玉钏。玉弯：指缺月，俗称月芽儿。这里隐指闺人臂弯。⑤ 懒慢：散慢、零乱。《全元散曲》据《乐府群玉》卷二“懒”字作□。⑥ 特地：特别，分外。

【品评】凄清孤寂，形只影单。明写闺情，实为作者“孤云野鹤”情怀之写照。“罗衣特地春寒”一句，何尝不是作者对整个社会环境的独特感受！此曲妙在“粉云”二句，将写人与写景模糊成一片，又暗写时间之流转，笔调不可谓不奇诡。

[越调·小桃红]碧桃①

秾华不喜污天真②，玉瘦东风困③。汉阙佳人足风韵④。唾成痕⑤，翠裙剪剪琼肌嫩⑥。高情厌春⑦，玉容含恨，不赚武陵人⑧。

【注释】① 碧桃：即千叶桃，桃树的变种。又称碧桃花。其花重瓣，不结实。花色有白色、粉红或深红。② “秾华”句：言其花虽秾艳却不失娟秀雅洁。天真：天然本性。③ 玉瘦：谓碧桃花期将过，已渐萎态。东风困：春风将尽，夏季将至。④ 汉阙佳人：以汉宫佳丽喻碧桃花。⑤ 唾成痕：指桃树枝干上渗出的桃胶，有如累累瘢痕。⑥ 翠裙剪剪：形容碧桃花谢时桃叶茂密整齐的样子。⑦ 高情：清高的情调。厌春：沉溺于美好的春光之中。⑧ 不赚：不欺骗。武陵人：指隐居避世者。晋陶渊明《桃花源记》写武陵渔人入桃花林中，渐入一个与世隔绝的世界——世外桃源，他寻得来路走出桃花源后，再去寻踪，却怎么也找不到进入桃源的路了。

【品评】碧桃的秾华与天真，实际上就是自然界的美，它与污浊黑暗的现实社会形成鲜明对照。作者想进入“不赚”人的世外桃源，但这只能是一种幻想。隐者以碧桃自况，最重要的是不失“天真”，作者的寄情寓意在此。

冯子振（三首）

冯子振(1257—1348)，字海粟，自号怪怪道人，又号瀛州客，湘乡(今属湖南)人。一说为攸州(今湖南攸县)人。《冯氏族谱》则载其生于宋理宗宝祐元年(1253)。曾官承事郎、集贤待制。博闻强记而又才气纵横，以文章而名于当时。其散曲今存小令44首，其中42首为和白贲[鹦鹉曲]，均作于大德六年(1302)冬。宋濂评其词"横厉奋发"，"真一世之雄哉"！贯云石《阳春白雪序》评其词曲曰："海粟之词，豪辣灏烂，不断古今。"《太和正音谱》将其列入"词林之英杰"一百五十人中。有《海粟集》。《元史·儒学》有传。

[正宫·鹦鹉曲]山亭逸兴

白无咎有[鹦鹉曲]云[①]："侬家鹦鹉洲边住，是个不识字渔父。浪花中一叶扁舟，睡煞江南烟雨。觉来时满眼青山，抖擞绿蓑归去，算从前错怨天公，甚也有安排我处。"余壬寅岁留上京[②]，有北京伶妇御园秀之属[③]，相从风雪中，恨此曲无续之者[④]。且谓前后多亲炙士大夫[⑤]，拘于韵度，如第一个"父"字，便难下语；又"甚也有安排我处"，"甚"字必须去声字，"我"字必须上声字，音律始谐，不然不可歌，此一节又难下语。诸公举酒，索余和之，以汴、吴、上都、天京风景试续之。

嵯峨峰顶移家住[⑥]，是个不唧溜樵父[⑦]。烂柯时树老无花[⑧]，叶叶枝枝风雨。　[幺]故人曾唤我归来[⑨]，却道不如休去。指门前万叠云山，是不费青蚨买处[⑩]。

【注释】① 白无咎：即白贲，无咎是其号，其祖籍为太原文水(今山西文水),移居钱塘(今浙江杭州)。工诗,能曲擅画。所作小令[鹦鹉曲]极有名,多位曲家赓和之。[鹦鹉曲]:本作[黑漆弩],因白无咎以此调咏渔父,首句为"侬家鹦鹉洲边住",故时人又称[鹦鹉曲]。② 壬寅岁:指元成宗大德六年(1302)。上京:元上都,在今内蒙古多伦西北,世祖忽必烈所建,本名开平府,中统五年加号上京。③ 伶妇:女演员。御园秀:生平不详。④ 恨:遗憾。⑤ 亲炙:此指亲身受到良好教育。⑥ 嵯峨(cuó é):形容山势高峻。⑦ 唧溜:宋元俗语,有聪明伶俐和机灵、干练等义。樵父:打柴的老年人。"父"音 fǔ,是对老者的尊称。⑧ 烂柯:喻指岁月疾逝,世事沧桑变幻。南朝梁任昉《述异记》卷上载,晋王质入山打柴,见二童子下棋,童子给他一粒枣核大的东西,称食之即不饿。王质放下斧子观棋,待一局棋终,童子催他走,王质一看,斧柄已腐烂。回到家中,人世间已过了百年。⑨ 故人:指身为显贵的知交和旧友。此辗转化用淮南小山《招隐士》诗句:"王孙归来兮,山中不可以久留。"此句前[幺]据《全元散曲》补。下两曲与此相同。⑩ 青蚨(fú):本为一种水虫名,此虫若其子被潜移,其母无论远近必飞来寻子。传说以其血涂钱,用钱买物,钱必飞回。见晋干宝《搜神记》。后遂以青蚨指钱。

【品评】冯子振一口气竟能赓和白无咎 42 首[鹦鹉曲],无论勇气还是才气,都不能不令人佩服。且 42 首反复只能用住、父、雨、去、处五字作韵脚,也真是难为他了。综观这 42 首曲,凑泊之嫌总是有的。白贲是首创,冯子振却是在模仿,高下一睹即知。不过,就技巧和难度而言,冯氏确有过人之处。和曲中也确有些曲子写得相当好。以此首言之,明用烂柯事,暗用《招隐士》诗,是非常巧妙的。树老虽无花,却也枝枝叶叶经得风雨,一个独立而遗世的隐者形象,还是非常鲜明的。

[正宫·鹦鹉曲]感事

江湖难比山林住①,种果父胜刺船父②。看春花又看秋花,不管颠风狂雨。　[幺]尽人间白浪滔天,我自醉歌眠去。到中流手脚忙时,则靠着柴扉深处③。

【注释】① "江湖"二句:以生活在江湖上的船夫不如山中果农,喻指官场险恶，人世纷争，言外意是不如激流勇退，归隐山林。胜：胜似、胜过。刺船：撑船。② 任本“种果”后缺“父”字，据《全元散曲》补。③ “则靠着”句：是说纵然大水成灾，情急时柴门也可权作小筏，或许保得住性命。柴扉：即柴门，用荆条编扎的简陋之门。

【品评】此曲妙在处处作退一地步说事，俳谐中寓以理趣。哪里是言船夫与果农孰优孰劣，分明是在说出处进退、显晦浮沉之人生大关节要。隐居乐道各有说词，冯氏的说法却出人意表。

［正宫·鹦鹉曲］野客

春归不恋风光住①，向老拙问讯槎父②。叹匡山李白漂零③，寂寞长安花雨。　［幺］指沧溟铁网珊瑚④，袖卷钓竿西去。锦袍空醉墨淋漓⑤，是万古声名响处。

【注释】① “春归”句：言时光无情，春天的脚步不会停留、驻足。风光：任本作“风尖”，据《全元散曲》改。② 老拙：老年人自谦之词。槎（chá）父：撑木筏者。晋张华《博物志》载，传说天河与海通，曾有人从海上乘槎到天上去。后遂有以“浮槎”比喻入朝为官者。这句是说：有人向我讯问做官之事。③ “叹匡山”二句：唐代大诗人李白曾于天宝元年（742）被召入长安，但结果是抱负不能实现，反被谗言，两年后被玄宗“赐金放还”，出长安飘泊至庐山。二句用此事，言李白入朝却无所作为，徒然浪费了生命与才华。匡山，即匡庐，亦即庐山。漂零：即飘零，飘泊零落。匡山，任本作“荏苒”，据《全元散曲》改。④ “指沧溟”二句：承上文，言官场无常，仕途凶险。沧溟：大海。铁网珊瑚：喻不惜一切搜罗珍异。《新唐书·西域列传下·拂菻》载，海上有人为觅珍奇珊瑚，乘大船，“堕铁网水底”，将珊瑚“系网舶上，绞而出之”。是说不顾性命危险，驱利而为。袖卷钓竿西去：又言李白出长安，漫游而去。⑤ “锦袍空”二句：是说李白不做官而漫游写诗，反到成就了万世名声。锦袍空：即弃去官服。醉墨淋漓：形容李白斗酒百篇，才华横溢。

【品评】此曲以李白一生经历，说明官场对于真正有才华的文人之无益。人生短暂，生命可贵，蹉跎岁月，为一时名利所役使，是没有意义的。

李太白供奉翰林，如文学弄臣般写写《清平调》，非是诗人入长安初衷，而他出长安，浪迹漫游，诗酒生涯，却使他名垂千古。首二句以时间无情，无奈春逝领起，劈头提出为官得失问题。继以李白为例，一吐作者见识。联系元代特定社会背景，庶几可见出元代士人倡隐的内心依据。用事恰当，议论精到，凝练警醒，以少总多，为此曲明显特点。

刘致（二首）

刘致，生卒年未详。字时中，号逋斋，石州宁乡（今山西离石）人。少随父彦文（字子章）在广东。父殁，宦游于湖南、江西等地。大德二年，姚燧游长沙，刘致往见，被荐为湖南廉访使司幕僚。后曾任河南行省掾、翰林待制、浙江行省都事等职。《全元散曲》刘时中名下列小令74首，套数4套。据考证，小令应归刘致名下，套数则应是古洪（今江西南昌）刘时中所作，后者较前者时代稍晚。一说古洪刘时中与石州刘时中乃系一人，有待新材料的发现和深入考证。

[中吕·山坡羊]燕城述怀[1]

云山有意，轩裳无计[2]，被西风吹断功名泪。去来兮，再休提，青山尽解招人醉[3]。得失到头皆物理[4]。得，他命里；失，咱命里。

【注释】① 燕城：故址在今河北易县东南。相传燕昭王曾在此筑黄金台，招纳天下贤士。任本"述怀"作"怀述"，据《全元散曲》改。② 轩裳：古代卿大夫的车服。这里指功名爵禄。③ 尽解：犹尽解人意。④ 物理：世间物事之常理。

【品评】元代士人是怨命的。这个命，就是时，便是生不逢时。曲中有牢骚，有怨忿，终于是无奈的悲哀。小曲浅近平白，直抒胸臆，道出了元代失意文人的共同心声。

[中吕·山坡羊]西湖醉歌次郭振卿韵[1]

朝朝琼树[2]，家家朱户，骄嘶过沽酒楼前路[3]。贵何如？贱何如？六桥都是经行处[4]，花落水流深院宇[5]。

闲，天定许；忙，人自取。

【注释】① 次郭振卿韵：郭振卿，生平事迹不详。次韵：依所和词曲的韵脚填词度曲。② 琼树：即所谓琼花玉树，形容繁华景象。③ 骄嘶：指醉后放纵地发出嘶号之声。④ 六桥：在杭州西湖。指宋代由苏轼所建的映波、锁澜、望山、压堤、东浦、跨虹等六座外湖桥。西湖里湖亦有六桥，为明杨孟瑛所建。任本“经”作“径”，据《全元散曲》改。⑤ “花落”句：意谓纵使深宅大院的富贵之家，也终有“落花流水春去也”的消歇之时。

【品评】人世间贵贱之间、得意失意之间，并非一成不变，所谓“君子之泽，五世而斩”，繁华过尽也有冷淡凄凉。作者面对西湖美景和“参差十万人家”的繁盛，所思所想却出人意表。他高视阔出，洞观默想，出语惊人，掷地有声。联系作者晚年流寓杭州，境况萧条，为贫贱所困的记载，可见出此曲乃有感而发，绝非泛泛之作。据记载，作者死后，竟穷得无以为葬，由道士王寿衍“同其遗孤，举其柩葬于德清”。曲中关于“贵贱”、“忙闲”的议论，尤为精到，极饶哲理意趣。即使今天，也不无发人深省的启迪意义。贫而闲是“天许”，富而忙是“自取”，从积极意义上看，就里透露出了元代士人普遍追求的一种人格精神，是值得深入思考研究的。

张养浩（六首）

张养浩（1270—1329），字希孟，号云庄，自称白云先生，济南人。“年少而励志，积学而善文”。二十岁时为焦遂荐为“东平学正”，后为不忽木荐为礼部令史，历官县尹、监察御史、礼部尚书。元英宗时曾因谏事恐被祸而辞官归隐。元文宗天历二年（1329），关中大旱，被召为陕西行台中丞，往赈灾济民，因劳瘁过度而殉职。追封滨国公，谥文忠。有诗文集《归田类稿》。其散曲收入《云庄休居自适小乐府》中，明人艾俊曾为作序。今存小令161首，套数2套。《太和正音谱》评其词“如玉树临风”。

［中吕·红绣鞋］[①]警世[②]（二首）

才上马齐声儿喝道[③]，只这的便是那送了人的根苗[④]，直引到深坑里恰心焦[⑤]。祸来也何处躲？天怒也怎生饶[⑥]？把旧来时威风不见了。

正胶漆当思勇退[⑦]，到参商才说归期[⑧]，只恐范蠡张良笑人痴[⑨]。揣着胸登要路[⑩]，睁着眼履危机，直到那其间谁救你？

【注释】① 红绣鞋：《全元散曲》作［朱履曲］。② 警世：《全元散曲》据《乐府群珠》收重头一组共9首，这里选的是第9首与第7首。③ 喝道：古代官员出行时，仪仗士卒前引呼喊，使行人避开，称作喝道。任本原作“喊道”，此据《全元散曲》改。④ 送了人：即断送了人性命。根苗：根由、原因。此句《全元散曲》“便是”后无“那”字。⑤ 恰：才。⑥ 天怒：天神发怒，形容为非作歹，遭受天谴。《后汉书·袁绍传》：“自是士林愤痛，人怨天怒。”怎生：怎么，如何。⑦ “正胶漆”句：是说正当官做得热火，如胶似漆难分难舍之时，当考虑见好即收，激流勇退。⑧ 参商：二星名。因其相距甚远，此出彼没，因以喻无法相见。这里是说到了无法引退时才想归去，为时就晚了。⑨ 范蠡、张良：均为功成身退的有代表性人物。范蠡辅越王勾践灭吴复国后，飘然而去，泛舟五湖；张良佐刘邦得汉家天下，被封为留侯，但他却"愿弃人间事，欲从赤松子游"，选择了归隐之途。⑩ 腆(tiǎn)：挺起。登要路：喻得到显要的官位。

【品评】这两只曲子言退隐，却是从官场险恶、远身避祸的意义上来讲的，也可以说是揭示出了隐的直接性原因。这与其他曲家说范蠡道韩信，羡张良慕陶潜略有不同，即是说云庄是有身临官场、亲历其险的切身体会的，故他不用典实，不绕弯子，直言快语，更贴近现实。曲子的语言也本色当行，完全是口语化的，仿佛是在拉家常，有极强的表现力。

[中吕·山坡羊]潼关怀古①

峰峦如聚②，波涛如怒，山河表里潼关路。望西都③，意踌躇④。伤心秦汉经行处⑤，宫阙万间都做了土。兴，百姓苦；亡，百姓苦。

【注释】① 潼关怀古：作者于元文宗天历二年(1329)奉诏往关中赈灾，用[中吕·山坡羊]调牌写的一组怀古曲，均为有感而发，而非泛泛抒发思古之幽情，这是最为有名、影响也最大的一首。② "峰峦"三句：总写潼关地处山水形胜之间。潼关东是崤山，西接华岳，北连中条，群山密集，仿佛从四面八方汇聚拢来。"如聚"二字，写出了山的雄伟气势。波涛如怒：形容黄河水流的咆哮奔腾之势。山河表里：是说潼关外有大河，内踞丛山，形成险峻之势。表里：这里是相辅相依之意。③ 西都：指古都长安(今西安)。它是两周、秦、两汉至隋、唐之都会，号称十朝故都。④ 踌躇(chóu chú)：本指徘徊不定，犹豫不决。这里指心绪纷纭，思索不已。⑤ 经行：本为佛家语，意为往返于某一区域，使郁闷消散。这里指历代王朝的交替繁华。

【品评】此曲为云庄杰作。它与一般怀古之作的根本区别在于：作者非为怀古而怀古，而是在赈灾途中，身在亲历，思绪自然相接，因而具有强烈的现实针对性;作者一向有关心民瘼、爱民如子的情愫,尽管未曾超出儒家仁政说的范畴,但他自感责任重大,未敢稍有懈怠,以自己的生命喊出了"兴,百姓苦;亡,百姓苦"的警拔之语,这在一位封建官僚,不仅是难能可贵,甚至可以说是相当了不起的。显然,作者对历史的深刻思索,对现实的执著关切,是具有强烈的人性关怀色彩的。小令气势雄浑,自然生动,着一"聚"字,群山若动;着一"怒"字,大河动容。寥寥数字,历史便活;三言两语,醒目警心。真可谓振聋发聩,有若金石掷地。

[双调·庆东原]

鹤立花边玉[①],莺啼树杪弦[②],喜沙鸥也解相留恋[③]。一个冲开锦川[④],一个啼残翠烟[⑤],一个飞上青天。诗句欲成时,满地云撩乱[⑥]。

【注释】① 花边玉:即玉花边。玉花乃形容花之晶莹剔透。② 树杪(miǎo):树梢。弦:犹边。③ 解:明白、了解。④ 锦川:绣锦般的花甸。⑤ 翠烟:翠绿的林间雾霭。⑥ 撩乱:散乱、纷纭。

【品评】意象极美。写三种飞禽,有如三幅画,色调明丽,笔调空灵。末二句因画成诗,诗人形象不写自出。此当为作者隐居历下时所作,可见出潇洒散淡的诗人情怀。

[双调·清江引]咏秋日海棠[①](二首)

寂寞一枝三四花,弄色书窗下[②]。为着沉香迷[③],梦见马嵬怕[④],且潜身住在居士家[⑤]。

睡起不禁霜月苦[⑥],篱菊休相妒。恰与东君别[⑦],又被西风误[⑧],教他这粉蝶儿无是处[⑨]。

【注释】① 咏秋日海棠：原为同题一组重头曲，共 11 首。这里选的为第 7 与第 9 首。秋日海棠：即秋海棠。清汪灏《广群芳谱·花谱十五》附秋海棠："一名八月春。草本。花色粉红，甚娇艳，叶绿如翠羽。叶下红筋者为常品，绿筋者开花更有雅趣。"② 弄色：炫耀姿色容颜，显示自己的美丽。唐陈羽《御沟新柳》："弄色滋宵露，垂枝染夕尘。"③ 沉香迷：沉香为唐宫之亭名。宋乐史《杨太真传》中载有唐玄宗与杨贵妃在沉香亭宴饮事。迷，是指两情痴迷。这里乃以杨贵妃喻秋海棠花。④ 马嵬：马嵬坡，杨贵妃被赐死于此。参见前马致远[南吕·四块玉]《马嵬坡》注①。⑤ 潜身：藏身。居士：又称处士，即隐士。这里是作者自指。⑥ 霜月苦：指霜降时节之苦寒。霜月亦泛指秋季。⑦ 东君：指太阳。战国屈原的《九歌·东君》，即为祭日神之歌。⑧ 西风：秋风。⑨ 无是处：没办法，无可奈何。任本"是"作"去"，此从《全元散曲》。

【品评】二曲既以物喻人又以人喻物。《广群芳谱》中引于若瀛语曰："秋海棠……婉媚可人，不独花也。"又引《采兰杂志》："昔有妇人怀人不见，恒洒泪于北墙之下，后洒处生草，其花甚媚，色如妇面，其叶正绿反红，秋开，名曰断肠花，即今秋海棠也。"可知秋海棠宜于喻人，也宜于人喻。云庄反复咏之，显然不独咏花也。

虞集（一首）

虞集(1272—1348)，字伯生，号道园，又别署青城山樵，人称邵庵先生。祖籍蜀郡仁寿(今属四川)，生于临川崇仁(今属江西)。大德初被荐为大都路儒学教授，官国子助教博士。后历任翰林待诏、翰林直学士兼国子祭酒。元文宗时官至奎章阁侍书学士，受命编纂《经世大典》，进侍读学士。卒赠江西行省参知政事，封仁寿郡公，谥文靖。著有《道园学古录》等。虞集为元代文坛诗文大家，被誉为“元诗四大家”之首。其散曲作品不多，今仅存小令1首。

[双调·折桂令]席上偶谈蜀汉事，因赋短柱体①

鸾舆三顾茅庐②。汉祚难扶③，日暮桑榆。深渡南泸④，长驱西蜀⑤，力拒东吴。美乎周瑜妙术，悲夫关羽云殂。天数盈虚⑥，造物乘除。问汝何如，早赋归欤⑦。

【注释】① 短柱体：元曲体式之一种，属于“巧体”。它通篇每句须押两韵或两韵以上，一般两字一韵，或数字一韵。详可见陶宗仪《南村辍耕录》卷四“广寒秋”条。② “鸾舆”句：言刘备为求贤才“三顾茅庐”，屈驾请诸葛亮出山事。鸾舆：同銮舆，皇帝的车驾，亦用作帝王之代称，这里指刘备。③ “汉祚”二句：言蜀汉国运不济，终于难以扶持。祚：国运。④ 深渡南泸：指诸葛亮渡泸水南征，安抚西南诸郡。⑤ “长驱”四句：概括三足鼎立局面之形成。刘备在诸葛亮的辅佐之下，取得益州与汉中地区，建立了蜀汉政权。后关羽刚愎自用，违背了诸葛亮联吴抗曹策略，战败被杀，失去荆州。殂(cú)：死亡：云是语助词。⑥ “天数”二句：世间事物之盈虚、成毁皆由天定，人的努力是无法改变天意的，即是所谓“谋事在人，成事在天”。这是一种虚无主义的历史观。造物：即造物者，指万物的主宰，即天。⑦ 早赋归欤：早些归隐。陶渊明《归去来兮辞·序》中说，其到彭泽令任上，未几，即“眷然有归欤之情”。

【品评】席上谈论三国故事，引发了作者对历史上兴亡成败的深层思考。前八句是咏史追怀，后四句是议论慨叹。将一切都归结为“天数”，虽有很大的局限，却曲折流露出元人对自身命运的悲观主义意识，忧郁与无奈，愤懑与牢骚，尽在其中了。元蒙的入主中原，是否也是天数？曲中未曾言及。从结尾劝隐的意思来看，虞集内心也是十分矛盾的，这与那些绝意仕进的曲家并无二致。由此可见出元代士人无论在朝在野，都有避世隐居的情结，骨子里仍有一个民族意识问题。故不能仅以表面上的消极为由，抹煞这类曲作内在的价值。

乔吉（三十首）

乔吉（1280—1345），一作乔吉甫，字梦符，号笙鹤翁，又号惺惺道人，祖籍太原（今属山西），寓居杭州。曹楝亭本《录鬼簿》中说他“美仪容，能词章，以威严自饬，人敬畏之”。一生未仕，自谓“不应举江湖状元”。名重一时，却落魄江湖40年，晚年想刊行所作，终未能如愿。他是元曲大家，杂剧、散曲创作皆卓有成就。杂剧今存《金钱记》等3种，散曲有明李开先所辑《梦符小令》1卷，存小令209首，套数11套，数量上仅次于张可久。《太和正音谱》评其词曰：“如神鳌鼓浪。若天吴跨神鳌，噀沫于大洋，波涛汹涌，截断众流之势。”

［双调·水仙子］游越福王府①

笙歌梦断蒺藜沙②，罗绮香馀野菜花③，乱云老树夕阳下。燕休寻王谢家④，恨兴亡怒煞些鸣蛙，铺锦池埋荒甃⑤，流杯亭堆破瓦⑥，何处也繁华？

【注释】① 越福王府：在绍兴府山阴县。福王：指宋太祖赵匡胤十世孙赵与芮。② “笙歌”句：写岁月流逝，福王府繁华不再。蒺藜：野生植物，结籽有刺。沙：荒芜。③ “罗绮”句：是说野菜花上仿佛残留着绮罗之余香。④ “燕休寻”句：燕子也无法寻到旧日望族宅地了，喻福王府之残败。唐刘禹锡《乌衣巷》诗中有“旧时王谢堂前燕，飞入寻常百姓家”句。此变用其意。⑤ 荒甃（zhòu）：废弃的荒井或水池。甃：指井壁或池壁。⑥ 流杯亭：吴王阖闾游春之处。汉赵晔《吴越春秋》：“流杯亭在女坟湖西二百步，阖闾三月三日泛舟游赏之处。”

【品评】吊古伤今，远则吴越兴亡，近则宋元陵替；触荒芜之景象，想昔日之繁华，无限慨叹之中，夹杂着浓重的民族情绪。蛙鸣以怒喻之，新人之耳目；野花犹带罗绮馀香，感触亦甚独特。

[双调·水仙子]赋李仁仲懒慢斋[①]

闹排场经过乐回闲[②]，勤政堂辞别撒会懒[③]，急喉咙倒唤学些慢[④]。掇梯儿休上竿[⑤]，梦魂中识破邯郸[⑥]。昨日强如今日[⑦]，这番险似那番[⑧]，君不见鸟倦知还？

【注释】①李仲仁：生平事迹不详，作者的朋友。懒慢斋：李仁仲的斋号（书斋名）。② 闹排场：喧闹而又铺张的场面。这里指红尘中的喧嚣。乐回闲：乐得有一会儿清闲。③ 勤政堂：泛指官吏治事的处所。撒：尽可能，放开来。会：一会儿。④ 急喉咙：急性子。倒唤：倒要。⑤“掇梯儿”句：宋元俗语，意思是不因他人怂恿而上圈套，亦即不上当受骗。⑥“梦魂中”句：用黄粱梦故事，比喻荣华富贵之虚幻。详唐人沈既济《枕中记》传奇。⑦“昨日”句：是说今天已不像昨天那样逞强好胜了。昨日是以前的意思，全句有省悟之意，即今是而昨非。⑧ 险似：险过。

【品评】乔吉这位“烟霞状元”是终生布衣，故无所谓退隐，他压根儿就未出。而他的这位李姓朋友，似乎在“闹排场”中厮混过，在“勤政堂”打坐过，因其“倦而知还”，才又回到自己的“懒慢斋”的。乔吉为朋友斋号赋曲，扣住“懒”、“慢”二字，示人亦劝己，呈露出一种退避与不作为的看似消极，然充满愤世嫉俗和不与当局合作的峥嵘头角。这与他视功名为“酒中蛇”、官场为“乌鼠当衙”的忿忿不平是一致的。“懒”、“慢”的背后，显然是牢骚愤懑，一腔怨尤。

[双调·水仙子]嘲少年

纸糊锹轻吉列枉折尖[①]，肉膘胶干支剌有甚粘[②]，醋葫芦嘴古邦佯装欠[③]。接梢儿虽是谄[④]，抱牛腰只怕伤廉[⑤]。性儿神羊也似善[⑥]，口儿蜜钵也似甜，火块儿也似情忺[⑦]。

【注释】① 纸糊锹：纸糊的铁锹。喻无用之物。轻吉列：犹轻飘飘。② 肉膘胶：与纸糊锹对举，亦喻无用之物。古时熬胶要用动物皮，用肉熬胶是不粘的。干支刺：犹干巴巴。③ 嘴古邦：撅嘴鼓腮的样子。欠：呆、傻。④ 梢儿：赌本，亦指钱。《万历野获编·谐谑·吴江谑语》："吴俗呼现金为梢。"虽是：只是，一味地。谄（chǎn）：奉承、献媚。⑤ 抱牛腰：犹抱粗腿。傍有钱有势者。⑥ 神羊：供祭祀用的羊。借喻为恭顺、善良。⑦ 忺（xiān）：适意，高兴。

【品评】此曲用意略似关汉卿套曲［南吕·一枝花］《不伏（服）老》，当是对市井间，特别是风月场中轻浮子弟的嘲讽。这些无能无用之辈，装傻充愣，为一点小利便低三下四，献媚邀宠；傍上有钱有势的人则甜言蜜语，下作得没了廉耻。曲子大量运用当时口语、俚语，活画出一帮市井无赖的无耻嘴脸。

［双调·水仙子］展转秋思京门赋①

琐窗风雨古今情②，梦绕云山十二层③，香销烛暗人初定④。酒醒时愁未醒，三般儿挨不到天明⑤：巉地罗帏静⑥，森地鸳被冷⑦，忽地心疼。

【注释】① 展转：翻来覆去，心神不宁，即所谓辗转反侧。刘向《九叹·惜贤》："忧心展转，愁怫郁今。"秋思（sì）：秋日里的思绪。京门：指京城。② 琐窗：雕花的窗子，亦作窗的美称。③ "梦绕"句：是说深切思念家乡。云山：指家乡。唐沈佺期《临高台》诗："回首思旧乡，云山乱心曲。"④ 销：消散。人初定：指人刚刚入定，即将进入睡眠之时。古人分一昼夜为十二时辰，"人定"当在今之二十时之后。《孔雀东南飞》："晻晻黄昏后，寂寂人初定。"⑤ 三般儿：指下文的罗帷静、鸳被冷和心疼。挨：指苦熬，艰难度过。⑥ 巉（chán）地：即刬（chǎn）地（的），不由地，无端地。帏：幕帐。⑦ 森地：犹阴森森的。

【品评】曲写游子飘泊，客中寂寥孤凄，不由得梦魂牵绕，思乡心切。罗帏静得令人心中空荡荡，鸳被冷得透入骨髓，思乡怀人，心中隐隐作痛。此等感受，写得真切、细微，格外动人。"三般儿"下着一"挨"字，亦是生动传神之笔。

[双调·水仙子]寻梅

冬前冬后几村庄[1]，溪北溪南两履霜，树头树底孤山上[2]。冷风来何处香？忽相逢缟袂绡裳[3]。酒醒寒惊梦，笛凄春断肠[4]，淡月昏黄[5]。

【注释】① 冬前冬后：指冬至前后。② 孤山：在杭州西湖里外湖之间。宋诗人林逋（和靖）曾隐居于此，植梅养鹤，号为“梅妻鹤子”。③ 缟袂绡裳：以淡妆素裹的女郎喻梅花。缟袂：白绢上衣。绡裳：薄绸衣裙。④ “笛凄”句：是说听到笛韵凄凉，又见春之将逝，无限伤情。化用宋连静女《武陵春》词中的“笛里声声不忍听，浑是断肠声”二句而来。⑤ 淡月昏黄：化用林逋“暗香浮动月黄昏”（《山园小梅》）句。

【品评】此为乔吉名作。前三句是鼎足对，突出的是一个“寻”字，真的是寻寻觅觅，一灵咬住，不见梅花绝不罢休。“冷风”以下写得见梅花，暗用《龙城录》中赵师雄罗浮山遇梅花仙子事，既突出了梅花的风神秀逸，又使曲子笼罩在迷离惝恍的缥缈意境之中。“酒醒”二句幽峭渺远，又出跌宕之笔，有余不尽，令人悬想不已。全曲句句写梅，却未着一个“梅”字，用典明暗互济，妥帖自然，堪称咏梅曲中之杰构。

[双调·水仙子]暮春即事

风吹丝雨噀窗纱[1]，苔和酥泥葬落花，卷云钩月帘初挂。玉钗香径滑[2]，燕藏春衔向谁家？莺老羞寻伴，蜂寒懒报衙[3]，啼煞饥鸦。

【注释】① 噀（xùn）：喷洒。② “玉钗”句：是说香径如同玉钗般滑，句式倒装。香径：花园中的小路。③ 报衙：古时衙门开始治事前，由衙役打鼓宣报，官吏始开堂坐衙。元曲中多有将蜂巢比作蜂衙的。这里是说蜜蜂也不叫闹了。

【品评】这首小令写暮春景致，细微生动，直如写生笔调。结末三句写鸟虫之懒，饥鸦之啼，尤为有趣。

[双调·水仙子]为友人作[①]

搅柔肠离恨病相兼，重聚首佳期卦怎占[②]？豫章城开了座相思店[③]。闷勾肆儿逐日添[④]，愁行货顿塌在眉尖[⑤]。税钱比茶船上欠[⑥]，斤两去等秤上掂[⑦]，吃紧的历册般拘钤[⑧]。

【注释】① 为友人作：此曲用当时广为流传的双渐苏卿爱情故事，指喻友人失恋后的诸般痛苦。② 占：占卜。即俗称之求签算卦。③“豫章城”句：暗用双渐、苏卿故事。相传宋代庐江（今安徽合肥）歌妓苏卿与书生双渐相爱，不料茶商冯魁以茶引三千将苏卿夺去，双渐追赶至豫章（今江西南昌）。后双渐为临川（今属江西）令，终得与苏卿团聚。相思店：形容思念恋人情重，亦为下文一系列商贾行话的比喻张本。④ 勾肆儿：即勾栏瓦肆，宋元时都市中的娱乐场所。这句是写友人忧闷难遣，只好到勾肆中散散心。⑤ 行(háng)货：货物、商品。这里是将愁思比作具体物件。顿塌：即囤塌，亦即囤积之意。⑥ 税钱：指相思税。比：讨要、催逼。茶船上欠：是说相思债是在茶船上欠下的。茶商冯魁的船称作贩茶船，故这样说。⑦ 斤两：指轻重分量。等秤(chèng)：即戥(děng)子，用来秤量金银等贵重物品的衡器。掂：掂量。⑧ 吃紧的：亦作赤紧的。这里是实在是、真是意。历册：账簿。拘钤(qián)：管束。

【品评】此曲大量运用宋元市井间商贾行话，比喻新奇，亦庄亦谐，别饶一种情趣。所谓“为友人作”，实际上可能是借托，以双渐苏卿故事来写爱情受挫折之后的苦闷。突出特点是：语言通俗活泼，以博喻手法写抽象的感情，于俚俗之中藏着巧妙的艺术构思，足见乔吉曲的通透与俏皮。

[双调·水仙子]怨风情[①]

眼中花怎得接连枝[②]？眉上锁新教配钥匙[③]，描笔儿勾销了伤春事[4]。闷葫芦铰断线儿[5],锦鸳鸯别对了个雄雌[6]。野蜂儿难寻觅[7],蝎虎儿干害死[8],蚕蛹儿毕罢了相思[9]。

【注释】① 怨风情:因恋情受挫而怨愁。风情:男女恋情。②“眼中花”句:谓眼中花影,无法像真实的花朵那样结为连理枝上并蒂花。连枝:连理枝,比喻恩爱夫妻。③ 眉上锁:将愁眉紧蹙比作被锁锁住。新教配钥匙:亦是比喻,配钥匙开锁乃指眉舒愁解。④ 描笔儿:即眉笔。古代妇女化妆时描画眉毛的笔。勾销了伤春事:比喻用画眉的笔将愁怨一笔勾消。⑤“闷葫芦”句:是说捉摸不透对方,索性剪断情思。铰:剪。线儿:比喻情思。⑥“锦鸳鸯”句:指对方抛弃了自己另有所爱。⑦“野蜂儿”句:是说对方踪迹不定,很难找到。野蜂儿:喻指用情不专的花心男子。⑧ 蝎虎儿:即壁虎,又名守宫。《博物志》上说,用朱砂喂守宫再将它捣碎,点在未婚女子腕上,倘若不与男子交接,红迹就永不消失,故以此可辨女子贞操。这句是说自己白白为对方守贞操。⑨“蚕蛹儿”句:蚕变成蛹时,丝早已吐尽了。毕罢:结束。思:丝字的谐音。

【品评】曲写一女子失恋后怨忿、困惑、愁闷以及决绝等错综复杂的内心活动,既承袭了传统弃妇之词的写法,如依稀可见《诗·卫风·氓》以赋法为主的影子,同时又见出宋元间市井风情。小令句法变化多端,大量用比,又善于运用俚俗谣谚,衬字多而不嫌累赘,极饶民歌韵味。

[双调·水仙子]咏雪

冷无香柳絮扑将来[1],冻成片梨化拂不开[2]。大灰泥漫不了三千界[3],银棱了东大海[4],探梅的心禁难挨[5]。面瓮儿里袁安舍[6],盐堆儿里党尉宅[7],粉缸儿里舞榭歌台。

【注释】①“冷无香”句:以柳絮漫天飞舞以喻大雪纷飞。自晋女诗人谢道韫以柳絮拟雪后,柳絮便成了雪的代称。谢道韫吟“未若柳絮因风起”

事,见于《世说新语·言语》。② "冻成片"句:以梨花喻雪本于唐岑参《白雪歌送武判官归京》诗,中有"忽如一夜春风来,千树万树梨花开"。③ 大灰:即调水后的石灰。泥漫:同弥漫。三千界:佛家语,指浩瀚无边的宇宙。《全元散曲》为"大灰泥漫了三千界",更为妥帖。④ 棱:这里为覆盖、遮闭意。⑤ 禁:寒噤,发抖。⑥ 面瓮:装面粉的缸。袁安舍:东汉名士袁安显贵之前家境贫寒,大雪封门时僵卧不出。洛阳令巡视至其家,问何以如此,袁谓大雪之中人皆冻饿,不宜出去干扰别人。"令以为贤,举为孝廉"。事详《后汉书·袁安传》李贤注引《汝南先贤传》。⑦ 党尉宅:宋皇都风月主人《绿窗新话》卷下"党家婢不识雪景"载,陶谷学士买得党太尉家故妓,陶雪天取雪烹茶,谓妓曰:"党太尉家应不识此。"妓曰:"彼粗人也,安能有此景?"是说党太尉无此名士风韵。党尉:即党太尉,就是宋初大将党进。这里只是取"雪"的文面。

【品评】此曲写雪,笔酣墨浓,将历代咏雪诗与有关雪的故实信手拈来,将一场大雪写得雄奇壮观,别有一番情趣。然堆砌雪诗、典故,笔调近于游戏,显然作者在曲中融入了俳谐一格的韵味,夸饰之中,见出滑稽机趣。

[双调·水仙子]嘲楚仪[①]

顺毛儿扑撒翠鸾雏[②],暖水儿温存比目鱼[③],碎砖儿垒就阳台路[④]。望朝云思暮雨,楚巫娥偷取些工夫[⑤]。殢酒人归未[⑥],停歌月上初,今夜何如?

【注释】① 楚仪:姓李氏,生平不详。或疑即是《青楼集》所载维扬名妓李芝仪,但"芝"、"楚"不同,不宜遽断。作者现存散曲中题咏楚仪的非止此一首,可知二人关系密切。② 扑撒:抚弄,轻轻拂拭。鸾雏:幼鸾。鸾是传说中类于凤凰之神鸟。③ 比目鱼:比喻有情人相携相得,形影不离。汉韩婴《韩诗外传》卷五:"东海之鱼名曰'鲽',比目而行,不相得不能达。"又《尔雅·释地》:"东方有比目鱼焉,不比不行。"④ 阳台:喻指男女幽会之处所。宋玉《高唐赋序》:"妾在巫山之阳,高丘之岨,旦为朝云,暮为行雨,朝朝暮暮,阳台之下。"⑤ 楚巫娥:即宋玉《高唐赋序》中的巫山神女。⑥ 殢(tì)酒:

沉溺于酒而滞留。

【品评】纯是善意调侃笔调，便是所谓“嘲”。就此可见出作者与楚仪非常熟悉，关系也相当亲密。从“碎砖儿垒就阳台路”句看，楚仪似有一意中人，但好像不那么牢靠，差不多是个薄幸子吧。故曲中有替楚仪不平之意。总之，曲子是颇为私人化的调侃语，意象模糊，亦不过游戏笔墨而已。此令曲一如作者风格，多取比，语言俚俗中藏雅致，亦不乏俳谐意味。

[双调·水仙子]乐清箫台①

枕苍龙云卧品清箫②，跨白鹿春酣醉碧桃③，唤青猿夜折烧丹灶④。二千年琼树老，飞来海上仙鹤。纱巾岸天风细⑤，玉笙吹山月高，谁识王乔⑥。

【注释】① 乐清：县名，属今浙江。汉称回浦，唐为乐成，五代时避梁朱全忠父讳改为乐清。② 苍龙：指苍劲的松柏。云卧：即卧云，指隐居。品清箫：吹奏箫。③ 白鹿：与“苍龙”对举，当为山洞名。春酣：春色正浓。醉碧桃：沉醉于碧桃花下。④ 烧丹灶：炼丹的炉灶。道家烧炼金石药物成丹，谓服之可长生不老。⑤ 纱巾岸：岸纱巾的倒语，即高戴纱巾，露出头顶。⑥ 王乔：即仙人王子乔。汉刘向《列仙传·王子乔》：“王子乔者……好吹笙作凤凰鸣，游伊洛之间。道士浮丘公接以上嵩高山，三十年后求之于山上……至时果乘白鹤驻山头，望之不得到，举手谢时人，数日而去。”

【品评】作者自号笙鹤翁，又号惺惺道人，此曲或自况之词。仙人王子乔亦是作者追慕的楷模。正是所谓“隐居乐道”，元人散曲之惯常题材也。曲子美化了自然环境，仙境道风，品箫跨鹤，有不识人间烟火食之气，曲折反映了元代士人向往回归自然，重塑人格精神的价值取向，不可简单视为消极。

[双调·折桂令]寄远①

怎生来宽掩了裙儿②？为玉削肌肤③，香褪腰肢④。

饭不沾匙，睡如翻饼，气若游丝。得受用遮莫害死[⑤]，果诚实有甚推辞[⑥]？干闹了多时[⑦]，本是结发的欢娱，倒做了彻骨儿相思。

【注释】① 寄远：寄怀远行人。此曲题目各本不同，或作《春怨》，或作《相思》。② 怎生：何以，为什么。宽掩：宽松，是说人瘦损了，裙变得宽松了。③ 为：变得。④ 褪（tùn）：缩而变细。⑤ 得受用：此指夫妻间相携相得，感情上得到满足。遮莫：拼却，拼着。⑥ 果诚实：果若如此，真的是这样。⑦ “干闹了”三句：是说夫妻间相厮相守了些时日，又平白无故地分别了，彼此都苦苦相思着。干：平白地，徒然地。此曲末三句各本文字出入较大，但意思相埒。任本原据《乐府群玉》。意虽显豁，却不如《雍熙乐府》本和《乔梦符小令》本来得俏皮。此二本为“干闹了若干时，草本儿欢娱，书彻货儿相思”。

【品评】曲子写新婚久别，相思彻骨，笔调颇为特别。其中“得受用遮莫害死，果诚实有甚推辞”二句，最值得注意。拚死相爱，在所不辞，语气斩钉截铁，泼辣不拘，反映了封建社会青年男女对礼教和家长制的忿怨，折射出人性思潮的芒角。曲子中的丈夫何以远行？作者未曾交待，也不必交待。想来无非为功名利禄所驱使，如同《西厢记·长亭》中莺莺所唱的“蜗角虚名，蝇头微利，拆散鸳鸯作两下里”。此二句足可以与牛峤“须作一生拚，尽君今日欢”（《菩萨蛮》）相媲美。小令语言上纯用口语，既是内心独白，便直是一吐为快。结三句打比方说话，尤为俏皮有趣。此曲当是乔吉曲中杰作。

[双调·折桂令]赠罗真真[①]

罗浮梦里真仙[②]，双锁螺鬟，九晕珠钿[③]。晴柳纤柔[④]，春葱细腻，秋藕匀圆。酒盏儿里央及出些腼腆[⑤]，画帧儿上唤下来的婵娟[⑥]。试问尊前，月落参横[⑦]，今夕何年[⑧]。

【注释】① 罗真真:生平不详,当是当时歌妓。② 罗浮梦:《龙城录》上说,隋赵师雄在罗浮山上梦遇梅花仙子,并一同去饮酒。醒来后发现自己竟睡在一株梅树下。真仙:扣罗真真名,且罗姓又扣罗浮山之“罗”。真即仙。《说文解字·匕部》:“真,仙人变形而登天也。”③ 九晕珠钿:形容头上珠宝饰物闪闪发光。晕:光晕。“九”乃言其多。钿(diàn):用金银等制成的花朵形饰物,称花钿、螺钿或宝钿等。④ “晴柳”三句:均用比喻。晴柳喻腰肢。春葱喻手。秋藕喻臂。⑤ “酒盏儿”句:是形容酒后脸上泛红。央及:为累及、连带之意。《全元散曲》作“殃及”。腼腆:本指害羞,这里是脸红的意思。⑥ 画帧:画卷。帧同帧。婵娟:指美女。⑦ 参(shēn)横:参宿(xiù)横天,是天将亮的时候。参,星名,二十八宿之一。⑧ 今夕何年:唐韦瓘《周秦行纪》载诗有云:“香风引到大罗天,月地云阶拜洞天。共道人间惆怅事,不知今夕是何年?”又宋苏轼《水调歌头》词有句:“不知天上宫阙,今夕是何年?”

【品评】正面写美人是极难之事,不若“以客行主”法来得自然。如《陌上桑》写罗敷之美,《西厢记·闹斋》写莺莺之美,均是“以客行主”法也。乔吉给自己出了个难题,尽管通篇多用比,罗真真形象仍是模糊不清的。结三句与首句呼应,似在说此等婵娟只应天上有,扣紧“真仙”二字,略有意味。

[双调·折桂令]七夕赠歌者(二首)

崔徽休写丹青[①],雨弱云娇,水秀山明。箸点歌唇[②],葱枝纤手,好个卿卿[③]。水洒不著春妆整整[④],风吹的倒玉立亭亭[⑤]。浅醉微醒,谁伴云屏?今夜新凉,卧看双星[⑥]。

黄四娘沽酒当垆[⑦],一片青旗[⑧],一曲骊珠[⑨]。滴露和云[⑩],添花补柳,梳洗工夫。无半点闲愁去处[⑪],问三生醉梦何如[⑫]?笑倩谁扶,又被春纤,搅住吟须。

【注释】① 崔徽:宋代歌妓,后亦为美妓之代称。休写丹青:意为不必请画师增饰而自美。崔徽曾请画师丘夏为自己写真(画像),将画像呈有情人裴敬中。事详宋张君房《丽情集·崔徽》。这里借崔徽喻歌者。② 箸点歌唇:指歌者唇边有痣。箸:筷子。③ 卿卿:犹亲亲。本为晋人王安丰妇对王安丰的称呼,后成为对所爱之人的昵称。事详《世说新语·惑溺》。④ 春妆:指赴宴筵精心打扮之盛妆。⑤ 玉立亭亭:亭亭玉立的倒装。⑥ 卧看双星:由唐杜牧《秋夕》诗之"天阶夜色凉如水,卧看牵牛织女星"点化而来。⑦ 黄四娘:对酒肆老板娘的泛称。唐杜甫诗有句:"黄四娘家花满蹊,千朵万朵压枝低。"(《江畔独步寻花七绝句》其六)沽酒当垆:古代酒肆中垒土为垆,安放酒瓮,卖酒人坐在垆边,称沽酒当垆。⑧ 一片青旗:即一面酒幌子、酒望儿。青旗:亦作青帘,即酒旗。古时酒家的幌子多用青布制成,故名。唐元稹《和乐天重题别东楼》:"唤客潜挥小红袖,卖炉高挂小青旗。"⑨ 骊珠:本为骊龙颔下之宝珠,后喻指委婉动听之歌声。元燕南芝庵《唱论》:"有子母调,有姑舅兄弟;有字多声少,有声多字少,所谓一串骊珠也。"⑩ "滴露和云"三句:极言梳妆打扮之精心。⑪ 去处:地方,处所。⑫ 三生:佛家语,指前世、今世与来世。这里极言沉醉之深,已不省处于何世。

【品评】亦正面写美人。"葱枝纤手"与《赠罗真真》中的"春葱细腻"重复;"风吹的倒玉立亭亭"亦与"晴柳纤柔"在意象上相似。盖梦符曲中多此等酬应之作也。惟"雨弱云娇,水秀山明"二句,既是博喻,亦是通感。如此写美人,略有新意。后面一首颇类《花间集》中韦庄《菩萨蛮》小词中"垆边人似月,皓腕凝霜雪"之意境。所不同的是除了写垆边人美之外,更突出了"黄四娘"婉转的歌喉以及她的乐观情绪。"无半点闲愁去处"一句大妙,它写出了市井间酒肆中当垆女子的淳朴、乐观与豁达,给人留下了极为深刻的印象。结末处诗人觅句拈须,竟是垆边人春纤玉手为之,着一丝谐谑,使全曲俱活。于此又见垆边人的泼辣与豪爽。如是,则较韦词更进一层,亦更丰富有趣。江南风物,亦更加诱人。真的是江南好,"未老莫还乡,还乡须断肠"了。乔吉终老江南,想亦留恋垆边风情吧。

[双调·折桂令]雨窗寄刘梦鸾赴宴以侑尊云①

妒韶华风雨潇潇②,管月犯南箕③,水漏天瓢④。湿金缕莺裳⑤,红膏燕嘴,黄粉蜂腰。梨花梦龙绡泪今春瘦了[⑥]，海棠魂羯鼓声昨夜惊着[⑦]。极目江皋[⑧]，锦涩行云，香暗归潮。

【注释】① 刘梦鸾：当为当时歌妓。生平未详。侑尊：陪酒助兴。② 韶华：美好的时光。此指春光。③ 管：管什么之省。月犯南箕：风雨的征兆。箕，星名，二十八宿之一，主风。旧说月遇箕宿将有风雨来临。④ 水漏天瓢：犹言瓢泼大雨。⑤“湿金缕”三句：言大雨为鸟虫带来灾难。金缕：金缕衣之省，此指黄莺的羽毛。红膏：指落花杂在泥土中。黄粉：指蜜蜂身上所杂花粉。此三句以“湿”字领起，极言雨之大。⑥ 梨花梦：用唐王建梦梨花云而作《梦看梨花云而歌》事，详宋张邦基《墨庄漫录》。龙绡泪：即鲛绡泪。晋张华《博物志》载：“南海外有鲛人，水居如鱼，不废织绩，其眼能泣珠。”⑦ 海棠魂：相传唐玄宗召杨贵妃，杨酒醉未醒。玄宗往视之，曰：“岂是妃子睡，真海棠睡未足耳。”事详宋释惠洪《冷斋夜话》卷一引《太真外传》。羯(jié)鼓声：传唐玄宗喜羯鼓技艺，一年春天数日连雨，花不发，明皇领乐工击羯鼓催花，竟叶茂花放。事详宋皇都风月主人《绿窗新话》。⑧“极目江皋”三句：乃写江边雨中景象。江皋：江岸边。锦涩行云：谓天空阴沉。香暗归潮：言江潮中有落花飘零。

【品评】曲写春雨滂沱，恣肆奔放，气势雄浑。宏阔处，纵笔挥洒，泼墨泼彩；细微处，纤毫毕现，反复晕染。曲中多处对偶句，工整而不着痕迹，仿佛信笔写来，自然而巧妙。“湿金缕”以下三句，以及“梨花梦”二句，既写雨又写人，悄然露出惜玉怜香意味，但不粘不露，令人含玩不尽。结末三句，成鼎足之势，写满天风雨之可畏，含无尽人生理趣，又令人思绪无边。此亦梦符佳构妙什也。

[双调·折桂令]丙子游越怀古[①]

蓬莱老树苍云[②]，禾黍高低[③]，狐兔纷纭。半折残碑，空馀故址，总是黄尘。东晋亡也再难寻个右军[④]，西施去也绝不见甚佳人[⑤]。海气长昏，啼鴂声干[⑥]，天地无春。

【注释】① 丙子：指元代后至元二年(1336)。越：指古越国，即今浙江绍兴一带。② 蓬莱：传说中海上三仙山之一。此借指浙东沿海一带。③ 禾黍高低：化用唐许浑《金陵怀古》诗中"松楸远近千家冢，禾黍高低六代宫"句意，以写景色之苍凉荒芜。"禾黍"或"黍离"有追怀故国之意，语本《诗·王风·黍离》。④ 右军：即东晋王羲之。以其曾官右军将军，故称。此代指历史上之风流人物。⑤ 西施：春秋时越国美女。她曾助越王勾践复国，后随范蠡泛舟五湖而去。此代指历史上有气节之佳人。⑥ 鴂(jué)：即子规，亦即杜鹃。传说为蜀望帝所化，其啼声甚哀。

【品评】作者游历古越旧地，未免怀古伤今，忧思难平。全曲慷慨苍凉，满眼凄迷衰飒，情调分外悲怆。古越乃前朝(南宋)故都所在，面对吴山越山，能不心生黍离之悲？兰亭旧游，浣纱故地，千古人物，如今已物是而人非，又怎不满腹怅惘？更兼杜鹃声声，啼泪啼血，人更何堪！作者名为怀古，实更伤今，所谓"天地无春"，情绪几近绝望。这里故国情怀与现实感受已模糊成一片了，诚为有真情实感的怀古之作。

[双调·殿前欢]登江山第一楼[①]

拍阑干，雾花吹鬓海风寒[②]，浩歌惊得浮云散[③]。细数青山，指蓬莱一望间。纱巾岸[④]，鹤背骑来惯[⑤]。举头长啸，直上天坛[⑥]。

【注释】① 江山第一楼：指镇江北固山甘露寺内的多景楼。宋米芾赞其为"天下江山第一楼"。元人周权《多景楼》诗中有句："谁言宇宙无多景，今见江山第一楼。"② 海风：登多景楼可俯瞰大江，遥望东海，故言。下文"指蓬莱一望间"，亦因登楼可遥望东海而言。③ 浩歌：放声高唱。与下文长啸相呼应。④ 纱巾岸：即岸纱巾。指高戴头巾，露出前额，是潇洒不拘的表现。岸：傲岸，伟岸。⑤ "鹤背"句：自比仙人跨鹤翱游。《文选》晋孙绰《游天台赋》谓"王乔控鹤以冲天"。此以仙人王乔自况，以与上文"指蓬莱"句相照应。⑥ 天坛：犹言天台。

【品评】曲写登临望远，心游万仞，气象既恢宏，心境又辽阔。文心细处，此呼彼应。如蓬莱在一望间，逗出神仙之想，而以王乔跨鹤自况，又隐约有出世之意。曲小气豪,字少意多。如“细数青山”一句,已为“直上天坛”设伏。“青山”在元曲中有特定所指,如马致远“青山正补墙头缺”,正暗含归隐之意。此曲亦然。

[双调·清江引]笑靥儿①

风酥不将腮斗儿匀②,巧倩含娇俊③。红镌玉有痕④,暖嵌花生晕。旋窝儿粉香都是春⑤。

【注释】① 笑靥(yè)儿:即俗称酒窝儿。此曲为同题重头组曲 4 首之第 3 首。② 风酥:指脂粉。匀:抹,擦。③ 巧倩:亦指笑靥儿。语本《诗·卫风·硕人》:“巧笑倩兮,美目盼兮。”④ “红镌”二句:言脂粉遮不住笑靥儿之美。它如玉似花,自然而美丽。⑤ 旋窝儿:即酒窝儿。

【品评】曲子不同诗,没什么事物不可为曲家所捕捉。写女子颊上酒窝,竟也可以巧譬妙喻,满纸生香。自然,此等当属俳谐一格,元曲家每每如此,并不以其琐屑而摒弃之。

[双调·卖花声]①悟世

肝肠百炼炉间铁②,富贵三更枕上蝶③,功名两字酒中蛇④。尖风薄雪⑤,残杯冷炙⑥,掩清灯竹篱茅舍。

【注释】① 卖花声:本为中吕宫曲牌,亦入双调。定格句式为七七七、四四七,六句六韵。② “肝肠”句:由刘琨《重赠卢谌》诗中“何意百炼钢,化为绕指柔”句点化而来,这里比喻英雄失路,俯仰随人,是不屑的口吻。③ “富贵”句:用《庄子·齐物》中庄生梦蝶事,喻富贵荣华,不过是一场梦而已。④ 酒中蛇:比喻幻影。用《晋书·乐广传》中“杯弓蛇影”事。⑤ 尖风:凌利、刺骨的寒风。薄雪:急雪。⑥ 残杯冷炙:吃剩的酒肉。杜甫《奉赠韦左丞丈》:“残杯与冷炙,到处潜悲辛。”这里是说生活的艰难与清苦。

【品评】元曲家每每将官场黑暗以及功名富贵说得一文不值,既尖刻又冷峻，这是失落的元代士人的共同心声。此曲值得注意之处是：作者将隐居生活描写得困顿窘迫，这应该是很真实的。乔吉一生不仕，流寓杭州期间生活是相当穷困的，以至“欲刊所作，竟无成者”。故此曲中的“尖风薄雪，残杯冷炙”，并非夸张之词，这与有的曲家将隐居环境加以美化者完全不同。

[中吕·朝天子][①]小娃琵琶

暖烘[②]，醉容，逼匝的芳心动[③]。皱莺声在小帘栊[④]，唤醒花前梦。指甲纤柔[⑤]，眉儿轻纵，和相思曲未终。玉葱，翠峰，娇怯琵琶重[⑥]。

【注释】① 朝天子：中吕宫曲牌，又名[朝天曲]、[谒金门]。定格句式为二二五、七五、四四五、二二五，十一句十一韵。② 暖烘：犹暖和，暖烘烘之省。③ 逼匝：引逗，撩拨。④ 皱莺声：喻指弹奏琵琶的小娃（雏妓）稚嫩的歌声。小帘栊：垂挂着帘子的小窗。⑤“指甲”二句：指弹拨琵琶时手的动作和扬眉瞬目的表情。与下文的“玉葱、翠峰”相呼应。⑥《全元散曲》为“娇怯煞琵琶重”。

【品评】雏妓怀抱琵琶，几乎是力所不能胜，但她的演奏与歌唱还是很动人的，“指甲纤柔（揉），眉儿轻纵”二句，可知她非常投入，因而才“唤醒花前梦”。此曲可视为一则有价值的史料，由此我们知道元代乐户中有雏妓卖艺者。小曲有如一幅速写画，线条简练，却颇传神韵。尤其是结末处的定格画面，人娇小而琵琶重，于不协调中传达出一丝悲凉，使人过目难忘。

[中吕·山坡羊]寄兴[①]

鹏抟九万[②]，腰缠十万[③]，扬州鹤背骑来惯。事间关[④]，景阑珊，黄金不富英雄汉。一片世情天地间[⑤]。白，也是眼[⑥]；青，也是眼。

【注释】① 寄兴：此曲《全元散曲》题作“寓兴”。② 鹏抟九万：化用《庄子·逍遥游》中大鹏“抟扶摇而上者九万里”之意，比喻志向高远。然联系下文，又略有婉讽之意。③ “腰缠十万”二句：旧题南朝梁殷芸《殷芸小说》卷六载：“有客相从，各言所志。或愿为扬州刺史，或愿多赀财，或愿骑鹤上升。其一人曰：‘腰缠十万贯，骑鹤上扬州。’欲兼三者。”二句承上文，其志向高远者乃意在兼得。④ “事间关”三句：是说世事难料，人生总会遇到艰难险阻，一旦追求而不得，穷愁潦倒(景阑珊)，曾经的富有亦无济于事。正是所谓英雄末路。⑤ 世情：指人情冷暖，世态炎凉。⑥ “白，也是眼”二句：用阮籍青白眼事。《晋书·阮籍传》上说，阮籍视人能为青白眼，青眼表示喜欢与尊重，白眼表示憎恶与轻视。

【品评】此曲透出一股强烈的愤世嫉俗情绪，表达了作者对世道人心浇薄、世风不淳厚的现实社会的冷峻思考。这其实是元代士人的一种价值观念，一种不同流俗的生活态度，即宁可清贫自守而不丧失人格与情操的价值取向。

[中吕·山坡羊]冬日写怀①(二首)

朝三暮四②，昨非今是，痴儿不解荣枯事③。攒家私④，宠花枝⑤，黄金壮起荒淫志。千百锭买张招状纸⑥。身，已至此；心，犹未死。

冬寒前后，雪晴时候，谁人相伴梅花瘦？钓鳌舟⑦，缆汀洲⑧，绿蓑不耐风霜透。投至有鱼来上钩⑨：风，吹破头；霜，皴破手⑩。

【注释】① 冬日写怀：乔吉以此调牌写得同题一组共 3 首重头曲，此为第 2 首。下面一首“冬寒前后”为第 3 首。② 朝三暮四：比喻变化无常。《庄子·齐物》中有个故事说，一个养猴人以橡子喂猴，先对猴子说“朝三而暮四”，众猴皆怒；又说“然则朝四而暮三”，众猴都很高兴。这里是取反复无常意。③ 荣枯事：指一个人穷达盛衰、祸福得失的际遇以及这其中的深刻道理。④ 攒(zǎn)家私：指贪婪地聚敛财物。⑤ 宠花枝：指沉耽于女色之中。⑥ 招状纸：即认罪书，罪犯招供的签押文书。⑦ 钓鳌舟：钓鳌客所乘之船。宋赵令畤《侯鲭录》卷六载，唐代大诗人李白曾自称"海上钓鳌客"，并称以虹霓为丝，明月为钩，以天下无义气之人为饵以钓鳌。后遂以钓鳌客喻指有豪迈气概和有远大抱负者。⑧ 缆：系，拴。此指系缆停泊船只。汀：水边平地。⑨ 投至：及至，待到。⑩ 皴(cūn)：皮肤冻裂。

【品评】前曲颇有一点现实针对性。"黄金壮起荒淫志"一句，极具警示性。钱有时的确可以改变一个人，令人昏昏噩噩，异常困惑。大约任何时代都有这个问题吧。乔吉描写的这种"痴儿"，今天亦不乏见。小令言简意赅，理趣丰赡，足令贪得无厌者警醒。不消说，此曲与上一曲有着某种内在的联系，亦可视为元代士人洁身自好、安贫乐道价值观的自然流露。

后一曲有弦外之音。寒江垂钓之钓鳌客万般无奈，因为气候、环境太恶劣了。仿佛是说元代士人生不逢时，纵使有钓鳌之志，却遭遇到志不得伸。退一步讲，便是挣扎着熬到一次际遇，恐怕早已是九死一生了。亦变相牢骚语也。

[越调·小桃红]赠朱阿娇①

郁金香染海棠丝②，云腻宫鸦翅。翠靨眉儿画心字③，喜孜孜。司空休作寻常事④。樽前但得⑤，身边伏侍，谁敢想那些儿⑥。

【注释】①朱阿娇：当为当时歌妓，生平不详。②"郁金香"二句：用郁金香料熏染美丽的青丝(头发)，将发型做成后宫中流行的鸦翅状。海棠：喻指美人。③"翠靨"句：用翠黛色颜料描画双眉，点画眉心。④"司空"句：化用唐孟棨《本事诗》中所载刘禹锡诗意。曾任司空之职的李绅因慕刘禹锡之名，将刘邀到自己府上宴饮。酒酣之时，李命美妓歌舞。刘即席赋诗曰："鬌鬌(wǒ tuǒ)梳头宫样妆，春风一曲《杜韦娘》。司空见惯浑闲事，断尽江南刺史肠。"李遂以妓送与刘。鬌鬌，或作"倭堕"，发髻美好的样子。⑤ 但得：只该，合该。⑥ 那些儿：指男女狎昵之事。

【品评】赠妓曲，无非称美佳人。此则从"司空休作寻常事"以下别出机杼,令人哑然失笑,亦俳谐家风焉。

[越调·小桃红]春闺怨

玉楼风飐杏花衫[①],娇怯春寒赚[②]。酒病十朝九朝嵌[③]。瘦岩岩,愁浓难补眉儿淡。香消翠减,雨昏烟暗,芳草遍江南。

【注释】① 飐(zhǎn):风吹使(衣衫)颤动。飐,别本或作"迕"。② 赚:此为未减之意。③ 酒病:即病酒、中酒。指饮酒沉醉如病。嵌:深陷、沉溺。

【品评】人物栩栩如生,俨然写真画幅。

[越调·小桃红]绍兴于侯索赋[①]

昼长无事簿书闲[②],未午衙先散[③]。一郡居民二十万。报平安,秋粮夏税咄嗟儿办[④]。执花纹象简[⑤],凭琴堂书案[⑥],日日看青山。

【注释】① 于侯:未详其名、号及生平。侯为古代对官员的尊称,犹称"公"。此于某在绍兴地方任何官职亦不详。② 簿书:公务文书。这里借指公务、差事。③ 衙:官署,即俗称之衙门。④ 咄嗟(duō jiē):犹言呼吸之间,意为一会儿。这里是形容办事简捷迅速。南朝宋刘义庆《世说新语·汰侈》:"石崇为客作豆粥,咄嗟便办。"⑤ 象简:象牙所制笏板,上镂花纹,故亦称"斑简"、"斑笏",为朝廷命官上朝时记事所用,亦为官员身份之象征。⑥ 琴堂:县衙的雅称。《吕氏春秋·察贤》:"宓子贱治单父,弹鸣琴,身不下堂,而单父治。"这里是称赞于侯为政勤勉,身不下堂。

【品评】元代士人,特别是乔吉这样的"烟霞状元",一般是不事干谒,不大会与官场上的人物打交道的。或许这位于侯确有过人之处,乔吉破例与其结交吧。小令亲切自然,无吹捧阿谀之心,却有赞扬清官能力之意,写来全不费踌躇，别饶一番情趣。

[越调·小桃红]晓妆

绀云分翠拢香丝[①]，玉线界宫鸦翅[②]。露冷蔷薇晓初试。淡匀脂，金篦腻点兰烟纸[③]。含娇意思[④]，殢人须是[⑤]，亲手画眉儿。

【注释】① 绀(gàn)云：喻指秀发。绀，即绀青色，黑里略微透出红色。香丝：发丝。② 玉线：将头发分开的中分线，因其露出肌肤之白色，故称。界：即分开。③ 金篦：竹制的梳头用具。腻点：频频梳理。兰烟纸：当指头发。纸，或为"紫"之误。④ 意思：姿态，样子。⑤ 殢(tì)：纠缠，麻烦。须是：却是。

【品评】细腻真切，生动传神。然乔吉类似作品较多，意象往往重复。

[越调·凭阑人]金陵道中[①]

瘦马驮诗天一涯[②]，倦鸟呼愁村数家。扑头[③]飞柳花[④]，与人添鬓华[⑤]。

【注释】① 金陵：今江苏南京。② 驮(tuó)：牲畜负物。天一涯：天一方。③ 倦鸟：疲倦飞翔，至傍晚才投林之鸟。这里用作与游子映衬。呼愁：指凄凉悲切的鸟叫声。④ 扑头：即扑面，飞柳花：柳絮漫天飞舞，是暮春景象。⑤ 鬓华：鬓发花白。

【品评】游子天涯，因倦鸟呼愁而伤感，见村落人家而乡愁绵绵，柳絮掠鬓，更添霜华。头两句用反衬手法，与马致远[天净沙]《秋思》中的"枯藤老树昏鸦，小桥流水人家"用意仿佛；后两句强调的是生命中的迁逝感，于感时伤春中传达出一种隐隐约约的焦灼与无奈。小令精粹凝练，句句如画，字字妥帖，直可媲美马致远[天净沙]小令。且一写春，一写秋，堪为令曲杰构之双璧。

[越调·天净沙]即事[1]

莺莺燕燕春春，花花柳柳真真[2]，事事风风韵韵[3]。娇娇嫩嫩，停停当当人人[4]。

【注释】① 即事：就眼前事物或景物题咏。作者此题重头一组原共4首，此为第4首。② 真真：以叠字巧体暗用典故。唐杜荀鹤《松窗杂记》中有个故事说，进士赵颜于画工手里得到一幅美人图。画师说："余神画也，此亦有名，曰真真。"原来画中美人，乃是南岳仙子。后遂以真真喻指美女。③"事事"句：是说眼前春天景物，一切都那么美好。④ 停停当当人人：人人停停当当之倒装。乃言游春的美女都打扮得恰到好处。停停当当：即妥妥当当。

【品评】此曲是所谓巧体，主要是通体运用叠字叠词。然不是那么自然，有凑泊之嫌。此曲历来为词曲论家所病诟。其中最突出的是清人陈廷焯。他在《白雨斋词话》卷七中，指责乔吉效颦李易安《声声慢》，以为"娇娇嫩嫩"四字"尤为不堪"，乃是"丑态百出"。平心而论，各家批评，自有道理。然乔吉这幅春色中的"丽人行"图，亦不过是偶一为之，试笔而已。梦符曲子佳构不少，但不必每首必佳，此亦常理也。

周文质（二首）

周文质（？—1334），字仲彬，祖籍建德（今属浙江），后移居杭州。家世儒业，曾为路吏。与钟嗣成相交二十余年，《录鬼簿》中说他“体貌清癯，学问该博，资性工巧，文笔新奇”。又“善丹青，能歌舞，明曲调，谐音律，性尚豪侠，好事敬客”。所作杂剧今知有《孙武子教女兵》等 4 种，今仅存《持汉节苏武还乡》残曲。散曲今存小令 43 首，套数 5 套。《太和正音谱》评其曲云：“如平原孤隼。”

[双调·落梅风]

鸾凤配①，莺燕约，感萧娘肯怜才貌②。除琴剑又别无珍共宝③，只一片至诚心要也不要④？

【注释】① “鸾凤配”二句：均喻指男女情爱。约：与“配”相对，指盟誓相爱。② 萧娘：古代对女子的泛称。唐杨巨源《萧娘》诗：“风流才子多春思，断肠萧娘一纸书。”③ 琴剑：古代书生外出时随身携带之物。所谓琴剑飘零。④ “只一片”句：《全元散曲》“只”为“则”。

【品评】书生贫寒，除了琴剑，身无长物。但他的心却是火热而诚挚的。曲中这位书生表达爱情的方式质朴爽朗，斩钉截铁，甚至颇见豪侠之气。小令语短情长，人物性格跃然纸上。足见作者的确当得起“资性工巧，文笔新奇”八个字。

[双调·落梅风]

楼台小，风味佳，动新愁雨初风乍①。知不知对春思念他②，倚阑干海棠花下。

【注释】① 雨初风乍：风雨始作。乍：与“初”字对，亦初起意。② 春思：伤春怀人的思绪。

【品评】小巧、精致且淡雅。旧愁未了，又动新愁；海棠花下，春思难平。看他一起手，便知是“春日凝妆上翠楼”也。

贯云石（五首）

贯云石（1286—1324），本名小云石海涯，号酸斋、疏仙、芦花道人，别号石屏。维吾尔族。祖父阿里海牙（涯）随世祖征战有功，官至湖广行省左丞相。父名贯只哥，官至江西行省平章政事。以父荫袭为两淮万户府达鲁花赤，镇永州，治军严肃。未久，弃武从文，北上从姚燧学。仁宗朝拜翰林侍读学士、中奉大夫、知制诰。后因宦情素薄，称疾辞官，隐居江南。卒时仅 39 岁，追封京兆郡公，谥文靖。他多才多艺，诗文、书法均有一定成就。通音律，擅散曲，今存小令 79 首，套数 9 套，《太和正音谱》评其曲“如天马脱羁”。与徐再思（号甜斋）齐名，并有唱和，后人辑二家曲为《酸甜乐府》。

[双调·落梅风]①

新秋至，人乍别②。顺长江水流残月。悠悠画船东去也，这思量起头儿一夜③。

【注释】① 落梅风：《全元散曲》此曲曲牌为[寿阳曲]。② 乍别：刚刚分别。③ 思量：这里是思念、牵挂之意。起头儿：开头、起始。

【品评】此曲小而巧，巧而妙，令人过目难忘。“顺长江”句妙在月是残的，暗用苏轼《水调歌头》中“人有悲欢离合，月有阴晴圆缺”意，以“月残”映衬“人离”。末句含蓄蕴藉，潜台词是思念将会绵长而无绝期，仅是开头人已不堪，日后将如何消遣！

[中吕·红绣鞋]

挨着靠着云窗同坐①，看着笑着月枕双歌②，听着数着愁着怕着早四更过。四更过情未足，情未足夜如梭③。

天哪，更闰一更儿妨甚么④！

【注释】① 云窗：华美的窗子，多指女子居所。② 看着笑着：《全元散曲》作“偎着抱着”。月枕：形如弯月的枕头。③ 夜如梭：喻指时光过得似穿梭般快。按：任本“夜如梭”前缺“情未足”三字，与顶真体不合。此据《全元散曲》补。④ 更闰一更：再添加一个更次的时间。

【品评】此为酸斋曲中杰构。写男女欢会，似此等大胆泼辣、略无滞碍者，为诗词中所无，在散曲中怕亦是绝无而仅有。它明显受到民歌俗曲的影响。语言的俚俗生动、顶真格的巧妙变化，以及多用动词重叠等等，都是富于创造性的。结句尤妙，人世间有闰年、闰月却未闻有数着更次闰的。如此，它又入了俳谐格，读之令人忍俊不禁。

[双调·殿前欢]①

畅幽哉②，春风无处不楼台③。一时怀抱俱无奈④，总对天开。就渊明归去来⑤，怕鹤怨山禽怪⑥，问甚功名在？酸斋笑我⑦，我笑酸斋。

【注释】① 殿前欢：《雍熙乐府》此调牌下共 4 首，总题作《道情》，此选 2 首，为原第 2、第 4 首。② 畅幽哉：犹言好幽雅呀！③ 春风无处不楼台：为“楼台无处不春风”之倒语。④ “一时”二句：是说纵然面对美景佳境，一时仍无好的心情，感到很无奈。总：纵然，即使。天开：为“天开画图”之省，指大自然所展示的画卷。宋叶梦得《石林诗话》卷上载，蜀人石异尝得见黄庭坚一联云：“人得交游是风月，天开画图即江山。”⑤ “就渊明”句：言效法陶渊明赋《归去来兮辞》，拟归隐田园。就：同，与。⑥ “怕鹤怨”句：南朝齐周颙追名逐利，隐而复出，是假隐士。孔稚圭作《北山移文》，仿山灵口吻加以嘲讽，中有“蕙帐空兮夜鹤怨，山人去兮晓猿惊”句。这里是说归隐山林之时，不要像周颙那样，惹得鹤怨禽怪。⑦ “酸斋”二句，自己嘲笑自己。酸斋：作者自号。

【品评】作者于仁宗朝官位显赫，同时也对官场污浊有较清楚的认识。后称疾辞官，改换姓名，卖药钱塘市中。又自号芦花道人，过着诗酒自娱的隐逸生活。关于他的退隐，有人说是忽发奇想，以为辞尊居卑，乃昔贤所尚，酸斋是效法前贤；还有的说他性喜参禅悟道，志在山林。这支小令则说明，原因在于"一时怀抱俱无奈"，即空怀抱负，而不得施展，他大约是无奈才辞官的。小令看似随手写来，坦率直白，实质上却另有一段隐曲，这便是他对当时官场和所谓功名的透悟。酸斋要隐就当真隐士，绝不会像周颙之流那样，事实上他做到了。这对世爵后人的酸斋，诚为不易。此曲用事显晦并用，敢于亮出自己的真实心迹，亦是值得细细咀嚼之处。

[双调·殿前欢]

怕西风，晚来吹上广寒宫①。玉台不放香奁梦②，正要情浓③。此时心造物同④，听甚《霓裳弄》⑤，酒后黄鹤送⑥。山翁醉我⑦，我醉山翁。

【注释】① 广寒宫：传说中的月宫。旧题唐柳宗元《龙城录》载唐明皇游月宫："顷见一大宫府，榜曰：'广寒清虚之府'。"② "玉台"句：是说放不下梦中仙境。据《龙城录》，明皇自月宫返回后，"欲求再往"。玉台：传说中天神的居所。汉刘向辑《楚辞·九思·伤时》："登太乙兮玉台，使素女兮鼓簧。"香奁：古代妇女梳妆时所用的镜匣。③ 正要：只是，只要。承上文，意为只要有至情，就可以复返月宫，重温旧梦。④ "此时"句：是说精诚所至，便无境不可至。造物：指天造万物。⑤ 听甚：听什么，不须听。《霓裳》：即《霓裳羽衣曲》。《龙城录》中说，唐明皇在月宫听得仙乐，后追忆谱写成《霓裳羽衣曲》。弄：演奏。⑥ "酒后"句：南朝梁任昉《述异记》载，有黄鹤载羽衣霓裳仙子至荀环处，"宾主对饮，已而辞去，跨鹤腾空"。这里乃取"对饮"与"跨鹤"意。⑦ 山翁：指晋人山简。在时局混乱之时，他常借酒浇愁，醉乡忘忧，经常酩酊大醉。

【品评】曲由唐明皇梦游月宫写至山简醉乡忘忧，首着一个"怕"字，意近苏轼的"起舞弄清影，何似在人间"。即是说，有酒盈樽，常醉不醒，忘却人世间烦恼、忧愁，已接近神仙了。不必听《霓裳》，无须游广寒，酒后跨鹤，不亦快哉！曲折表达的，仍是对现实社会的无奈，以及寻求解脱的痛苦。

[正宫·塞鸿秋][①]代人作

战西风遥天几点宾鸿至[②],感起我南朝千古伤心事[③]。展花笺欲写几句知心事[④],空教我停霜毫半晌无才思[⑤]。往常得兴时[⑥],一扫无瑕疵。今日个病恹恹刚写下两个相思字[⑦]。

【注释】① 塞鸿秋:正宫曲牌,亦入中吕、仙吕套数,定格句式为七七七七、五五七,七句六韵。作者用此调牌写有两首,总题为《代人作》,此为前一首。② 战:战抖。这里指在寒风中发抖。几点:言长空大雁寥寥数只。宾鸿:大雁春来北去,秋则南飞,如宾客过往,故名。《礼记·月令》:"鸿雁来宾。"③ "感起我"句:是说唤起了我对南朝旧事的伤感之情。金代词人吴激《人月圆》词:"南朝千古伤心事,犹唱《后庭花》。"④ 花笺:精致华美的信纸。⑤ 霜毫:毛笔。⑥ "往常"二句:言平时兴致来时,一挥而就。得兴时:指文思如泉涌之时。扫:写字时笔在纸上不停运转。⑦ 病恹恹:形容有气无力、精神不振的样子。

【品评】古人代人作多是代女子致意于男子,而此曲仿佛是代某男子写给其意中人的。"南朝千古伤心事"乃前人成句,此仅取其伤心字面,未必有兴亡怀古之意,或致意对方在江南亦未可知。从"花笺"、"相思"等看,将《代人作》二首视为爱情小曲较为合适。因"宾鸿"所至而起兴,也扣紧了书信,遥寄相思,怀人感伤而已。对此曲末句,曲论家们批评较多。周德清《中原音韵·作词十法》谓其衬字太多,斥之云:"此何等句法!"明李开先《词谑》则讥其"成尾大不掉之势"。今人任半塘《曲谐》持论似较为公允:"论气势,则末句非有十四字收煞不住也。"按此句正格只有七字,贯曲衬字竟成倍数,似此等,颇有大家风采。前期曲家关、王辈,每每如此。

鲜于必仁（二首）

鲜于必仁，字去矜，号苦斋，渔阳郡（治所在今天津蓟县）人。为元初著名书法家、诗人鲜于枢（1256—1301）之子，生卒年不详。“工诗好客，所作乐府，亦多行家语”（吴梅《顾曲麈谈》）。虽出身宦族，却终生布衣。性情达观、豪放，常寄情山水，浪迹四方。与杨梓之子国材、少中交游甚密，曾“尽以作曲方法授之”。其散曲作品多写景与咏史之作，格调明快，朗健遒劲。全元散曲录存其小令29首。《太和正音谱》将其曲列为上品，评其词“如奎壁腾辉”。

[越调·寨儿令]①

汉子陵②，晋渊明，二人到今香汗青。钓叟谁称，农父谁名，去就一般轻。五柳庄月朗风清③，七里滩浪稳潮平④。折腰时心已愧⑤，伸脚处梦先惊⑥。听，千万古圣贤评。

【注释】① 寨儿令：越调曲牌，又名[柳营曲]，定格句式为三三七、四四五、六六五五、一五，十二句十一韵。② “汉子陵”三句：子陵即东汉隐士严光，子陵为其字。他曾与刘秀同学，刘秀即位后，曾被召到洛阳，授谏议大夫，不受，退隐于富春山，躬耕垂钓。晋渊明：即陶潜，曾为彭泽令，后辞官归隐。香汗青：指史书留名，为后人所推重。古代在竹简上记事，须用火将青竹片烘干水分以便于在上面书写，故以“汗青”代指史册。③ 五柳庄：陶渊明宅旁有五棵柳树，自号五柳先生。④ 七里滩：在今浙江桐庐严陵山西，为严子陵隐居时垂钓之处。⑤ 折腰时：指陶渊明为官之时，因不愿为五斗米的俸禄而屈从于上司，毅然退隐。愧：悔。指归隐时已觉迟暮。⑥ “伸脚处”句：汉光武帝刘秀召严光（子陵）至洛阳，并与这位昔日同窗同卧一榻。夜间严光的脚伸到了刘秀肚皮上。事见《后汉书·逸民传》。这里是说伴君如伴虎，为官不自由。

【品评】严子陵、陶渊明是元曲家最常提及的两位楷模式人物。曲中流露出归隐之想，以为严、陶可入圣贤之列，曲折反映了元代士人的复杂心态。

［双调・折桂令］诸葛武侯①

草庐当日楼桑②，任虎战中原③，龙卧南阳④。八阵图成⑤，三分国峙，万古鹰扬⑥。《出师表》谋谟庙堂⑦，《梁甫吟》感叹岩廊⑧。成败难量，五丈秋风⑨，落日苍茫。

【注释】① 诸葛武侯：即诸葛亮。曾辅佐刘备建立蜀汉政权，三国蜀汉建兴元年(223)刘禅继位时，封其为武乡侯，简称武侯。② 楼桑：地名，在今河北涿州市。为三国时刘备故里。③ 虎战中原：指刘(备)、关(羽)、张(飞)等逐鹿中原。④ 龙卧南阳：指隐居的诸葛亮。他曾隐于南阳隆中，留心时事。徐庶向刘备荐举他时，就称其为卧龙先生。⑤ 八阵图：三国时，诸葛亮使用的一种布兵阵法，相传以聚石布阵。详《三国志・蜀书・诸葛亮传》。⑥ 鹰扬：原指威武之貌。语出《诗・大雅・大明》。此为施展雄才大略之意。⑦ 出师表：诸葛亮伐魏前写给刘禅的表文。谋谟庙堂：为朝廷出谋划策。谟：计划，策略。⑧ 梁甫吟：一作《梁父吟》。乐府相和歌辞楚调曲名。言人死葬梁甫山，是为葬歌。今传之古辞《梁甫吟》，相传为诸葛亮所作。岩廊：高峻之廊，庙堂的同义语，亦指朝廷。⑨ 五丈秋风：五丈指五丈原，在今陕西岐山南，位于狭谷西侧，渭水南岸。相传诸葛亮六出祁山时曾屯兵于此。建兴十二年(234)秋，诸葛亮病逝于此地。

【品评】概括诸葛武侯一生业迹，字里行间流露出钦羡之情。这说明元曲家之倡隐，非无缘由之隐，骨子里仍藏着“达则兼济天下”之志，只因穷而不达，才退而“独善其身”，隐居乐道的。曲的结尾处，写得苍凉悲慨，有凭吊武侯之意。全曲对偶、鼎足运用自如。格调雄阔，义深词切。

阿里西瑛（二首）

阿里西瑛，又名木八剌，字西瑛，回族，阿里耀卿学士之子。西域人，生卒年不详。元陶宗仪《南村辍耕录》卷十一谓其“躯干魁伟，故人咸曰长西瑛”。善吹筚篥，通音律，能词曲。寓居苏州时，自名其居所为“懒云窝”。与贯云石、乔吉、卫立中、吴西逸等皆有唱和。其曲多自适之作，风格真率朴茂，语言俳谐风趣。《全元散曲》录存其小令 4 首。《太和正音谱》将其列于“词林之英杰”一百五十人中。

[双调·殿前欢]懒云窝①（自叙二首）

懒云窝，醒时诗酒醉时歌。瑶琴不理抛书卧，无梦南柯②。得清闲尽快活，日月似穿梭过，富贵比花开落。青春去也，不乐如何？

懒云窝，客至待如何？懒云窝里和衣卧，尽自婆娑③。想人生待则么④？贵比我高些个，富比我忪些个⑤。呵呵笑我，我笑呵呵。

【注释】① 懒云窝：为作者自命居所名。位于今苏州东北隅。取宋代隐士邵雍安乐窝意。阿里西瑛所作[双调·殿前欢]《懒云窝》今存 3 首，这里选的是第 1 与第 3 首。其中第 3 首《太平乐府》作乔吉作，而残元本《阳春白雪》卷二和抄本《阳春白雪》前集卷三，均作阿里西瑛作。故互见两家曲中，字句略有不同。② 无梦南柯：是说不想去做荣华富贵梦。唐李公佐《南柯太守传》传奇，写淳于棼梦中至大槐安国，娶了公主，又任南柯太守，享尽荣华富贵，后被遣归。梦醒后才知大槐安国不过是槐树下蚁穴。③ 婆娑：这里指逍遥自在、自适自得的样子。④ 待则么：犹意待如何，想要怎样。⑤ 忪(sōng)：同“憽”，宽松，裕如。

【品评】作者的《懒云窝》意在述志，颇得当时曲家赏识，贯云石等不少曲家都有和曲。其特点在于以通俗直白的口语，直言心声。诸如“日月似穿梭过，富贵比花开落”这样的句子，看似平淡，实有机趣，于率性之中，见出个性来。这种蔑视功名富贵的不屑口吻，以及“尽自婆娑”的旷放情怀，别是一种情调。

曾瑞（一首）

曾瑞，字瑞卿，号褐夫，大兴（今属北京）人。生卒年不详。《录鬼簿》将其列之于“方今已亡名公才人，余相知者”中，并在小传中说：“自北南来，喜江浙人才之多，羡钱塘景物之盛，因而家焉。”又言其“志不屈物，故不愿仕”，“江淮之达者，岁时馈送不绝，遂得以徜徉卒岁，临终之日，诣门吊者以千数”。他“善丹青，能隐语，小曲有《诗酒余音》行于世”。惜今不存。撰杂剧《才子佳人误元宵》1 种，今亦不传。现存小令 95 首，套数 17 套。

［正宫·醉太平］①

相邀士夫②，笑引奚奴③，涌金门外过西湖④。写新诗吊古，苏堤堤上寻芳树，断桥桥畔沽醽醁⑤，孤山山下酬林逋⑥。洒梨花暮雨。

【注释】① 醉太平：正宫曲牌，一名［凌波曲］，亦入仙吕与中吕，定格句式为四四、七四、七七七、四，八句八韵，首二句宜对，第五、六、七句宜作鼎足对。② 士夫：士大夫的省称。读书人未仕与士族亦可称之。③ 奚奴：奴仆。④ 涌金门：旧名作丰豫门，杭州西城门，有涌金河通西湖。⑤ 断桥：又名段家桥，为白堤入口处。宋周密《武林旧事》中谓其“万柳如云，望如裙带”。醽醁（líng lù）：美酒。⑥ 孤山：在西湖中。《淳祐临安志》：孤山“去钱塘旧制四里，湖中独立一峰，圆法师铭曰：‘群山四绝，秀出波心。’”林逋：即林和靖，宋初著名隐士，曾隐居于孤山。此为作者自况。此句“酬”字《全元散曲》作“醉”。

【品评】布衣曾瑞，无官一身轻，游西湖游得格外潇洒。小曲迤逦写来，景致美，兴致好，在作者眼里，连雨滴也是花。其由北而南，寓于杭州，对西湖美景可谓是既陶醉又钟情的。末句大约受了“梨花一枝春带雨”的启发。若是，他则将西湖也视为西子、玉环了。

赵禹圭（一首）

赵禹圭，即赵天锡，孙楷第考其名禹圭，又名祐，天锡为其字。宛丘（今属河南）人。《录鬼簿》言其为汴梁人，做过镇江府判，将其列为“前辈已死名公才人，有所编传奇行于世者”之中。叶德钧《戏曲小说丛考》中以为他为元贞、大德时人。而元《至顺镇江志》载：赵祐，“字天锡，河南人。承直郎，至顺元年七月二十七日至三年十月致仕”。可知其至顺间（1330—1332）尚在世。所作杂剧2种皆不传，散曲今存小令7首。《太和正音谱》评其词“如秋水芙蕖”。

[双调·折桂令]①题金山寺②

长江浩浩西来，水面云山③，山上楼台④。山水相辉，楼台相映，天地安排⑤。诗句就云山动色⑥，酒杯倾天地忘怀⑦。醉眼睁开，遥望蓬莱⑧：一半烟遮，一半云埋。

【注释】① 折桂令：《全元散曲》作[蟾宫曲]。② 题金山寺：此曲存元刊本《阳春白雪》，署名“赵君锡”。任讷校《散曲丛刊》注为“赵天锡”，《全元散曲》从之。而张养浩《云庄乐府》亦收此曲，故此曲重见于两家曲中。金山寺：位于今江苏镇江市区西北。金山原名为氐父山，唐代开山得金，更名为金山。东晋时即在山上建寺。③ 水面云山：金山原本屹立于长江之中，清道光年间江沙淤积，金山方与南岸相接。云山：形容山势高峻，云遮雾罩。④ 山上楼台：金山寺的殿宇楼阁，依山势而建，气势壮观，故云。⑤ 天地安排：是说金山寺的建筑依山环水，得自然之美。“地”字《全元散曲》作“与”。⑥ 就：犹“成”。动色：变得格外壮丽。⑦ 天地忘怀：即忘怀天地。是说忘却了天地间的一切，即挥去人间所有烦扰。⑧ 蓬莱：传说中的仙境。为海上三仙山（蓬莱、方丈、瀛洲）之一。详《史记·封禅书》。这里借指金山寺。

【品评】写景之作,最忌一味用实。此曲虚实相间,动静互参,气势恢宏,泼墨泼彩,可谓大手笔。起句写长江,如天际奔来;继写金山与寺院建筑,水面天空,笔势纵横,不可控揣;再接以天工人巧,描摹山水楼台,重在表里相辅,气象万千。"诗句就"二句,更兼及人与自然的交流与互动。"醉眼"以下,以虚写为主,乃是大写意手法,意境空濛,神奇迷茫,洵为超于象外之笔。殆不失为元曲中杰构也。

阿鲁威（一首）

阿鲁威，字叔重（一作叔仲），号东泉，人亦称鲁东泉。蒙古族，汉名亦译作阿鲁灰、阿鲁翚等。延祐间（1314—1320）官南剑太守，至治间（1321—1323）为泉州路总管。泰定间（1324—1328）应诏为经筵官，翰林侍读学士。致和元年（1328）挂冠南游，寄寓杭州。能诗善曲，今存散曲小令 19 首。《太和正音谱》评其词“如鹤唳青霄”。

[双调·落梅风][1]

千年调[2]，一旦空，惟有纸钱灰晚风吹送。尽蜀鹃啼血烟树中[3]，唤不回一场春梦[4]。

【注释】① 落梅风：《全元散曲》作[寿阳曲]。② 千年调：本指传之久远的诗歌。唐范摅《云溪友议》卷十一，载王梵志诗：“世无百年人，拟作千年调。打铁作门限，鬼见拍手笑。”这里喻指盘算之长久。③“尽啼鹃”句：用望帝啼鹃事。《华阳国志·蜀志》中说，蜀主杜宇（望帝）将帝位禅让后，化为杜鹃鸟，啼声悲切，以至啼出鲜血来。《全元散曲》作“血啼”。④ 一场春梦：喻人生的虚幻。

【品评】古诗有句：“生年不满百，常怀千岁忧。”《红楼梦》中妙玉最欣赏的两句诗是：“纵有千年铁门槛，终须一个土馒头。”此曲前三句用意仿佛。生命有限，人欲却无边。这大约是人性的最大弱点吧。

薛昂夫（十一首）

薛昂夫，名薛超兀兀、薛超吾，回鹘（今维吾尔族）人。汉姓马，字昂夫，号九皋，故亦称马昂夫，马九皋。先世内迁，居怀庆路（治所在今河南沁阳）。父及祖俱封覃国公。他曾师刘辰翁，故可推知其生年当在至治年间。历官江西行中书省令史、佥典瑞院事、太平路总管、衢州路总管等。善篆书，有诗名。散曲风格以豪放为主。《南九宫正始序》称其“词句潇洒，自命千古一人”。现存小令 65 首，套数 3 套。《太和正音谱》评其词“如雪窗翠竹”。

[双调·水仙子][①]集句[②]

几年无事傍江湖[③]，醉倒黄公旧酒垆[④]。人间纵有伤心处，也不到刘伶坟上土[⑤]，醉乡中不辨贤愚。对风流人物[⑥]，看江山画图，便醉倒何如？

【注释】① 水仙子：《全元散曲》作[湘妃怨]。② 集句：旧时作诗方法的一种。即将前人成句重新加以组织，檃栝而成一篇另具意义的作品。在散曲中乃属于“巧体”。③“几年无事”句：语出唐陆龟蒙《和龚美春夕酒醒》诗。傍：依靠、接近。这里是流落之意。④ 黄公旧酒垆：晋人王戎乘车经过黄公酒垆旁，对车上人回忆起曾与嵇康、阮籍等在这里喝过酒，而他们去世后，自己再也没来过这里。事详《世说新语·伤逝》。唐温庭筠《寄卢生》诗：“他年犹拟金貂换，寄语黄公旧酒垆。”⑤ 刘伶：魏晋间名士，“竹林七贤”之一。嗜酒，曾写有《酒德颂》。唐李贺《将进酒》：“劝君终日酩酊醉，酒不到刘伶坟上土。”⑥“对风流人物”二句：化用苏轼《浪淘沙·赤壁怀古》词句。

【品评】曲中的“巧体”集句与诗的集句体略有不同，它主要是点化与檃括前人句子，很少一字不易集来。此曲写纵酒浇愁，豪放不羁；然“人间”二句，还是透露出不平与愤慨来。因为醉乡可以忘忧，无何有乡可以泯愁。

可见元人酒曲中心态是相当复杂的。

［双调·殿前欢］[1]

捻冰髭[2]，绕孤山枉了费寻思[3]，自逋仙去后无高士。冷落幽姿[4]，道梅花不要诗？休说推敲字[5]，效杀颦难似[6]。知他是西施笑我，我笑西施？

【注释】 ① 殿前欢：作者写有4首重头曲，分别题作《春》、《夏》、《秋》、《冬》，此首为第4首，原题作《冬》。见《全元散曲》。② 冰髭：是说天气寒冷，髭须上结了霜。③ "绕孤山"二句：宋代隐士林逋，曾居于西湖孤山，终生不娶，植梅养鹤，号为梅妻鹤子。详《宋史·林逋传》。二句是说绕孤山寻访林逋踪迹，可叹这位高士去后，孤山便冷落了。④ "冷落幽姿"二句：谓林逋去后，孤山的梅花也被冷落了。幽姿：指梅花的姿态。道：难道。不要诗：是说没人能写出"疏影横斜水清浅，暗香浮动月黄昏"（《山园小梅》）那样的咏梅诗了。⑤ 推敲：借用唐贾岛作诗字斟句酌事。详宋胡仔《苕溪渔隐丛话前集》卷一九《刘公嘉话》。这里指拟作梅花诗。⑥ "效杀"句：用"东施效颦"之典。事详《庄子·天运》。承上句，是作者的自谦之词，意为想效林逋作咏梅诗，却达不到那么高的境界。

【品评】 写冬景而选择了孤山之游，拟作咏梅诗却无法超越"疏影"、"暗香"，小曲传达出作者对隐士先辈的敬仰，亦流露出痴于诗的执著与可爱。视林逋为高士，亦是元曲家们的共识。小曲将孤山寻访写得凄寂冷清，若有所失；同时也融入些许自嘲似的俳谐，苦涩自在其中。

［双调·殿前欢］

醉归来，袖春风下马笑盈腮。笙歌接到朱帘外。夜宴重开，十年前一秀才。黄齑菜[1]，打熬到文章伯。施展出江湖气概，抖擞出风月情怀[2]。

【注释】① “黄齑(jī)菜”二句：言十年寒窗苦读，终于一朝成名。齑菜：切碎腌制成的酱菜，喻生活之困苦。打熬：艰难地奋斗。文章伯：文坛上受人敬仰的文章家。② 风月情怀：指男女欢爱的情致。

【品评】十年寒窗苦，一朝文章伯，乃是文人们发迹变泰的梦想。小曲是颠倒着写的：春风得意，醉归下马，笙歌朱帘，夜宴重开；抚今思昔，感慨万千。若非作者夫子自道，便是为一类文人写真画像。

[中吕·山坡羊][1]

惊人学业，掀天势业[2]，是英雄成败残杯炙[3]。鬓堪嗟，雪难遮[4]。晚来览镜中肠热[5]，问着老天无话说。东，沉醉也；西，沉醉也。

【注释】① 山坡羊：《乐府群珠》此牌下2曲均题作《述怀》。② 势业：与势力略同。势：他本或作“勋”。此指权势、地位。③ 成败：《乐府群珠》“成”作“隽”。残杯炙：即残杯冷炙，指吃剩的酒肉，亦喻他人施舍之物。语本唐杜甫《奉赠韦左丞丈》：“朝扣富儿门，暮随肥马尘。残杯与冷炙，到处潜悲辛。”④ 雪：喻指白发。⑤ 晚来览镜：古人览镜与勋业是相连系的。杜甫《江上》诗：“勋业频看镜，行藏独倚楼。”宋张先《天仙子》词：“临晚镜，伤流景，往事后期空记省。”中肠：内心。唐杜甫《赠卫八处士》诗：“访旧半为鬼，惊呼热中肠。”

【品评】作者悟透了人情冷暖，对功名利禄也持彻底否定的态度；问天无语，问己困惑，只有沉醉可以忘忧解愁。忘，大约是元人嗜酒的最突出也最直接的原因吧。

[中吕·山坡羊]

大江东去，长安西去[1]，为功名走遍天涯路。厌舟车，喜琴书[2]，早星星鬓影瓜田暮[3]。心待足时名便足[4]。高，高处苦；低，低处苦。

【注释】① 长安:代指京城。此指大都(今北京)。② 喜琴书:晋陶渊明《归去来兮辞》:“乐琴书以消忧。”③ 早星星:是说鬓发花白,所谓鬓影星星。晋左思《白发赋》:“星星白发,起于鬓垂。”宋晁补之《摸鱼儿》词:“满青镜,星星鬓影今如许。”瓜田暮:言归隐已迟。用西汉初邵平于长安东门外隐居种瓜事。详《史记·萧相国世家》。④ 待:如果,若是。

【品评】“心待足时名便足”,乃耐人寻味之语。高亦苦,低亦苦,也很有嚼头。作者东西南北飘泊流离,足迹遍及今江西、浙江、湖南、广西等地,奔波于仕途之上,故其曲中所言,非泛泛之语,当是有感而发的肺腑之言。

[正宫·塞鸿秋]凌歊台怀古①

凌歊台畔黄山铺②,是三千歌舞亡家处③。望夫山下乌江渡④,是八千子弟思乡处⑤。江东日暮云⑥,渭北春天树,青山太白坟如故⑦。

【注释】① 凌歊(xiāo)台:在安徽当涂北黄山之上。唐许浑《凌歊台》诗:“宋祖凌歊乐未回,三千歌舞宿层台。”自注:“台在当涂县北,宋高祖所筑。”宋高祖,指南朝宋高祖刘裕。② 铺:驿站。③ 三千歌舞:刘裕曾在凌歊台蓄歌儿舞姬三千人。亡家:失家。宋亡后三千歌舞女子不知所之。④ 望夫山:在当涂西北四十里处。乌江渡:在安徽和县东北。⑤ 八千子弟:指追随项羽征战的将士。项羽兵败,退至乌江,亭长请他渡江,他笑道:“天之亡我,我渡何为? 且籍与江东子弟八千人渡江而西,今无一人还,纵使江东父兄怜而王我,我何面目见之?”言罢自刎而死。事详《史记·项羽本纪》。⑥“江东”二句:为唐杜甫“渭北春天树,江东日暮云”(《春日忆李白》)的倒置。⑦ 青山太白坟:青山在安徽当涂县东南,李白坟在青山西北。

【品评】即地咏史,以刘裕的歌舞繁华已成云烟,项羽的掀天壮业化为乌有,与诗仙衣冠冢依然还在,山川流峙而炳焕千秋,形成鲜明对比。流露出轻王侯霸业,重文采风流的价值观念,这在元曲家中是很有代表性的。钟嗣成的《录鬼簿序》中正不乏这种意识。

[双调·庆东原]西皋亭适兴①

兴为催租败②，欢因送酒来③。酒酣时诗兴依然在。黄花又开④，朱颜未衰⑤，正好忘怀。管甚有监州⑥，不可无螃蟹。

【注释】① 西皋亭：在西皋山西部。西皋山又称皋亭山，俗称半山，在杭州东北，临平镇东南。作者曾隐居于此。② “兴为”句：宋释惠洪《冷斋夜话》载：谢无逸写信给潘大临，问有新诗作否？潘回函曰：“昨日闲卧，闻搅林风雨声，欣然起，题壁曰：‘满城风雨近重阳’，忽催租人至，遂败意。止此一句奉寄。”兴：指兴致，诗兴。败：败坏。③ “欢因”句：用“白衣送酒”事。陶渊明因重阳日无酒，在菊丛边坐久，忽有江州刺史王弘派白衣人（童仆）送酒来，即便就酌，兴致勃勃归去。事详《宋书·隐逸列传·陶潜》。此为作者以陶潜自况。④ 黄花：菊花。⑤ 朱颜未衰：是说酒醉时脸上泛着红光，显得年轻。苏轼《纵笔》诗：“小儿误喜朱颜在，一笑那知是酒红。”⑥ “管甚”二句：监州：官名。通判的统称。有钱昆少卿，家世杭州，喜食蟹，求补外郡官。人问所欲，曰：“但得有螃蟹，无通判处足矣。”宋苏轼诗有云：“欲问君王乞符竹，但忧无蟹有监州”（《金门寺中见李西台与二钱唱和四绝句，戏用其韵跋之》）。

【品评】洒脱自如，遂情任性；用典有趣，如同己出。一派放达情怀，尤是真隐风范。

[中吕·山坡羊]西湖杂咏①

春

山光如淀②，湖光如练③，一步一个生绡面④。叩逋仙⑤，访坡仙⑥，拣西湖好处都游遍⑦，管甚月明归路远⑧。船，休放转⑨，杯，休放浅。

夏

晴云轻漾，薰风无浪⑩，开樽避暑争相向。映湖光，逞新妆，笙歌鼎沸南湖荡⑪，今夜且休回画舫。风，满座凉；莲，入梦香。

【注释】① 西湖杂咏：原为《春》、《夏》、《秋》、《冬》4 首，此选前 2 首。② 淀：青黑色染料。③ 湖光如练：语本南朝齐谢朓诗句："澄江静如练"（《晚登三山还望京邑》）。练：白绢。④ 生绡面：指画卷。古人在生绡（未经漂煮的丝织品）上作画，故言。⑤ 逋仙：指宋代隐于西湖孤山的林逋。参阅前［双调・殿前欢］注③。⑥ 坡仙：指宋代诗人苏轼，他曾任杭州太守，疏浚西湖，筑"苏堤"。⑦ 拣：选择。《全元散曲》"西湖"作"西施"。⑧ 管甚：管什么，即不管。⑨ 放：教，使。转（zhuǎn）：转还，回去。⑩ 薰风：暖风。《吕氏春秋・有始》："东南曰薰风。"宋欧阳修《踏莎行》词："草薰风暖摇征辔。"⑪ 荡：震荡。

【品评】二曲写西湖春夏景色，笔调别致，一如作者放旷不羁、潇洒飘逸之性情。"一步一个生绡面"，言西湖处处都是画境，目不暇接，感同身受，出语波俏。后一首结句尤妙，荷香入梦，笔殊清空奇绝也。

［双调・楚天遥带过清江引］①二首

屈指数春来②，弹指惊春去。蛛丝网落花，也要留春住。几日喜春情，几夜愁春雨。六曲小山屏③，题满伤春句。　春若有情应解语④，问着无凭据。江东日暮云⑤，渭北春天树，不知那答儿是春住处⑥。

有意送春归，无计留春住⑦。明年又着来⑧，何似休归去⑨？桃花也解愁，点点飘红玉。目断楚天遥⑩，不见春归路。　春若有情春更苦，暗里韶光度⑪。夕阳山外山⑫，春水渡旁渡，不知那答儿是春住处。

【注释】① 楚天遥带过清江引：双调带过曲，定格句式为：［楚天遥］全曲皆为五字句，八句四韵，极似词调《生查子》；［清江引］是七五、五五七，五句四韵。作者写有此调牌重头曲 3 首，这里选的是第 2、第 3 首。② “屈指”二句：形容盼春心切，又惊春去得疾。屈指：亦作“诎指”。《汉书陈汤传》：“诎指计其日。”弹指：本为佛家语，“一弹指”的略语，言极短的时间。③ 六曲小山屏：可开可合的六折画屏。④ “春若有情”句：由唐李贺“天若有情天亦老”（《金铜仙人辞汉歌》）句点化而来。⑤ “江东”二句：为唐杜甫“渭北春天树，江东日暮云”（《春日忆李白》）二句的倒置借用。⑥ “不知”句：由宋黄庭坚“若有人知春去处，唤取归来同住”（《清平乐·晚春》）词句点化而来。那答儿：即哪儿，哪里。⑦ “无计”句：语出南唐冯延巳《鹊踏枝》词：“雨横风狂三月暮，门掩黄昏，无计留春住。”⑧ 着：犹教，得。⑨ 何似：不如。⑩ “目断”二句：化用宋辛弃疾《摸鱼儿》词：“春且住，见说道天涯芳草无归路。”目断：目力所能达到的极处。⑪ 韶光：美好的时光。亦指春光。⑫“夕阳”二句：为南宋戴复古《世事作》中“春水渡傍渡，夕阳山外山”的倒置借用。

【品评】两首带过曲化用了不少前贤惜春、伤春名句，却能浑然一体，自成新篇，足见作者的诗家功夫。元人周南瑞《天下同文集》载王德渊之《薛昂夫诗集序》有云：马九皋诗词“新严飘逸，如龙驹奋进，有并驱八骏一日千里之想”。观此二曲，可概见其思致之奇。又，诗词功夫转化为曲，则不失曲的特殊韵味，诚为不易。

吴弘道(二首)

吴弘道,字仁卿,(一说名仁卿,字弘道)号克斋。金台蒲阴(今河北安国)人。《录鬼簿》将其列为"方今才人相知者",并称卷上所载曲家,皆"余友陆君仲良得之于克斋先生吴公"。他做过县令,也做过江西省检校掾史。曾编有《金缕新声》、《曲海丛珠》,惜皆不传。又有《中州启札》四卷,今幸存。所作杂剧今知有《屈原投江》等 5 种,亦不存。《全元散曲》录存其小令 43 首,套数 4 套。《太和正音谱》评其词"如山间明月",并将其列入"词林之英杰"一百五十人中。

[双调·拨不断]闲乐(二首)

泛浮槎①,寄生涯,长江万里秋风驾。稚子和烟煮嫩茶②,老妻带月炰新鲊③。醉时闲话。

利名无,宦情疏,彭泽升斗微官禄④。蠹鱼食残架上书⑤,晓霜荒尽篱边菊。罢官归去。

【注释】① 泛浮槎(chá):乘船漫游。浮槎:木筏。此代指小舟。② 和(huò)烟:置身于炊烟中。和:掺和,共与。③ 炰(páo):烹煮。《全元散曲》"炰"作"包"。鲊(zhǎ):腌制的鱼。④ 彭泽:指曾做过彭泽令的陶渊明。升斗微官禄:是说俸禄微薄。斗,别本或作"半"。元好问《暂归秋林》诗:"升斗微官不疗饥。"⑤ 蠹(dù)鱼:蛀食书籍与衣物的一种小虫,因其为银白色,形似鱼,故亦称"白鱼"。

【品评】作者做过县令,故与陶渊明同气相求,引为知音。为官苦奔波,有闲方为乐。二小曲一写天伦之乐,清贫而不悔;一写解任辞官归隐之乐,理荒秽、耽琴书。意趣恬淡,而风致不乏,堪为曲中斫轮老手。

赵善庆（一首）

赵善庆，字文宝。一作名孟庆，字文贤。又别作字可宝。生卒年未详。饶州乐平（今属江西）人。《录鬼簿》将其列为“方今才人相知者”中。善占卜，曾任阴阳学正。今知曾作杂剧8种，俱不存。散曲今存小令29首，风格清隽雅丽。

［双调·沉醉东风］秋日湘阴道中①

山对面蓝堆翠岫②，草齐腰绿染沙洲③。傲霜橘柚青，濯雨蒹葭秀④，隔沧波隐隐江楼。点破潇湘万顷秋⑤，是几叶儿传黄败柳⑥。

【注释】① 湘阴：县名，今属湖南。② “山对面”句：对面的山色峰峦翠绿，如洗似染。蓝：即可制染料的蓝草。岫（xiù）：山峦。③ 草齐腰：是说草茂盛而高。宋孙觌《过枫桥寺示迁老》诗中有句云：“铜驼埋没草齐腰。”④ 濯：这里指雨水冲洗。蒹葭：芦苇。⑤ 潇湘：参见前卢挚［双调·沉醉东风］《秋景》注④。⑥ 传黄：即转黄。

【品评】一路赏秋色，作者兴致很高，故能一洗历来悲秋格套。全曲色彩丰富，有很强烈的层次感：远处的山峦，近处的沙洲；橘柚之青，芦苇之秀；更有沧茫碧波，隐隐江楼。最是结二句的点染，几片黄绿相间的柳叶，有如特写，给人以深刻的印象，所谓“一芽而知春，数叶而感秋”是也。

马谦斋（一首）

马谦斋，生平未详。张可久有[天净沙]《马谦斋园亭》，二家当约略同时。从其散曲作品看，他曾在大都（今北京）、上都（故址在今内蒙古正蓝旗闪电河北岸）等地做过官。后退隐，寓居杭州。其散曲多写人生感慨，风格豪迈恣纵，笔调洒脱不拘。《全元散曲》录存其小令 17 首。

[越调·寨儿令][①]叹世

手自搓，剑频磨[②]，古来丈夫天下多。青镜摩挲[③]，白首蹉跎，失志困衡窝[④]。有声名谁识廉颇[⑤]？广才学不用萧何。忙忙的逃海滨，急急的隐山阿[⑥]，今日个平地起风波。

【注释】① 寨儿令：《全元散曲》作[越调·柳营曲]。② 剑频磨：唐贾岛《述剑》诗："十年磨一剑，霜刃未曾试。"磨剑喻磨励意志，积聚智慧与力量。③ "青镜"二句：是说频对镜叹息时光流逝，而蹉跎岁月，白发丛生。摩娑：反复抚摸。④ 衡窝：即衡门。横木为门，极言简陋、贫困。《诗·陈风·衡门》："衡门之下，可以栖迟。"⑤ "有声名"二句：言武略如战国时赵国名将廉颇，文韬似汉初"开国第一功臣"萧何，亦不被赏识，弃之不用。⑥ 山阿（ē）：大的丘陵。这里指适于隐居的山林。

【品评】写隐居乐道之曲，亦自各有不同。此曲浩叹扼腕，意绪悲慨，大有世无伯乐，困于盐车之下的怀才不遇之叹。"手自搓"以下数句，以散曲塑造人物，牢骚愤懑、宁折不屈、誓不与元王朝合作的士人形象，兀然站立，活生生地凸现出来，是隐居乐道类曲作中之佼佼不凡者，称得上是扛鼎之作。

邓玉宾(二首)

邓玉宾,名锜,生平不详。《录鬼簿》列为“前辈已死名公有乐府行于世者”,称其为“邓玉宾同知”。当为元前期曲家。早年曾官峄州同知。后入黄冠,道号为玉宾子。著有《道德真经三解》、《大易图说》等。其曲清丽雅洁,《太和正音谱》评其词“如幽谷芳兰”。《全元散曲》录存其小令4首,套数4套。

[正宫·叨叨令][1]道情[2]

一个空皮囊包裹着千重气[3],一个干骷髅顶戴着十分罪。为儿女使尽了拖刀计[4],为家私费尽了担山力[5]。你省的也么哥[6],你省的也么哥?这一个长生道理何人会[7]?

【注释】① 叨叨令:正宫曲牌。定格句式为七七七七、五五七,七句五韵。其中两个五字句后三字“也么哥”,是语尾助词,无义,只起加强语气作用。② 道情:本为道士宣扬超脱尘世俗情的歌辞,后亦作说理析情之用。原为一组重头首,此是第2首。③ 空皮囊:与下句干骷髅对举,均是对人体的戏称,前者指人体皮肉,后者指头颅骨。④ 拖刀计:古代战争中一种战术,指佯败拖刀逃走,诱敌追赶,再出奇不意地反攻杀敌。这里指费尽心机,谋划盘算。⑤ 家私:家业与财产。⑥ 省(xǐng):参透,醒悟。⑦ 长生道理:指修身养性,长生不老之术。会:理解。

【品评】此曲讲的是道家哲学,说得很通俗,也颇发人深省。《老子》第五十章讲“出生入死”与“生生之厚”,正是曲子的理趣所本。“为儿女”二句尤为警醒,与《红楼梦》中的《好了歌》有异曲同工之妙。在人的物欲普遍膨胀时,能讲一点人格精神和心灵追求,还是颇有意义的。作者是一位道家思想的学问家,以俗曲的形式谈哲学,却又不显得枯燥,称得上是别开生面。语言也俳谐有味,本色当行,是上乘的曲子。

[双调·雁儿落带过得胜令][①]闲适

乾坤一转丸[②],日月双飞箭。浮生梦一场,世事云千变。万里玉门关[③],七里钓鱼滩[④]。晓日长安近[⑤],秋风蜀道难[⑥]。休干[⑦],误杀英雄汉。看看,星星两鬓斑[⑧]。

【注释】① 雁儿落带过得胜令:双调带过曲,又名[鸿门凯歌]。[雁儿落],又作[平沙落雁],常与[得胜令]、[清江引]、[碧玉箫]合为带过曲,定格句式为五五、五五,四句三韵;[得胜令]又名[阵阵赢]、[凯歌回],亦可独立使用,定格句式为五五、五五、二五、二五,八句七韵。② 转丸:流转不息的弹丸。比喻天地狭小,万物处于运动(无常)之中。③ "万里"句:东汉班超在西域十一年,官至西域都护,封定远侯。后年迈思归,求人代为上疏曰:"臣不敢望到酒泉郡,但愿生入玉门关。"事详《后汉书·班梁列传》。玉门关:在今甘肃敦煌西北,是通往西域的交通门户。④ 七里滩:亦名七里濑、富春渚。在今浙江桐庐严陵山西,是东汉严光(子陵)归隐时垂钓之处。⑤ "晓日"句:晋明帝少时,长安使者来都城建康(今南京)朝见。明帝父亲元帝问明帝:"太阳与长安哪个远?"明帝回答:"长安近。"次日元帝宴请群臣,又向明帝提出这个问题,这时明帝却回答:"日近。"因为"举目只见日,不见长安"。见《晋书·明帝记》。后世遂以"长安日"喻君王,而以"长安近"喻指仕途顺遂。⑥ 蜀道难:本为乐府旧题,唐李白写有《蜀道难》诗,借蜀道之艰险,寓仕途之坎坷。⑦ 休干:不要谋取官禄。干:干谒,即攀援权贵,奔竞谋官。⑧ "星星"句:语本晋左思《白发赋》:"星星白发,起于鬓垂。"

【品评】《全元散曲》此曲列为邓玉宾子所作,若是,则真的是有其父必有其子了。[雁儿落]曲颇得理趣之妙,大有乃父之风。若是邓玉宾作,则一如其作风,透出道家哲学的意蕴。[得胜令]曲,将功高盖世的班超与辞官归隐的严光作为对照,又将仕途亨通与宦途险恶加以反衬,进而肯定了潇洒闲适的人生追求。曲子使事用典明暗互济,议论抒怀交相映衬,气舒言宜,亦上乘工致之作也。

孙周卿(三首)

孙周卿,古邠(今陕西旬邑东北)人。孙楷第《元曲家考略》谓“邠”乃“汴”之误,以为孙周卿为今河南开封人。曾流寓湖南、巴丘。其婿为元代诗人傅若金。《全元散曲》录存其小令23首。《太和正音谱》将其列于“词林之英杰”一百五十人中。

[双调·水仙子]山居自乐①

朝吟暮醉两相宜,花落花开总不知。虚名嚼破无滋味,比闲人惹是非②,淡家私付与山妻③。水碓里舂来米④,山庄上线了鸡⑤,事事休提⑥。

【注释】① 山居自乐:原为一组重头曲,共4首,此为第4首。② 比:接近。闲人:指多是非之人。③ 淡家私:是说家无长物,清淡过活。山妻:隐士对自己妻子的谦称。④ 水碓(duì):利用水力舂米的工具。⑤ 线:捆绑。⑥ 事事休提:不管闲事,含有满足的意味。

【品评】超然物外,知足常乐,心态平和,撒手过活。小曲平白浅近,却别有一种朴野风味。

[双调·沉醉东风]宫词①(二首)

双拂黛停分翠羽②,一窝云半吐犀梳③。宝靥香④,罗襦素⑤,海棠娇睡起谁扶⑥?断肠春风倦绣图⑦,生怕见纱窗唾缕⑧。

花月下温柔醉人,锦堂中笑语生春。眼底情,心间恨，到多如楚云巫雨[⑨]。门掩黄昏月半痕，手抵着牙儿自哂[⑩]。

【注释】① 宫词：以写后宫中帝王与嫔妃日常生活，以及宫女们春思秋愁的幽怨等为题材的诗歌。② "双拂黛"句：谓画眉。黛：本指画眉的螺黛（一种青黑色染料），亦代指眉。停分：均匀地为双眉敷色。翠羽：形容眉的鲜亮。③ 一窝云：蓬松的一头秀发。犀梳：犀牛角制成的梳子。④ 宝靥（yè）：靥本指面颊上的微涡，如笑靥、酒靥。亦指在面部点搽妆饰。唐李贺《同沈驸马赋得御水沟》："宫人正靥黄。"这里泛指面部化妆品。⑤ 罗襦：一种用轻柔的丝织品制成的短衣。⑥ 海棠娇睡：杨贵妃醉酒沉睡，唐明皇召见，高力士命侍儿扶掖而出，明皇笑曰："岂是妃子醉，真海棠睡未足耳！"详宋释惠洪《冷斋夜话》卷一引《杨太真外传》。⑦ 倦绣图：懒于刺绣等针织女工。⑧ 纱窗唾缕：女子刺绣、缝纫时常咬断线头，将断残的丝缕、绒线随口吐在纱窗上。这里暗喻情思断绝。⑨ 楚雨巫云：典出战国楚宋玉《高唐赋序》。后用以喻男女欢会。⑩ 自哂（shěn）：自嘲，讥笑自己。

【品评】"宫词"类作品，多是悬想代拟，往往有所寄寓。此二曲名为"宫词"，却多半是写民间女子的幽怨与惆怅，至少是以民间女子为模特的。曲中女子的孤寂伤情大约影射着元代士人的失意与不遇吧。曲语典丽雅正，类诗似词。诗人之岳丈，于诗道当是了熟于心的。"海棠"一句与"纱窗唾缕"的细节大有深意，乃与屈子美人香草相埒也。

王元鼎（一首）

王元鼎，生平不详。约至治、天历（1321—1330）前后在世。孙楷第《元曲家考略》以为“王”为“玉”之误，玉元鼎为西域人而寓居金陵。其始祖玉速阿刺，曾从成吉思汗出征，乃勋旧世臣。元夏庭芝《青楼集》记王元鼎是一位风流文士，与杂剧演员顺时秀交厚。天一阁本《录鬼簿》列其为前辈名公，称其为“王元鼎学士”。《太和正音谱》将其列入“词林英杰”中。《全元散曲》录存其小令 7 首，套数 2 套。

[正宫·醉太平]寒食①

声声啼乳鸦，生叫破韶华②，夜深微雨润堤沙，香风万家。画楼洗尽鸳鸯瓦③，彩绳半湿秋千架。觉来红日上窗纱，听街头卖杏花④。

【注释】① 寒食：节令名，在清明的前一二日。作者写有同题重头曲共 4 首，此为第 2 首。② “生叫破”句：是说春光在鸦啼声中流逝。生：硬是。韶华：美好的时光，此指春光。③ 鸳鸯瓦：屋瓦为严实而两相扣合，故称。④ “听街头”句：化用南宋陆游《临安春雨初霁》中诗句：“小楼一夜听风雨，深巷明朝卖杏花。”

【品评】风俗如画：乳鸦、春雨、秋千、杏花，构成了一组优美的春色图。风俗亦是诗：春天的气息，韶华的弥足珍贵，纱窗上的霞光，令人陶醉不已。

吴西逸（四首）

吴西逸，生平、居里均不详。约延祐末(1320)前后在世。阿里西瑛作《懒云窝》曲，吴西逸与贯云石等皆有和作，可知时代相近或同时。其散曲多写自然风光与个人闲适生活，风格清丽淡雅。《全元散曲》录存其小令47首。《太和正音谱》评其词“如空谷流泉”。

[双调·殿前欢][①]二首

懒云巢[②]，碧天无际雁行高。玉箫鹤背青松道，乐笑逍遥。溪翁解冷淡嘲[③]，山鬼放揶揄笑，村妇唱糊涂调。风涛险我[④]，我险风涛。

懒云凹，按行松菊讯桑麻[⑤]。声名不在渊明下，冷淡生涯。味偏长凤髓茶[⑥]，梦已随蝴蝶化[⑦]，身不入麒麟画[⑧]。莺花厌我[⑨]，我厌莺花。

【注释】① 殿前欢：作者以此调牌共写一组重头曲6首，是和阿里西瑛的，这里选的是原第3、第6首。② 巢：犹窝，指简易的栖息处所，下曲的凹意同。③“溪翁”三句：溪翁、山鬼、村妇皆指所谓的山野草民。冷淡嘲：淡泊的说笑。揶揄笑：戏弄的嘲讽。糊涂调：信口的山曲野调。④ 险：含远义，是既远又险的意思。⑤ 按行：随意巡行。讯桑麻：问农事。⑥ 凤髓：茶名。元杨允孚《滦京杂咏》之四七：“嘉鱼贡自黑龙江，西域葡萄酒更良；南土至奇夸凤髓，北陲异品是黄羊。”这里只是茶的泛指，谓其偏爱饮茶之意。⑦“梦已随”句：用庄周梦蝶事，喻忘怀尘间俗物琐事，逍遥放旷。⑧ 麒麟画：即麒麟阁上的功臣画像。汉宣帝将霍光、苏武等十一人的画像悬于阁中。事详《汉书·李广苏健传(附苏武)》。后遂以麒麟阁(图、画)喻功勋卓著者。⑨ 莺花：本指莺飞花盛的春天景象。这里喻指繁华闹热与荣华富贵。厌:满足。这里有贪爱的意思。

【品评】写山野隐居生活,鲜活生动。“溪翁”以下三句尤为传神。后曲则见出作者远闹热喜清静,追求物我两忘的放旷情怀。二曲虽未超越元曲家避世隐身的一般旨趣,但感受独特,笔调疏淡,仍不乏其独到之处。

[双调·雁儿落带过得胜令]叹世

春花闻杜鹃[①],秋月看归燕。人情薄似云,风景疾如箭。　留下买花钱[②],趱入种桑园[③]。茅盖三间厦,秧肥数顷田。床边,放一册冷淡渊明传;窗前,抄几首清新杜甫篇。

【注释】① 杜鹃:又称子规、催归鸟、夏候鸟。其啼声似“不如归去”。② 留下买花钱:喻指弃繁华而归隐。古代富家有买鲜花观赏的习俗,耗资非一般人家所能承受。唐白居易《买花》诗云:“一束深色花,十户中人赋。”故留下(放弃)买花钱,意即不取高俸禄,亦即意味着辞官。③ 趱(zǎn):赶快,催促。

【品评】[雁儿落]曲写时光不饶人,人生短暂。[得胜令]曲则写归隐之趣。既是人生无常,生命弥足珍惜,就应按自己的意志,选择自己认为有意义的生活方式。二曲统一于价值观念的抉择上,这是多数元曲家的抉择。曲子形式上相当考究,对仗工整,而又一气贯注。清畅可读,喁喁堪听。

[商调·梧叶儿][①]春情

香随梦[②],肌褪雪,锦字记离别[③]。春去情难再,更长愁易结[④]。花外月儿斜,淹粉泪微微睡些。

【注释】① 梧叶儿:商调曲牌,亦入仙吕宫。又名《知秋令》、《碧梧秋》。定格句式为三三五、三三、三七,七句五韵。② “香随梦”二句:是说因思念爱人而香消玉褪，即人变得憔悴了。③ 锦字：十六国前秦的窦滔妻苏蕙因思念丈夫，将所作回文诗编织成织锦花纹，全诗 840 字，反复回环皆可成文，即所谓《回文璇玑图》诗。事详《晋书·窦滔妻苏氏传》。后遂以锦字代指妻子寄给丈夫的书信。④ 长愁：无尽之愁。结：郁结。

【品评】凄婉哀怨，欧、晏之余风。

卫立中（一首）

卫立中，名德辰，字立中。生卒年不详。先世渤海（郡名，治所在今河北沧州）人，七世祖始居钱塘（今浙江杭州），四世祖又居华亭（今上海松江），故为华亭人。素以才干称，善书，通音律，隐居不仕。曾与阿里西瑛、贯云石有交往，年辈当相差不远。《太平乐府》“姓氏”中及《太和正音谱》“词林之英杰”中皆列其名。今仅存小令2首。

[双调·殿前欢]①

碧云深②，碧云深处路难寻。数椽茅屋和云赁③，云在松阴。挂云和八尺琴④，卧苔石将云根枕⑤，折梅蕊把云梢沁⑥。云心无我⑦，云我无心⑧。

【注释】① 殿前欢：原共2首，为和阿里西瑛《懒云窝》之作。② 碧云：代指寺院或僧人。南朝梁江淹《休上人怨别》诗：“日暮碧云合，佳人殊未来。”后常以“碧云”作为与僧人作别之典。③ 椽（chuán）：房屋上与梁配合的横木，即椽子。引申为房屋量词，几椽即几间。④ 云和：山名，以产琴瑟用木而闻名。《周礼·春官·大司乐》：“孤竹之管，云和之琴瑟。”郑玄注：“云和、空桑、龙门，皆山名。”⑤ 云根：本指深山云起之处。亦指道观僧寺，为云游僧道歇脚之处，故称。唐司空图《上陌梯寺怀旧僧》诗：“云根禅客居，皆说旧吾庐。”这里是双关语。⑥ 沁：汲取。⑦ 无我：佛家语，指真我。⑧ 无心：佛家有“无心自安”之说，指解除妄念乃见之真心。

【品评】此曲亦为一种巧体，每句都有一个“云”字，而云又具有某种隐喻意味。出世之想，隐于山阿之念，都是明显的。云的深意更在于作者在寻觅一种境界，即“无我”与“真心”。云悠悠，云自在，云平常习见却又有几分神秘，看来作者对释家思想是浸淫很深的。曲子则写得深入而浅出，可谓出手不凡。

张可久(四十二首)

张可久(1270? —1348 后),字小山。一说名伯远,字可久,号小山(《词综》);一说字仲远,号小山(《四库提要》);或又谓名可久,字伯达(《乾隆浙江通志》)。庆元(今浙江鄞县)人。一生沉抑下僚,生活窘迫,曾以路吏转首领官,后又做过桐庐典史、昆山幕僚等小吏。他是元代后期著名散曲作家,有《吴盐》、《苏堤渔唱》、《小山乐府》等散曲集,今存小令 855 首,套数 9 套,是元代存曲最多的散曲作家。作品典雅清丽,长于写景状物,注意炼字炼句,讲求音律对仗。《太和正音谱》评其曲云:“如遥天笙鹤。……诚词林之宗匠也。”

[双调·水仙子]次韵

蝇头老子五千言①,鹤背扬州十万钱②。白云两袖吟魂健③,赋庄生《秋水篇》④,布袍宽风月无边⑤。名不上琼林殿⑥,梦不到金谷园⑦,海上神仙。

【注释】① 蝇头:指细小文字,所谓蝇头小楷。宋陆游《读书》诗:“灯前目力虽非旧,犹得蝇头两万言。”老子五千言:指老子的《道德经》,计五千余字。又称《老子》,道家主要经典。② “鹤背”句:参见前乔吉[中吕·山坡羊]《寄兴》注③。③ 吟魂健:犹言诗兴浓。④ 庄生:即庄子。《秋水》:《庄子》外篇中有《秋水》一篇。⑤ 风月:清风明月,指自然界美好的景色。又,风月又是风花雪月之省,喻男女恋情。此外,风月二字去了边框(无边),是“虫二”两个字,亦隐含动物与人两性相恋意。这里当指清风明月。⑥ 琼林殿:又称琼林苑,宋乾德二年设置,为皇帝赐宴新科进士之处。⑦ 金谷园:晋石崇在今河南洛阳西北的金谷涧所建私家园林,为豪门贵族宴游处所,后借指富贵豪奢场所。详《晋书·石苞列传(附石崇)》。

【品评】悟《道德经》,赋《秋水》篇,跨鹤仙游,吟诗于白云绿阴之下,流连于清风明月之间,端的是神仙光景了。小山一生困顿,志不得伸,就只能到幻想中去实现自我价值，故其崇老子，羡神仙，意欲拔出红尘，亲近大自然，就不难理解了。

[双调·水仙子]山斋小集①

玉笙吹老碧桃花，石鼎烹来紫笋芽②，山斋看了黄筌画③。荼蘼香满把④，自然不尚奢华。醉李白名千载，富陶朱能几家⑤？贫不了诗酒生涯。

【注释】① 山斋小集：于山村书斋中小聚。集：聚会。② 石鼎：石制烹调器具。紫笋芽：指嫩笋芽。笋初长成，尖端略成紫色。③ 黄筌：五代后蜀名画家，字要叔，成都人。师法众家所长，而独创一家。擅花鸟，精人物、山水，兼工龙水。《宣和画谱》谓其画兼众体之妙，笔意豪赡，过诸公为多。这里是说山斋绝美，有如黄筌画一般。④ 荼蘼（tú mí）：又作酴醾，亦名“雪缨络”等。藤身灌生，初夏开白色花，香微而清。宋黄庭坚《酴醾》诗：“日色渐迟风力细，倚阑偷舞羽霓裳。”⑤ 富陶朱：春秋时越国大夫范蠡辅佐越王勾践灭吴复国后，激流勇退，携西施泛舟五湖，改名易姓，至陶地而称朱公。治产货殖，积聚巨万家财。后遂以陶朱公喻富贾。见《史记·货殖列传》。

【品评】以清贫为乐，以诗酒自豪。山斋堪画，好不清雅！然而，小山是不是过于美化了隐居环境？果若如此悠哉美哉，元代士人大约就没有痛苦可言了。就中怕是有很大程度的自我安慰意味吧。小令空灵恬淡，雅洁清幽，以文字为画具，一如小山基本风格。

[双调·水仙子]乐闲

铁衣披雪紫金关①，彩笔题花白玉阑②，渔舟棹月黄芦岸。几般儿君试拣，立功名只不如闲。李翰林身何在③？许将军血未干④，播高风千古严滩⑤。

【注释】① 铁衣：即铠甲，古代战争中军士所着防御性战服。紫金关：

当指河北易县紫荆岭上的紫金关，为古代兵家必争之地。这句是说从军戍边建功立业。② “彩笔”句：承上句之意，此句言文场上有所作为。暗用李白天宝元年（742）为玄宗召见，供奉翰林，曾为玄宗赏花而作《清平调（乐）》三章事。五代王仁裕《开元天宝遗事》载，李白少时曾梦见所用笔头上生花，后果天才纵逸，名扬天下。白玉阑：汉白玉栏干，指宫中。③ 李翰林：指李白。他在长安看到玄宗已昏聩骄奢，自己亦不过成了其荒淫生活的点缀，加之同那些权贵们亦格格不入，遂恳求还山，出长安而开始了十年的漫游生活。④ 许将军：指唐代将军许远（709—757）。“安史之乱”中，许远任睢阳（任所在今河南商丘南）太守，与真源令张巡协力死守睢阳城，被困数月而城陷，为叛军所俘杀。事详韩愈《张中丞传后叙》。⑤ 严滩：又叫七里滩、子陵滩。相传为东汉严光（字子陵）隐居垂钓处。

【品评】武场建功立业，文场博取功名，隐于山水林泉间，三种生存方式可供选择，小山选择了“乐闲”。这其实是元代一群士人无可奈何的选择。小令写法上很有趣，仿佛三途摆在那里任人挑拣，骨子里深藏着的其实是痛楚与无奈。拈出李白与许远、严光三人，亦耐人寻味不已。

［双调·水仙子］归兴

淡文章不到紫薇郎①，小根脚难登白玉堂②。远功名却怕黄茅瘴③，老来也思故乡，想途中梦感魂伤。云莽莽冯公岭④，浪淘淘扬子江⑤，水远山长。

【注释】①柴薇郎：唐宋以来中书舍人之代称。这里代指文职高官。② 根脚：即脚跟，宋元俗语，指家世出身。小根脚即出身微贱。白玉堂：即玉堂，本指翰林院，这里泛指权贵豪门。③ 黄茅瘴（zhàng）：亦称“黄芒瘴”，指岭南秋季草木黄落时的瘴气。所谓瘴气，乃指热带或亚热带山林中的湿热之气，古人以为它是瘴疠的病原。晋嵇含《南方草木状》：“芒草枯时，瘴疫大作，交广皆尔也，土人呼曰黄茅瘴，又曰黄芒瘴。”苏轼诗云：“阵云冷压黄茅瘴，羽扇斜挥白葛巾。”（《闻乔太傅换左藏钦州以诗招饮》）④ 冯公岭：冯公指汉人冯唐。晋左思《咏史》：“冯公岂不伟，白首不见招。”冯唐身历三朝，至武帝时，始举为贤良，然他已是90多岁，不能再做官了。

冯公岭与下文扬子江对举，是感叹仕途无望，“岭”或为虚指。⑤ 扬子江：长江东流至扬州，叫扬子江，因津、县名而得名。今江苏江都南有古津渡，名扬子津，又今江苏仪征东南古为扬子县。扬子江亦作长江的通称。

【品评】题作“归兴”，不仅是思念地域意义上家乡，亦含对精神家园的怀念，即汉民族文化意义上的人格精神之自我完善。小山一生四处奔波，充作小吏，为人役使，以至晚年尚不得已而为昆山幕僚，内心的矛盾与忿忿不平是显而易见的。其老来的梦感魂伤以及怅惘迷茫，都令人读之黯然。小令用典较为密集，但妥溜恰切，仿佛信手拈来。怕“黄茅瘴”，当有切实体验，其足迹曾遍及湘、赣、闽等南方诸地，诗人在颠沛流离中老去，故“老来也思故乡”句是含悲噙泪的。

［双调·折桂令］九日①

对青山强整乌纱②，归雁横秋，倦客思家。翠袖殷勤③，金杯错落，玉手琵琶。人老去西风白发，蝶愁来明日黄花④。回首天涯，一抹斜阳⑤，数点寒鸦。

【注释】① 九日：指农历九月九日重阳节。参阅前卢挚［双调·沉醉东风］《重九》注①。② 强整乌纱：是说为小吏是万不得已，勉为其事。乌纱：本指官帽，此指吏事。③ “翠袖”三句：指逢场作戏。是说厌倦了种种应酬。翠袖殷勤：指歌妓陪侍劝酒。金杯错落：犹言觥筹交错，言频频举杯互相劝饮。玉手琵琶：歌妓弹唱助兴。④ “蝶愁来”句：由苏轼《南乡子·重九涵辉楼呈徐君猷》词中“明日黄花蝶也愁”句化来。⑤ “一抹斜阳”二句：化用宋秦观《满庭芳》词中“斜阳外，寒鸦数点，流水绕孤村”句意。

【品评】“强整乌纱”，是万般无奈；“倦客思家”，则是人之常情使然。小山之悲凄与伤感尽在此二句中了。结三句，与马致远［天净沙］《秋思》中的意象相近，传达出一种近于绝望的意绪来：既有游子天涯之叹，亦含桑榆暮景之悲，自然也有回顾生命历程自感失意多多之痛，情绪是相当复杂的。

[双调·折桂令]次酸斋韵[1]

倚阑干不尽兴亡,数九点齐州[2],八景湘江[3]。吊古词香,招仙笛响,引兴杯长[4]。远树烟云渺茫,空山雪月苍凉,白鹤双双,剑客昂昂,锦语琅琅。

【注释】① 酸斋:曲家贯云石的号。② 九点齐州:泛指中国。古时中国分为九州。唐李贺《梦天》诗:"遥望齐州九点烟,一泓海水杯中泻。"③ 八景湘江:即"潇湘八景。"有"平沙雁落"、"远浦帆归"、"山市晴岚"、"江天暮雪"、"洞庭秋月"、"潇湘夜雨"、"烟寺晚钟"、"渔村落照"。此非实指,不过泛指远望时眼中景色。④ 引兴:引发兴致。唐白居易《初授秘监并赐金紫闲吟小酌偶写所怀》诗:"酒引眼前兴,诗留身后名。"长:大,多。

【品评】登高极目,如浮天际;齐州九点,介乎撒豆;潇湘八景,形似沙盘。气势之雄阔,笔法之豪纵,直不可一世者也。更有吊古情怀之浩渺,仙笛酒兴之绵长,"远树烟云","空山雪月",虽非实景,却也依稀可辨。结三句成鼎足对式,可概见小山棱棱芒角,侠士胸襟,剑胆锦心。此曲虽受李长吉《梦天》诗启迪,却不粘不剥,高视阔出,吞吐蟠薄,章法井然。洵小山之力作也。

[中吕·满庭芳][1]客中九日

乾坤俯仰,贤愚醉醒,今古兴亡。剑花寒[2],夜坐归心壮[3],又是他乡。九日明朝酒香,一年好景橙黄。龙山上[4],西风树响,吹老鬓毛霜。

【注释】① 满庭芳:中吕宫曲牌,又名[满庭霜],定格句式为四四四、七四、七七、三四五,十句九韵。② 剑花:亦作剑华,喻指剑的光芒。这里似隐指灯花。清曹寅"露凝宫烛短,霜警剑花鲜"(《直宿左端》)。便是以烛火与剑花对举的。③ 壮:强烈。④ 龙山:用晋孟嘉重阳登龙山风吹落帽事。

参阅前马致远[双调·拨不断]注①。

【品评】小山曲抒怀时总是那么愁肠百结，这当然与其一生遭际有关。此曲采用反衬手法，将眼前他乡枯坐，孤独寂寥与“明朝酒香”，“好景橙黄”的美好秋色加以对比，有良辰美景，却无赏心乐事。人老去黄花隔日，不复再有孟嘉当年那份放旷与豪气了。小山有同题而不同调的一曲，其中后三句颇为有名，且与此曲意味相埒，正好用来对读发明：“愁又愁，楼上楼，九月九。”([南吕·四块玉]《客中九日》)

[中吕·普天乐]秋怀

为谁忙，莫非命。西风驿马①，落月书灯②。青天蜀道难③，红叶吴江冷④。两字功名频看镜⑤，不饶人白发星星。钓鱼子陵⑥，思莼季鹰⑦，笑我飘零。

【注释】① 西风驿马：是说在萧瑟秋风中颠沛流离。驿马：驿站之马，指因公务乘马奔波。② 落月书灯：言逆旅之夜，相伴者只有落月、青灯与黄卷(书)。形容客舍中孤寂凄苦。③“青天”句：借用李白“蜀道难，难于上青天”(《蜀道难》)诗句，喻指旅途之艰难，同时也喻指仕途的困顿。④“红叶”句；与上句互文见义。乃化用唐人崔信明诗句“枫落吴江冷”而来。详《新唐书·文艺列传上·崔信明》。⑤ 频看镜：谓人渐老去。杜甫《江上》有句云：“勋业频看镜，行藏独倚楼。”⑥ 钓鱼子陵：指峻拒征召，执意隐居垂钓的严光(子陵)。参阅前[双调·水仙子]《乐闲》注⑤。⑦ 思莼季鹰：西晋张翰，字季鹰，在北方为官，见到秋风起，想起了家乡的菰米、莼菜和鲈鱼脍，遂言：“人生贵得适志，何能羁宦数千里以要名爵乎!”于是毅然辞官起程回故乡。

【品评】小山与马致远一样，是怨命的。马致远说：“佐国心，拏云手，命里无时莫刚求。”([南吕·四块玉]《叹世》)这个“命”，当然非指算命的阴阳先生所说的那个命，而是指中国哲学中的天命观，南怀瑾将其视为“中国文化、东方文化中人生哲学中的最高境界”，并指出：“儒家观念中的‘命’是宇宙之间那个主宰的东西，宗教家称之为上帝、为神或为佛，哲学家称之为‘第一因’，而我们儒家称为‘命’。”此曲劈头里即怨命，这在元曲家中是很有代表性的。

[越调·寨儿令]次韵

你见么？我愁他，青门几年不种瓜①。世味嚼蜡②，尘事抟沙③，聚散树头鸦④。自休官清煞陶家⑤，为调羹俗了梅花⑥。饮一杯金谷酒⑦，分七碗玉川茶⑧。嗏，不强如坐三日县官衙。

【注释】①“青门”句：是说多年飘泊在外，家中田园荒芜。汉代长安城东门因以青砖砌成，故称青门。邵平于秦亡后曾于长安东门外种瓜，其瓜甜美无比，人称“东陵瓜”，也作“青门瓜”。事详《史记·萧相国世家》。②世味嚼蜡：形容世事枯燥无味。《楞严经》八：“我无欲心，应汝行事，于横陈时，味如嚼蜡。”③“尘事”句：喻人间事易散难聚。宋苏轼《二公再和亦再答之》：“亲友如抟沙，放手复还散。”④“聚散”句：似暗用翟公为廷尉事。《史记·汲郑列传》：“始翟公为廷尉，宾客阗门；及废，门外可设雀罗。翟公复为廷尉，宾客欲往，翟公乃大署其门曰：‘一死一生，乃知交情；一贫一富，乃知交态；一贵一贱，交情乃见。’”⑤“自休官”句：赞扬陶渊明辞官归隐后清静无为的生活情调，并以之自况。⑥“为调羹”句：调羹，喻指治理国家政事。《书·说命下》：“若作和羹，尔惟盐梅。”亦指宰相。调羹又作调梅，同样喻指宰相执掌政柄，治理国家。唐李乂《奉和幸望春宫送朔方军大总管张仁亶》：“上宰调梅寄，元戎细柳威。”这里是说用盐梅调味与梅花的高洁之间的反差，又利用调羹、调梅的喻意为官，将官场看作俗事。⑦金谷酒：晋富豪石崇有金谷园，故以金谷酒代指美酒。参见前[双调·水仙子]《次韵》注⑦。⑧“分七碗”句：唐诗人卢仝号为玉川子，嗜茶，有《走笔谢孟谏议寄新茶》诗云：“一碗喉吻润，两碗破孤闷。……五碗肌骨轻，六碗通仙灵。七碗吃不得也，惟觉两腋习习清风生。……”分：分辨，引申为品味。分茶即品茗、饮茶。

【品评】小山曲喜用典，然似此通篇皆用典者，亦是少数。因为“世味嚼蜡，尘事抟沙”，故羡渊明，崇玉川，无非看破红尘，企求宁静，向往田园佳趣。[寨儿令]曲长短句错落，韵脚密集，适于铺排开来，用赋法表现一气呵成的情感。小山此曲技法娴熟，用事虽多却并不生僻，依然是元曲家风。

[双调·殿前欢]次酸斋韵（二首）

钓鱼台①，十年不上野鸥猜②。白云来往青山在，对酒开怀。欠伊周济世才③，犯刘阮贪杯戒④，还李杜吟诗债⑤。酸斋笑我，我笑酸斋。

唤归来⑥，西湖山上野猿哀。二十年多少风流怪⑦，花落花开。望云霄拜将台⑧，袖星斗安邦策⑨，破烟月迷魂寨⑩。酸斋笑我，我笑酸斋。

【注释】① 钓鱼台：指汉严光（子陵）钓台。② “十年”句：语本宋辛弃疾《水调歌头·盟鸥》：“凡我同盟鸥鹭，今日既盟之后，来往莫相猜。”此反用其意，是说十年不来（上）钓台，鸥鹭将会相猜吧？③ 伊周：即伊尹、周公。伊尹为商汤名臣，周公乃周武王弟，均为古代辅佐王政的济世名臣。④ 刘阮：指刘伶、阮籍。二人均为魏晋间名士，“竹林七贤”中人，以嗜酒而著称于世。⑤ 李杜：指唐代诗人李白与杜甫。诗债：唐白居易《晚春欲携酒寻沈四著作》诗：“顾我酒狂久，负君诗债多。”⑥ 唤归来：指归隐之志。陶渊明出任县令不及百日即辞官归隐，作《归去来兮辞》以明志。⑦ 风流：指风流人物，俊杰与豪才。怪：指异于常人之怪才。⑧ 拜将台：刘邦曾听从萧何之谏，“择良日，斋戒，设坛场，具礼”而拜韩信为大将。详《史记·淮阴侯列传》。这里是说拜将之事虚无飘渺。⑨ 袖星斗：袖中藏天下之事，喻指辅国大臣。⑩ “破烟月”句：承上两句，言登坛拜将，佐国拏云之志，皆惑人之迷魂阵。着一“破”字是说不为所惑。

【品评】二曲为小山与贯云石唱和之作。一直仕途蹭蹬的小山与曾官居显位的贯云石，出身、经历截然不同，但“称疾辞还江南”的贯云石彼一时此一时，却与小山引为同道，他们诗酒相酬，齐唱隐逸之歌，真可谓“畅幽哉”了。曲中的“酸斋笑我，我笑酸斋”，在贯云石，是自嘲；在张小山，则递进一层：即历史地思考从韩信、陶渊明以来，包括贯云石在内，士人们该如何抉择出处进退，行藏取舍。故，这“笑”中就大有文章了。

［双调·殿前欢］离思①

月笼沙②，十年心事付琵琶③。相思懒看帏屏画，人在天涯。春残豆蔻花④，情寄鸳鸯帕⑤，香冷荼蘼架⑥。旧游台榭，晓梦窗纱。

【注释】① 离思：此题原为重头2首，这里选的是第2首。② 月笼沙：点化唐杜牧诗“烟笼寒水月笼沙，夜泊秦淮近酒家”（《夜泊秦淮》）而来。③ “十年心事”句：唐白居易《琵琶行》：“低眉信手续续弹，说尽心中无限事。”曲语本此。④ 豆蔻花：杜牧《赠别》诗：“娉婷袅袅十三余，豆蔻梢头二月初。”后遂以少女未嫁为豆蔻年华。⑤ “情寄”句：是说将缕缕情丝（思）寄托于绣鸳鸯手帕上。⑥ “香冷”句：荼蘼夏日始开花，时百花已过，故其花虽香，却是寂寞冷落。寓意为韶华易逝，青春虚度。

【品评】题作《离思》，似很直白。然曲子却写得含蓄蕴藉，姿媚流眄。“旧游台榭，晓梦窗纱”二句，典丽妍炼，情浓意稠，已见小山融诗语入曲之迹象。全曲情调略似《牡丹亭·惊梦》中的“如花美眷，似水流年”。

［双调·殿前欢］客中①

望长安②，前程渺渺鬓斑斑。南来北往随征雁，行路艰难③。青泥小剑关④，红叶湓江岸⑤，白草连云栈⑥。功名半纸，风雪千山。

【注释】① 客中：此题下原为重头2首，这里选的是第1首。② “望长安”二句：暗用唐李白《登金陵凤凰台》中“长安不见使人愁”意。③ “行路”句：任本“难”前脱“艰”字，按曲谱据别本补。④ 青泥：指青泥岭，又叫泥功山。在今陕西略阳县西北，甘肃徽县南，古为入蜀要道。《元和郡县志》：“悬崖万仞，上多云雨，行者屡逢泥淖，故号青泥岭。”李白《蜀道难》：“青泥何盘盘，百步九折萦岩峦。”小：接近。剑关：即今四川剑阁东北之剑门关，地势险峻，行路艰难。李白《蜀道难》：“剑阁峥嵘而崔嵬，一夫当关，万夫莫开。”⑤“红叶”句：似暗用唐白居易仕宦失意，贬为江州司马事。《琵琶行》：“浔阳江头夜送客，枫叶荻花秋瑟瑟。……住近湓江地低湿，黄芦苦竹绕宅生。”湓（pén）：通湓，涨满。⑥ 白草：西北高原上的一种草，成熟时为白色。唐岑参《白雪歌送武判官归京》：“北风卷地白草折，胡天八月即飞雪。”连云栈：古栈道名。为古代川陕通道。战国时秦惠王伐蜀所经之栈道，以及汉张良劝刘邦烧毁之栈道，皆指此。

【品评】曲以蜀道之难喻仕途之艰，用意与李太白略同。惟曲子要“说尽道透”，与诗异趣，故结二句明白揭出：“功名半纸，风雪千山。”既知“前程渺渺”，况又“鬓斑斑”，还得去履艰涉险，足可见出小山的无奈，元代士人之竭蹶。

[双调·清江引]春思

黄莺乱啼门外柳①，雨细清明后。能消几日春②？又是相思瘦。梨花小窗人病酒③。

【注释】① 门外柳：古人以折柳为送别风俗，故见新柳而怀人相思，便是自然而然之事。② “能消”句：由宋辛弃疾《摸鱼儿》词“更能消、几番风雨，匆匆春又归去”句浓缩而来。③ 病酒：亦称“中酒”，指连续醉酒，体弱似病。言借酒浇愁之甚。

【品评】小曲写怀人念远，病酒伤春，出语便见切题。且点化诗词名句了无痕迹。门外新柳，黄莺初啼；清明时节，雨细如酥；梨花小院，相思人瘦等等，这些意象，似皆可从前人诗词中觅得。小山融诗入曲又一证也。

[双调·清江引]春晚

平安信来刚半纸，几对鸳鸯字①。花开望远行②，玉减伤春事③。东风草堂飞燕子④。

【注释】① 几对：几乎尽是。鸳鸯字：指相思爱恋之文字。《诗·小雅·鸳鸯》："鸳鸯于飞，毕之罗之。"宋欧阳修《南歌子》词："等闲妨了绣工夫，笑问双鸳鸯字怎生书？"② 远行：指远行之人。③"玉减"句：是说因伤春怀人而瘦损。④ 草堂：旧时文士对自己居所的谦称。飞燕子：暗用唐温庭筠《菩萨蛮》词"杨柳色依依，燕归君不归"意，谓相期人未还也。又，首句言"平安信"，即飞鸿。燕为夏候鸟，鸿为冬候鸟，故多以燕鸿喻相距之远，相见之难。

【品评】小曲写闺人接书乍喜，陡然又陷入更深切的相思，花时怅望，伤春玉瘦，意甚悠远。且首尾照应，愈显思念之苦，独处之痛也。

［越调·小桃红］寄鉴湖诸友①

一城秋雨豆花凉②，闲依平山望③。不似年时鉴湖上④，锦云香⑤，采莲人语荷花荡。西风雁行⑥，清溪渔唱，吹恨入沧浪⑦。

【注释】① 鉴湖：又称镜湖、庆湖、长湖，在浙江绍兴西南，亦作绍兴之别称。② 豆花凉：古代以农历八月雨为豆花雨。凉：八月雨后天气转凉。又此时花事稀少，豆花独开，显得孤寂凄凉。③ 平山：即扬州平山堂，在瘦西湖北蜀冈上，为北宋庆历八年(1048)时郡守欧阳修所建。因登其堂可远望江南诸山，山与堂平而得名。④ 年时：犹言昔时。⑤ 锦云香：指花开烂漫，香气幽远。香代指花。⑥ 西风雁行：秋风中大雁成行。曲中以候鸟大雁南来北往喻作者南北漂泊，也含将自己思念南方友人的情意，托大雁传递之意。⑦ 沧浪：古有《孺子歌》："沧浪之水清兮，可以濯吾缨；沧浪之水浊兮，可以濯我足。"（见《孟子·离娄上》）元散曲中常以"沧浪"代指隐逸之想。

【品评】此曲当写于作者南北飘流之时。秋凉时节，作者登高南望，不由想起古越旧友，遥寄思念之情。同时，也流露出隐遁之想，故园之思。全曲语短情长，格调清幽，含蓄蕴藉，客怀尤可伤矣。

[中吕·朝天子]山中杂书①

醉馀，草书，李愿盘谷序②。青山一片范宽图③，怪我来何暮。鹤骨清癯④，蜗壳蘧庐⑤，得安闲心自足。蹇驴⑥，酒壶，风雪梅花路。

【注释】 ① 山中杂书：此题下原为一组重头曲共 4 首，这里选的是第 3 首。② 李愿盘谷序：唐代韩愈作有《送李愿归盘谷序》，文曰："盘谷之间，泉甘而土肥，草木丛茂，居民鲜少。……采于山，美可茹；钓于水，鲜可食。起居无时，惟适之安。"此代指隐居之好去处。③ 范宽图：范宽，字中立，北宋著名山水画家。所绘山水，气势雄浑，意境幽峭。④ 清癯：即清瘦。⑤ 蜗壳蘧(qú)庐：比喻如蜗牛壳般狭小的客舍。宋陆游《蜗庐》诗："蜗庐四壁空，也过百年中。"蘧庐：即旅舍。《庄子·天运》："仁义，先王之蘧庐也，止可以一宿，而不可久处。"注："蘧庐，犹传舍也。"⑥ "蹇(jiǎn)驴"三句：用唐孟浩然骑驴踏雪寻梅事。又，唐昭宗的宰相郑綮能诗，人问有新作否？答曰：诗思在灞桥风雪中驴子上。事详宋孙光宪《北梦琐言》卷七。《全元散曲》"酒壶"前有一"和"字，似与曲谱不合，不取。

【品评】 盘谷序、范宽图，一派隐居乐土。显然，作者是将隐居环境美化了。有如此美好之处，谁人不心驰神往？故小山对自己的隐居自然有迟暮之感。至于清癯蜗居，风雪驴子上寻梅，举凡都是雅事，然清贫艰苦，亦在想象之中。有道是人生贵适意，能得安闲心静，便足以安贫乐道，成为精神上的富有者。

[中吕·朝天子]湖上

瘿杯①，玉醅②，梦冷芦花被③。风清月白总相宜，乐在其中矣。寿过颜回④，饱似伯夷⑤，闲如越范蠡⑥。问谁，是非，且向西湖醉。

【注释】① 瘿(yǐng)杯:用楠树根(瘿木)制成的杯子。详《新唐书·隐逸传·武攸绪》。② 玉醅(pēi):美酒。③ 芦花被:以芦花为絮的被子。④ 寿过颜回。比颜回寿命长。颜回(前521—前490),字子渊,孔子的学生。以安贫乐道著称于世。他只活了30余岁。《论语·雍也》:子曰:"有颜回者好学,不迁怒,不贰过。不幸短命死矣。"⑤ 饱似伯夷:像伯夷那样有东西充饥即可以了。伯夷与其弟叔齐于殷亡后,不食周粟,隐于首阳山(今山西永济蒲州南),采薇以充饥。事详《史记·伯夷列传》。⑥ 范蠡:春秋时越国大夫,佐越王勾践灭吴复越后,功成身退,泛舟五湖,隐逸而去。参阅前[双调·水仙子]《山斋小集》注⑤。

【品评】此亦安贫乐道,述隐逸之志也。有楠木杯更兼美酒,又有风清月白之无尽藏,便得中寿,食可果腹,有闲暇以自娱,就很满足了。令曲有自嘲意味,亦含不问是非,惟醉不愿醒的逃世—避世之想,骨子里仍是牢骚、怨忿,谓其是消极反抗可也。

[中吕·朝天子]闺情

与谁,画眉①,猜破风流谜。铜驼巷里玉骢嘶②,夜半归来醉。小意收拾③,怪胆禁持④,不识羞谁似你?自知,理亏,灯下和衣睡。

【注释】① 画眉:汉京兆尹张敞,为其妇画眉,传遍长安城中,有司上奏朝廷。"上问之,对曰:'臣闻闺房之内,夫妇之私,有过于画眉者。'上爱其能,弗备责也。"事见《汉书·张敞传》。此借以写闺中两情猜忌也。② "铜驼巷"句:是以女子口吻责备男子。谓男子流连花街柳巷也。铜驼巷:古代洛阳街巷名,为少年轻浮子弟游冶之处。当时俗语曰:"金马门外聚众贤,铜驼陌上集少年。"亦泛指少年冶游之地。详晋陆机《洛阳记》。玉骢:即玉花骢马,宝马的一种。此泛指马。③ 小意收拾:指小心回护。④ 怪胆:指悖情谬理行为。禁持:摆布与纠缠。

【品评】小令写闺中小儿女情态,宛然如画。丈夫半夜醉归,妻子"猜破"他是去寻花问柳了。于是,一番数落,醋意大泼。而丈夫则自知理亏,和衣睡下。似此等,在诗歌中是很难表现的,曲之长处,于此而见一斑。

[中吕·红绣鞋]春日湖上[①]

绿树当门酒肆[②],红妆映水鬟儿[③],眼底殷勤座间诗[④]。尘埃三五字[⑤],杨柳万千丝[⑥],记年时曾到此[⑦]。

【注释】① 春日湖上:此题下原为重头2首,这里选的是第2首。② 酒肆:酒店。③ 红妆:指盛妆女子。鬟儿:挽起的发髻。④ 眼底殷勤:指眉目传情。座间诗:于酒席间即兴所作的诗。⑤ “尘埃”句:谓昔日座间所题诗句,已为尘埃遮蔽了几个字。⑥ 丝:与“思”字谐音而借其意。⑦年时:昔时,往日。

【品评】这是一首忆旧怀人的曲子。酒肆中当垆的女子风情万种,红妆绿鬟在碧水翠树掩映之下,分外妩媚。她那含情的目光宛然还在,当时为她所题诗句,如今已为尘埃所封。依稀可辨故地风光依旧,却不见当年红妆鬟儿。小曲写得一往情深,又有说不尽的惆怅,在若有所失之中,含无限迷茫。

[中吕·红绣鞋]湖上

无是无非心事[①],不寒不暖花时,妆点西湖似西施[②]。控青丝玉面马[③],歌《金缕》粉团儿[④],信人生行乐耳[⑤]。

【注释】① “无是无非”句:指一种心境平和的精神状态。《庄子·齐物论》:“故有儒墨之是非,以是其所非,而非其所是。”② “妆点”句:点化宋苏轼“欲把西湖比西子,淡妆浓抹总相宜”(《饮湖上初晴后雨》)句意。西子:即西施。③ 控:驾驭。青丝玉面马:即青骢,或作玉花骢,马的美称。④《金缕》:曲调名,亦名《金缕衣》、《金缕曲》,即《贺新郎》。唐诗集《才调集》中佚名《杂词》诗:“劝君莫惜金缕衣,劝君须惜少年时。”故歌《金缕》暗含及时行乐之意。粉团儿:花名,夏初开花,雌雄蕊丛集成绣球状。元张昱诗："几日春残不在家，阶前开遍粉团花。"(《闲居春尽》)这里是以粉团儿喻指歌妓。⑤ 人生行乐耳：汉杨恽《报孙会宗书》："人生行乐耳，须富贵何时？"

【品评】人生行乐耳，未必就是一种消极的生活态度；但无是无非或有意模糊是非界限，倒是一种胡涂观念。元曲家崇尚庄子，推重陶潜，骨子里是自我人格精神的完善，即与自然交游，寻找一方精神乐土。从某种意义上说是在追求一种诗意的生存方式。面对美丽的西湖，小山发此感慨，是完全可以理解的——或许他写此曲时，心境格外的好。

[中吕·红绣鞋]天台瀑布寺①

绝顶峰攒雪剑②，悬崖水挂冰帘，倚树哀猿弄云尖③。血华啼杜宇④，阴洞吼飞廉⑤，比人心山未险⑥。

【注释】① 天台：指天台山，在浙江天台县北。瀑布寺：未详。此曲但写山势险峻，瀑布垂帘，未及于寺院。② "绝顶"句：形容山峰尖峭，有如宝剑闪着白光。攒：聚集。③ 弄：戏耍、玩弄。④ "血华"句：传说蜀望帝被迫逊位后，其魂化为杜鹃，啼声凄绝。后又有杜鹃啼血之说。事见宋乐史《太平寰宇记》。⑤ 飞廉：即风伯。战国屈原《离骚》："前望舒使先驱兮，后飞廉使奔属。"注："飞廉，风伯也。"此以风神代指风。⑥ "比人心"句：《庄子·列御寇》："凡人心险于山川，难于知天。"

【品评】一路写山势险峻，瀑布壮观，实皆为铺垫。小山于末句突转，移庄子"人心险于山川"的说法于曲中，故用的是"以客行主"法也。山险是宾，人心险方是主，看似喧宾夺主，实主更突出也。

[双调·沉醉东风]秋夜旅思

二十五点秋更鼓声①，千三百里水馆邮程②。青山去路长，红树西风冷。百年人半纸虚名③，得似璩源阁上僧④，午睡足梅窗日影。

【注释】① “二十五点”句：古时夜间击鼓报时，更鼓二字互文同义，如五更亦可称五鼓。二十五乃极言更鼓频敲，谓时间过得快。② “千三百里”句：极言行程之远，“千三百”是概数。水馆：水路码头之驿站。邮程：即行程。古时驿站亦称邮亭。③ 百年人：指人的一生。④ 得似：不如。璩源阁：在雁荡龙湫山上的云屯寺。作者有[黄钟·人月圆]《寄璩源芝田禅师》，中有“龙湫山上云屯寺，别是一乾坤”句。阁：寺院中供奉佛像处，这里代指寺院。

【品评】这首小令羡僧厌世，发摅胸中一段积郁。总是为浮名所累，流离颠沛，疲于奔命。更兼秋风愁人，水路兼程，旅邸灯下，能不伤怀？“青山去路长，红树西风冷”二句，典丽类诗，为曲子平添画意，同时也多了几分凄清。

[越调·天净沙]鲁卿庵中[1]

青苔古木萧萧，苍云秋水迢迢，红叶山斋小小。有谁曾到？探梅人过溪桥[2]。

【注释】① 鲁卿：未详。当为作者一位隐居山林的友人或方外知交。其生平未详。② 探梅：寻访梅花。宋陆游《初冬夜宴》诗：“泛菊已成前日梦，探梅又续去年狂。”

【品评】小曲如画。

[双调·庆东原]次马致远先辈韵[1]

诗情放，剑气豪，英雄不把穷通较[2]。江中斩蛟[3]，云间射雕[4]，席上挥毫。他得志笑闲人[5]，他失脚闲人笑[6]。

【注释】① 次马致远先辈韵：《全元散曲》作《次马致远先辈韵九篇》，这里选的为第5首。② 穷通：指人生际遇的困顿与显达。所谓“穷则独善其身，达则兼济天下”。较：计较，较量。③ 江中斩蛟：晋周处被乡人斥为三害之一，后悔过自新，在长桥下斩杀蛟怪，为民除害。事详《晋书·周处传》。④ 云间射雕：用斛律光校猎中射雕事。详《北史·斛律光传》。⑤ 闲人：旁人，别人。⑥ 失脚：指失意与受挫折。

【品评】 酷似马致远声吻。便是模拟，小山亦自是斫轮高手。

[正宫·醉太平][1]无题[2]

人皆嫌命窘[3]，谁不见钱亲？水晶环入麦糊盆[4]，才沾粘便滚。文章糊了盛钱囤[5]，门庭改做迷魂阵[6]，清廉贬入睡馄饨[7]，胡芦提倒稳。

【注释】 ① 醉太平：正宫曲牌，一名[凌波曲]，亦入仙吕及中吕宫，定格句式为四四、七四、七七七、四，八句八韵。其首二句宜对，第五、六、七句宜作鼎足对。② 无题：别本亦作《叹世》或《感怀》。《全元散曲》"无题"下共有重头 3 曲，此曲为第 2 曲。③ 窘：困顿、窘迫。④ "水晶环"二句：是说即使清白高洁之人，一旦进入金钱世界，也不能自拔。水晶环：喻指操守清白高洁者。麦糊盆：喻指诱惑人的金钱世界或污浊不堪的官场。麦糊，别本或作"面糊"。⑤ "文章"句：喻指读书为文成了谋取地位与金钱的手段。囤：用席箔等围成的大容量盛粮器物。⑥ 迷魂阵：宋元俗语，常用以代指青楼妓院，这里泛指坑害蒙骗人的场所。⑦ 睡馄饨：比喻胡涂愚蠢、昏庸无能。⑧胡芦提：宋元俗语，指胡里胡涂。

【品评】 此小山杰作也。金钱本身似无所谓善恶，关键是人对待金钱的态度。旧谚有云：有钱能使鬼推磨。说的是金钱能量之大，几乎是无所不能。正是由于人对金钱所取态度之不同，才厘开了追求不同的人群。曲子将金钱世界视为一个大染缸，便是晶莹剔透的水晶环，也会在麦糊盆中被搅得一塌胡涂，完全失却了本来的面目。"文章"以下三句"鼎足对"，写得泼辣、尖刻，著书不仅谋稻粱，更谋金钱、地位，只要能赚钱，门庭叫什么都无所谓。在这样的环境中，老实、正直的人只能被贬入无能之辈。曲子还真有点现实针对性哩！它揭露了元代社会的黑暗以及金钱对人的灵魂的腐蚀，嬉笑怒骂，揶揄挖苦，谐趣中藏着批判现实社会的棱棱芒角，值得吟玩再三，反复品味。

[中吕·迎仙客][1]括山道中[2]

云冉冉[3],草纤纤,谁家隐居山半崦[4]。水烟寒,溪路险。半幅青帘[5],五里桃花店[6]。

【注释】① 迎仙客:中吕宫曲牌,亦入正宫。定格句式为三三七、三三、四五,七句六韵。② 括山:即括苍山。在今浙江丽水东南,山多括木,故名。③ “云冉冉”二句:化用唐杜甫《绝句六首》其五中“地晴丝冉冉,江白草纤纤”句。冉冉:缓慢移动的样子。纤纤:同芊芊,形容草木茂盛。④ 山半崦:意指(居舍)一半被山遮掩。崦:古代指太阳落山的地方。《全元散曲》作“掩”,似更为妥帖。⑤ 青帘:酒旗,即酒店门口所挂招子。⑥ 桃花店:酒店。

【品评】此亦羡隐之篇什。隐者居所恬静而清幽,无异于神仙居所,颇令小山神往。

[越调·凭阑人]暮春即事[1]

小玉阑干月半掐[2],嫩绿池塘春几家。鸟啼芳树丫,燕衔黄柳花。

【注释】① 暮春即事:原为重头两只曲,此为第2首。② 月半掐(qiā):形容上弦或下弦的一弯缺月。

【品评】此曲亦以画境胜。四句两对,语工意美,典丽俊俏。

[越调·凭阑人]江夜

江水澄澄江月明,江上何人搊玉筝[1]?隔江和泪听[2],满江长叹声。

【注释】① 搊(chōu):用五指弹拨(弦乐器)叫搊。如搊琵琶。玉筝:古筝的美称。② 和泪:一边击节一边流泪。和:应和。

【品评】这是小山小曲中的名作。据明朱权《太和正音谱》记载,有人唱此曲时曾引起了听者广泛的共鸣:"蒋康之,金陵人也。其音属宫,如玉磬之击明堂,温润可爱。癸未春,渡南康,夜泊彭蠡之南。其夜将半,江风吞波,山月衔岫,四无人语,水声淙淙。康之扣舷而歌'江水澄澄江月明'之词,湖上之民,莫不拥衾而听,推窗出户,而听者杂合于岸。少焉,满江如有长叹之声。"一般认为,这是朱权由大宁改封南昌,途中夜泊时的真实记录。足见小山此曲流布之广且深入人心。曲只四句,精巧有如唐人绝句。音乐与江水、夜月、和泪听者以及长叹之声浑融一体,一应有情无情之物,皆若有情。实为不可多得之杰构。

[双调・落梅风]春晓[1]

东风景,西子湖[2],湿溟溟柳烟花雾[3]。黄莺乱啼蝴蝶舞,几秋千打将春去[4]。

【注释】① 此题下有重头曲2首,这里选的是第2首。② 西子湖:即杭州西湖,由苏轼诗句"欲把西湖比西子"(《饮湖上初晴后雨》)而得名。③ "湿溟溟"句:形容湖畔水气笼罩,濛濛中树茂花繁的蓬勃景象。④ 秋千:即鞦韆。打将春去:将春天荡去。是说在秋千几次荡来荡去中,春天就过去了。乃形容时间流逝之疾。

【品评】小令妙在结句。荡秋千俗称打秋千。仿佛在秋千几个往复之间,春天就过去了。这当然是夸张,但它很贴切,也很有趣。"几"字尤妙。

[仙吕・一半儿]秋日宫词[1]

花边娇月静妆楼,叶底沧波冷翠沟[2],池上好风闲御舟[3]。可怜秋,一半儿芙蓉一半儿柳。

【注释】① 宫词：以宫廷生活为题材的诗歌。据王文才《元曲纪事》："小山此曲，原题为《秋日宫词》，则词中所咏池上妆楼，为金章宗李妃梳妆台。乃讽太液旧游之作，故有波冷舟闲、可怜秋柳之语。"② "叶底"句：暗用"御沟红叶"事。参阅前卢挚[双调·沉醉东风]《重九》注②。③ 御舟：皇帝与其嫔妃们所乘坐的舟船。

【品评】此曲为游前朝宫禁有所感发之作，故妆楼人去，御舟已闲，眼底一派荒凉凄寂。

[商调·梧叶儿][①]感旧

肘后黄金印[②]，樽前白玉卮[③]，跃马少年时。巧手穿杨叶[④]，新声付柳枝[⑤]，信笔和梅诗。谁换却何郎鬓丝[⑥]？

【注释】① 梧叶儿：商调曲牌，又名[碧梧秋]、[知秋令]，亦入仙吕宫。定格句式为三三五、三三、三七，七句五韵。首二句及第四、五句宜作对句。② "肘后"句：喻官位显赫。典出《晋书·周颉传》："今年杀诸贼奴，取金印如斗大系肘。"③ 卮（zhī）：一种容量大的盛酒器。④ 穿杨叶：即百步穿杨。喻技艺高超。⑤ "新声"句：语出唐白居易《杨柳枝》词："古歌旧曲君休听，听取新翻《杨柳枝》。"⑥ 何郎：即"傅粉何郎"。三国时魏国的何晏皮肤白晰，魏明帝怀疑他是搽了粉的。后何晏于夏天里大汗淋漓，他擦完汗，脸上仍很白。事见南朝宋刘义庆《世说新语·容止》。

【品评】感叹人生易老，追怀少年得意，最终还是落在无法再换却何郎容颜（代指青春年少）上。首二句及四五六对仗工整，意趣亦佳。末句扣题，感慨万端。

[正宫·小梁州]失题[①]

篷窗风急雨丝丝[②]，闷捻吟髭[③]。淮阳西望路何之[④]？无一个鳞鸿至，把酒问篙师。　[幺][⑤]迎头便说兵戈事，风流再莫追思[⑥]，塌了酒楼，焚了茶肆，柳营花市⑦，更呼甚燕子莺儿⑧！

【注释】① 失题：《雍熙乐府》有6首[小梁州]曲，注小山撰。前3首见于小山《苏堤渔唱》中，后3首又见于汤式《笔花集》中。此首为后3首之第1首。究为小山撰还是汤式作兹不论。此曲《全元散曲》无“失题”二字。② 篷窗：小船竹篷上窗子。③“闷捻”句：是说边愁闷吟诗，边捻着胡须觅句。别本“闷”或作“笑”。④“淮阳西望”三句：淮阳，郡名，今属河南省，宋称怀宁郡，明清为郑州。路何之：路怎么走。鳞鸿：即鱼雁，代指书信。篙师：船夫。⑤ 幺（yāo）：“幺篇”的省略。幺，亦作么。北曲连续使用同一曲牌时，后面不再标出曲牌，而写作“幺”或“幺篇”。⑥ 风流：这里是指昔日的繁华。⑦ 柳营花市：喻指青楼妓院。⑧ 燕子莺儿：喻指歌妓。

【品评】小山给人的感觉总是在赶路，似乎他一直都处在飘泊之中。此篇他又是赶水路奔向淮阳。曲中写到作者与船夫的对话，谈及兵戈之事，大约已是元代的晚期了。此曲在小山曲中有些特别，就是它具有浓重的叙事性。寥寥数语，已见出战争的破坏似很严重。惜作品无法编年，不然真可将其当作“史事”读之了。

[南吕·金字经]感兴

野唱敲牛角①，大功悬虎头②，一剑能成万户侯③。愁，黄沙白骷髅④。成名后，五湖寻钓舟⑤。

【注释】①“野唱”句：用春秋时齐国宁戚事。《吕氏春秋·举难》中说，宁戚在牛车下喂牛，齐桓公郊迎客，宁戚击牛角而悲歌，齐桓公觉得歌者非常人，就将其带回去，后委以重任。②“大功”句：用汉班超事。东汉官修《东观汉记·班超传》中说，班超曾诣相者，相者谓“生燕颔虎头，飞而食肉，此万里侯相也”。后班超果立大功于异域，封为定远侯。③“一剑”句：《战国策·齐策四》：“令曰：有能得齐王头者，封万户侯。”万户侯：本指先秦两汉食邑万户的侯爵，这里泛指高官。④ 骷髅：《全元散曲》为“髑（dú）髅”，“髑”为书面语。⑤“五湖”句：用越范蠡功成身退泛舟五湖事。参阅前[双调·水仙子]《山斋小集》注⑤。

【品评】说是不要浮名，道是功成身退，可这其中明显存在着矛盾。无名无功，退不退呢？小山曲中悄然流露出对历史上成功者的羡慕之情，否则何以要反反复复去列数他们，且津津乐道呢？想来野唱敲牛角，去找个相面先生等等，大约在元代怕是不灵验的吧。因而读这类曲子，总觉得有点酸溜溜的滋味。所谓“不达时皆笑屈原非，但知音尽说陶潜是”（白朴[仙吕·寄生草]《劝饮》）。亦不过是失落者无可奈何的哀叹而已。然而就里毕竟有种不甘沉沦的激情在。此正是这类作品芒角四射的内驱力所在。

[南吕·金字经]乐闲

百年浑是醉①，满怀都是春，高卧东山一片云②。嗔，是非拂面尘。消磨尽，古今无限人。

【注释】① 百年：喻指人生；浑：皆、全，都是。② 高卧东山：东山在今浙江上虞西南，东晋孝武帝时宰相谢安，早年曾隐居东山。详《晋书》谢安本传。一片云：形容隐居者悠闲自得的样子。

【品评】此曲亦远是非、乐闲居之作。元曲家的牢骚往往藏头露角，他们一面是“东山高卧”，一面又要拂去面上的是非之尘。若真的是绝了是非之心，哪里还得见是非之尘呢？

[正宫·塞鸿秋]春情

疏星淡月秋千院，愁云恨雨芙蓉面①。伤情燕足留红线②，恼人鸾影闲团扇③。兽炉沉水烟④，翠沼残花片。一行写入相思传。

【注释】① 芙蓉面：形容女子面貌姣好。晋葛洪《西京杂记》卷二：“文君姣好，眉色如望远山，脸际常若芙蓉。”② 燕足留红线：典出《丽情集·燕女坟》。宋末娼家女姚玉京嫁后不久，夫亡，矢志奉养公婆。常有双燕筑巢梁间。某日，其一被鸷鸟抓去，另一燕孤飞悲鸣，翔至玉京臂上，如告别的样子。玉京以红线系其足，说："明春定来与我为伴。"次年春燕果来。玉京为题诗曰："昔俦新偶去，今年春又归。故人恩义重，不忍更双飞。"至此后六七年，燕新春必来。玉京病卒，孤燕再来，盘旋哀鸣，飞至玉京坟头，亦死。后每风清月明之时，人们都能看到玉京携燕游汉水之上。这里借以形容离别的孤寂与相思之苦。③ 闲团扇：搁置一边不用的团扇，用以形容孤单、冷落。梁徐陵《玉台新咏》卷一，班婕妤《怨诗·序》："昔汉成帝班婕妤失宠，供养于长信宫，乃作赋自伤，并为怨诗一首。"其诗云："新裂齐纨素，鲜洁如霜雪。裁为合欢扇，团团似明月。出入君怀袖，动摇微风发。常恐秋节至，凉风夺炎热。弃捐箧笥中，恩情中道绝。"④ 兽炉：兽形香炉。沉水烟：沉水香燃烧时的淡淡烟雾。沉水香为一种熏用的香料。

【品评】用典贴切，比喻婉转，且能将二者弥合无间。在小山曲中，此可视为类词化倾向有代表性的作品。

[双调·庆宣和]①毛氏池亭②

云影天光乍有无③，老树扶疏④。万柄高荷小西湖⑤，听雨，听雨⑥。

【注释】① 庆宣和：双调曲牌，定格句式为七四、七二二，五句五韵。② 毛氏池亭：未详在何处。③ 云影天光：指浮云遮蔽日光。天光：日光。乍有无：忽有忽无。④ 扶疏：枝叶繁茂。⑤ 小西湖：言毛氏池亭景色秀丽颇似西湖，只是规模小一些而已。⑥ 听雨：是说荷叶高张，宜于听雨敲打在上面的声音。

【品评】精巧、凝练，句句堪画。康熙《钦定曲谱》以此曲为[庆宣和]定格例曲。

[中吕·卖花声]①怀古②

美人自刎乌江岸③，战火曾烧赤壁山④，将军空老玉门关⑤。伤心秦汉，生民涂炭⑥，读书人一声长叹！

【注释】① 卖花声:中吕宫曲牌,又名[升平乐],亦入双调。定格句式为七七七、四四七,六句六韵。② 怀古:原为重头2曲,这里选的是第2首。③ "美人"句:项羽被刘邦围于垓下,慷慨悲歌,与爱妃虞姬泣别,虞姬自杀。项羽逃至乌江畔(在安徽和县境内,今名乌江浦),自觉无颜见江东父老,自刎而死。事详《史记·项羽本纪》。④ "战火"句:指三国时的赤壁之战。事详见《三国志·吴志·孙权传》及《资治通鉴》卷六五。⑤ "将军"句:用东汉班超投笔从戎,长期转战西域,屡建奇功被封为定远侯事。参阅前[南吕·金字经]《感兴》注②。玉门关:古代通西域之要塞,在今甘肃省敦煌西北。⑥ 涂炭:陷于水火之中,形容灾害与苦难。语出《尚书·仲虺之诰》。

【品评】此亦小山名作。语言质朴明快,用典通俗易晓,表现了作者关心民瘼、敢于批判现实社会的真正艺术家的勇敢。全曲词句警拔,振聋发聩。或以为可与张养浩[中吕·山坡羊]《潼关怀古》合而为怀古曲中之双璧,为元散曲中经典性作品。

[中吕·卖花声]客况

十年落魄江滨客,几度雷轰荐福碑①,男儿未遇暗伤怀②。忆淮阴年少③,灭楚为帅,气昂昂汉坛三拜。

【注释】① "雷轰"句:宋释惠洪《冷斋夜话》卷二载,范仲淹守鄱阳(今属江西),穷书生张镐来投。荐福寺有唐欧阳询所书碑刻,其拓本值千钱,范拟为张拓印千本售之,以作赶考盘缠。备好纸墨,将拓未拓,忽夜间雷雨大作,将碑击碎。后遂以此事喻时运乖舛。时有语云:"时来风送滕王阁,运去雷轰荐福碑。"② 未遇:不得志,不为时所用。③ "忆淮阴"三句:据《史记·淮阴侯列传》载,韩信少年时家贫,曾受胯下之辱。后被刘邦登坛拜为大将,并辅佐灭楚兴汉。参阅前[双调·殿前欢]《次酸斋韵(二首)》注⑧。

【品评】题作《客况》,当为仕途奔波、心绪郁积时之牢骚语。心中垒块,不须酒浇,亦自迸出吻喉。马致远曾作《荐福碑》杂剧,第三折中张镐唱道:"哀也波哉,西风动客怀,空着我流落在天涯外!"小山心境意绪,与他的前辈马致远是息息相通的。

[正宫·汉东山][1]述感[2]

红妆间翠娥，罗绮列笙歌，重重金玉多。受用也末哥[3]！二鬼无常上门呵[4]，怎地躲？索共他[5]，见阎罗[6]。

【注释】① 汉东山：正宫曲牌，又作[撼动山]，定格句式为五五、五二七、三三三，共八句八韵。第四句后须加“也么哥”。② 述感：《张小山北曲联乐府》此一组重头曲共10首，无题目。明李开先辑《张小山小令》此组曲题作《感述》。这里选的为原第4首。③ 受用：享受，亦含舒服意。也末哥：或作“也么哥”，表示感叹语气的衬字词组，无实意。④ 二鬼无常：传说中地狱能勾摄人生魂的差役，有黑、白二无常。无常：本为佛家语，谓世间一切事物不能久住，时时处于生灭成毁之中。详《涅槃经一·寿命品》。⑤ 索共他：须随他一起。索：须索。⑥ 阎罗：即阎罗王，地狱之王。本为梵语“阎摩罗”、“阎摩罗阇”简称。俗谓其执掌阴间世界，能定阳间人之生死。

【品评】此曲令人想起辛弃疾词句“君莫舞，玉环飞燕皆尘土”（《摸鱼儿》）。小山愤世嫉俗，对权豪显贵们的奢侈不屑一顾。受用吧，享乐吧，一朝“阎王亲自唤，鬼神自来勾”（关汉卿[南吕·一枝花]《不伏老》），在死神面前人都是平等的。小令出语波俏，看似信口呼出，实则有力地鞭挞了人世间的不平。与《红楼梦》中的《好了歌》用意仿佛。

任昱（一首）

任昱，字则明，四明（今浙江宁波）人。与张可久、曹明善同时，亦相交游。善诗，工曲。少年时风流倜傥，游于市井勾栏间，写过不少散曲，在歌妓中传唱，流布于裙钗间。晚年移志于诗，尤工七言。其散曲作品多宴游、送别与怀古类作品，风格流利清新，而不失自然之趣。今存散曲小令59首，套数1套。《太和正音谱》将其列入“词林之英杰”一百五十人中。

[中吕·红绣鞋]春情

暗朱箔雨寒风峭①，试罗衣玉减香销②。落花时节怨良宵。银台灯影淡，绣枕泪痕交。团圆春梦少。

【注释】① 朱箔：以竹篾编织而成的朱红色帘子。风峭：风急。② 玉减香销：谓人憔悴了。玉：指玉肌，形容女子肌肤润泽而白晰。

【品评】纯用白描手法。作者将闺中人相思念远与意绪感伤，置于暮春雨夜的背景中。灯影泪痕衬以雨寒风峭，是颇见匠心的。首起一联语工意蓄，洵为佳句。通体秀润如画，情韵弥永。

张子坚（一首）

张子坚，名凤，生平籍里均未详，只知其曾官运判。与张可久约略同时。元张宪《玉笥集》卷八有《挽张子坚》诗，其中有云："文仅典州郡，武徒经离乱。……身冷家人散，门荒过客悲。"可知其生平艰危，困顿而失意。另，张可久有3首[清江引]，系作于张子坚席上的。《太和正音谱》列其于"词林之英杰"一百五十人中。其散曲作品今仅存小令1首。

[双调·得胜令]

宴罢恰初更，摆列着玉娉婷①。锦衣搭白马，纱笼照道行②。齐声，唱的是[阿纳忽]时行令③。酒且休斟，俺待据银鞍马上听。

【注释】① 玉娉(pīng)婷：指如花似玉的美女。娉婷：美女。②"纱笼"句：古代官员夜间出行时，有差役在前持灯笼照亮道路。纱笼，即纱灯。③ 阿纳忽：当时流行的小曲名，属双调，全曲四句，句式为四四六四，详见陶宗仪《南村辍耕录》卷二七《杂剧曲名》。

【品评】按当时人的说法，作者"文仅典州郡"，即做过典吏一类小官，然这首小曲中马上听曲时却很排场，很阔绰。想来不能将曲中描写的人物径直视为作者。曲子提供了当时流行小曲风行的情况，当是曲史上活的材料。

钱霖（二首）

钱霖，字子云，世居松江（今属上海）南城，博学而工于文章。因不为时所用，遂弃家入道，更名抱素，号素庵。初建庵于松江东郭，后迁湖州，晚年居嘉兴（今属浙江）。有词集《渔樵谱》，杨维桢为之序。编有散曲集《江湖清思集》，又著有《醉边馀兴》。《录鬼簿》（曹楝亭本）谓其“词语极工巧”。《太和正音谱》列其于“词林之英杰”一百五十人中。今仅存小令4首，套数1套。

［双调·清江引］① 二首

梦回昼长帘半卷，门掩荼蘼院②。蛛丝挂柳绵③，燕嘴粘花片，啼莺一声春去远。

恩情已随纨扇歇④，攒到愁时节⑤。梧桐一叶秋，砧杵千家月⑥，多的是几声檐外铁⑦。

【注释】① 清江引：原为一组4首重头曲，这里选的是第1、第4首。② 荼蘼院：种有荼蘼花的院落。荼蘼：亦作“酴醾”。蔷薇科落叶灌木，初夏开花，花有黄、白等色。③ 柳绵：即柳絮。④ 纨扇：用细绢制成的团扇。⑤ 攒：此同攥（zuàn），即握。⑥ 砧杵（zhēn chǔ）：捣衣石与棒槌。古诗中常以此作为浣洗、缝制寒衣的意象，唤起游子伤感意绪。⑦ 檐外铁：即铁马。指悬于檐下的铁片，风吹则相击发声。

【品评】二曲曲折婉挚，悱恻缠绵，闺情之隽咏也。闺情、宦情时有可通，或作者有深意寓在其中。前曲写惜春，意象特美，既有对美的留连，亦含无奈与悲哀，此情此景，岂止是闺中？后曲不知如何令人读出被弃绝的意味。秋扇见捐，桐叶离枝，游子尚有人寄去寒衣，而曲中闺妇却只有孤独与怅惘，这或许正是作者对黄冠青袍、荧灯经卷生活的独特感受吧。

顾德润（一首）

顾德润，字君泽，又作均泽，号九山，松江（今属上海）人。曾任杭州、平江路吏。与诗人钱惟善交厚，钱氏有《送顾君泽移平江》诗相赠。诗中有云："君家九峰下，作吏善时名。隐语中郎学，歌章大雅声。"曾自刊《九山乐府》、《诗隐》二集售于市。《太和正音谱》评其词"如雪中乔木"。其散曲作品今存小令 8 首，套数 2 套。

[中吕·醉高歌过摊破喜春来]① 旅中

长江远映青山，回首难穷望眼。扁舟来往蒹葭岸②，烟锁云林又晚。　　篱边黄菊经霜暗，囊底青蚨逐日悭③。破清思晚砧鸣④，断愁肠檐马韵⑤，惊客梦晓钟寒。归去难！修一缄，回两字寄平安⑥。

【注释】① 醉高歌过摊破喜春来：中吕宫带过曲。[醉高歌]定格句式为六六、七六，四句四韵；[摊破喜春来]为七七、六六六、三五，七句五韵。② 扁（piān）舟：小船。蒹葭（jiān jiā）：芦苇。《诗·秦风·蒹葭》："蒹葭苍苍，白露为霜。"③ "囊底"句：谓口袋中的钱越来越少。青蚨：指钱。晋干宝《搜神记》卷十三中说，南方有一种小虫，名青蚨。取其子，母必来，不以远近，必知其处。以虫血涂钱，花出去的钱，"皆复飞归，轮转无已"。后遂以青蚨代指钱。④ 砧鸣：指捣衣声。参阅前钱霖[双调·清江引]曲注⑥。⑤ 檐马韵：即风动铁马声。参阅前钱霖[双调·清江引]曲注⑦。⑥ 寄平安：即报平安。唐段成式《酉阳杂俎续集》十："童子寺有竹一窠，才长数尺。相传其寺纲维，每日报竹平安。"

【品评】秋日旅程之中，一派萧条，一腔旅愁。曲子层层递进，情景交融，直逼出一句"归去难"来，读之令人为之动容。曲语浅近畅达，却能以其浅出之以深，颇耐嚼味。诗人心愿是还乡，信矣！当然，这还乡更含有还精神家园之意，故我们读这类作品总是百读不厌，浮想联翩。

徐再思（十三首）

徐再思，字德可，浙江嘉兴人。因“好食甘饴，故号甜斋”。《录鬼簿》中说他做过“嘉兴路吏”，且“为人聪敏秀丽”、“交游高上（尚）文章士”。与张可久约略同时，为元代后期著名散曲作家。清褚人获说他“旅寄江湖，十年不归”（《坚瓠集·丁集》卷四）。可知他曾四处飘零。因他与贯云石的号一酸一甜，相映成趣，故今人任讷曾将二人散曲合辑成集，名为《酸甜乐府》。实际上二人生活阅历与作品风格差异很大。其散曲今存小令百余首。《太和正音谱》评其词“如桂林秋月”。

[双调·折桂令]春情

平生不会相思[1]，才会相思，便害相思。身似浮云[2]，心如飞絮，气若游丝。空一缕馀香在此，盼千金游子何之[3]？症候来时[4]，正是何时？灯半昏时，月半明时。

【注释】 ①“平生”三句：是说生来不曾懂得何为相思滋味，刚知道相思是怎么回事，就落入情网，害起相思病来。②“身似”三句：形容害相思的迷离惝恍状态。气若游丝：气息微弱。③盼千金：比喻企盼之珍贵，意谓意中人归来比什么都重要。何之：不知往哪里去了。④症候：即征兆。指上面所说的害相思之种种情状。

【品评】 此为甜斋名作。其佳胜处在于描摹闺中人心理情态，细微生动，神情毕现。其语言亦为纯正之口语，真如弹丸脱手，不粘不滞，清畅爽利。诚如吴瞿安先生所言：“语语俊，字字绝，真可压倒群英，奚止为一时之冠！”（《顾曲麈谈》卷下）

[双调·殿前欢]观音山眠松[1]

老苍龙[2]，避乖高卧此山中[3]。岁寒心不肯为梁栋④，翠蜿蜒俯仰相从⑤。秦皇旧日封⑥，靖节何年种⑦？丁固当时梦⑧。半溪明月，一枕清风。

【注释】① 观音山：在今江苏扬州西北，山上有寺，因寺内供奉观音像而得名。眠松：倒卧的老松树。② 老苍龙：以老松树苍劲虬拔以喻隐居高士。③ 避乖：逃避祸乱。乖：背谬。引申为灾祸与动乱。④ 岁寒心：语出《论语·子罕》："岁寒，然后知松柏之后凋也。"比喻隐士操守之冰清玉洁。不肯为梁栋：指不肯出仕为官。⑤ "翠蜿蜒"句：指随松树而生长的藤蔓亦枝叶茂盛。借此喻相依为命、生死相守的人生伴侣。⑥ "秦皇"句：《史记·秦始皇本纪》："二十八年……乃上泰山，立石，封，祠祀。下，风雨暴至，休于树下，因封其树为五大夫。"以秦始皇封树事喻眠松经历之不凡。⑦ "靖节"句：晋陶渊明谥靖节，其作品中常提到松。如"三径就荒，松菊犹存"(《归去来兮辞》)。⑧ "丁固"句：三国时吴国的丁固为尚书时，曾梦见松树生于腹上，人谓："松字十八公也。后十八年，其为公乎！"后果位至大司徒。详见《艺文类聚》卷八十八引晋张勃《吴录》。

【品评】松树在甜斋笔下被人格化了。哪里是什么眠松？分明是高隐之士的情操与品格的张扬。咏物之作，贵在开口便知为何物。且通篇未见一"松"字，便是不著题目，亦可从不即不离中知其咏松也。

[双调·水仙子]夜雨

一声梧叶一声秋①，一点芭蕉一点愁②，三更归梦三更后。落灯花棋未收③，叹新丰孤馆人留④。枕上十年事⑤，江南二老忧⑥，都到心头。

【注释】① "一声"句：点化温庭筠《更漏子》词："梧桐树，三更雨，不道离情正苦。一叶叶，一声声，空阶滴到明。"② "一点"句：指雨滴落在芭蕉叶上，每一滴的声音都唤起游子的旅愁。③ "落灯花"句：化用南宋赵师秀《有约》诗："有约不来过夜半，闲敲棋子落灯花。"④ "叹新丰"句：用唐代马周困新丰事。唐初中书令马周贫贱时，曾住在新丰(今陕西临潼东北)旅舍中，遭到店主人的冷遇与欺侮，详《新唐书·马周传》。这里是作者以马周自况。⑤“枕上”句：是说十年飘泊生涯如梦境般逝去。⑥江南二老：指江南家乡的父母双亲。

【品评】这可以看作是甜斋飘泊生涯的真实写照。仕宦奔波，颠沛流离，名作“甜斋”，命则苦涩之极。在[双调·蟾宫曲]中，甜斋写道：“十年不到湖山，齐楚秦燕，皓首苍颜。”联系褚人获说的“旅寄江湖，十年不归”，可知“十年”并非虚指。而足迹遍及“齐楚秦燕”，亦可见出甜斋飘泊地域之广泛。小令多点化前人诗词名句，由于体会得深切，更兼个人经历之丰富，则仿佛句由己出，不着痕迹。起头三句被王世贞评为“情中紧语也”。

[双调·水仙子]红指甲

落花飞上笋芽尖①，宫叶犹将冰箸粘②，抵牙关越显得樱唇艳③。怕伤春不卷帘，捧菱花香印妆奁。雪藕丝霞十缕④，镂枣斑血半点，掐刘郎春在纤纤⑤。

【注释】①“落花”句：喻红指甲有如落红飞粘在笋芽尖上。②宫叶：指御沟红叶，取其“红”意。参阅前卢挚[双调·沉醉东风]《重九》注②。冰箸：晶莹的筷子。此处犹冰柱，喻指纤纤手指。③“抵牙关”句：是说将手置于唇边，红指甲与红唇相映衬，愈显出娇艳之美来。④“雪藕”二句：言十颗红指甲如十缕彩霞，每一颗指甲都如雕刻的红枣，颜色鲜艳。雪藕：喻白晰的皮肤。⑤刘郎：借刘晨、阮肇登天台上遇仙女事，参阅前马致远[南吕·四块玉]《天台路》注①。这里以刘郎代指艳遇红指甲女子的男子。掐：这里是按与握之意。春在纤纤：情在纤巧美丽的手指上。

【品评】元曲家每每写及女子红指甲、纤足等，不可简单视为游戏笔墨。一则它曲折流露出出世、隐逸之士对人生的新的价值取向，对人的自然情欲的张扬与肯定；二则传达出对虚伪的假道学的鄙弃，带有某种意义上的对旧传统的挑战性。故许多大家亦不弃此类题材，可以说它依稀开了明清戏曲小说人道主义思潮之先河，未可轻易否定。大约正是在这样的意义上，吴瞿安先生才激赏此曲及同调牌的《佳人钉履》等篇。可参阅吴梅《顾曲麈谈》卷下。

［双调·水仙子］马嵬坡[①]

翠华香冷梦初醒[②]，黄壤春深草自青，羽林兵拱听将军令[③]。拥鸾舆蜀道行[④]，妾虽亡天子还京。昭阳殿梨花月色[⑤]，建章宫梧桐雨声[⑥]。马嵬坡尘土虚名。

【注释】① 马嵬坡：唐玄宗幸蜀途中赐死杨贵妃处。参阅前马致远［南吕·四块玉］《马嵬坡》注①。② 翠华：皇帝仪仗中饰以翠羽的旗帜。这里代指唐玄宗李隆基。③ 羽林兵：唐时朝廷有左右龙武军与左右羽林军。这里是指唐玄宗的护驾军队。拱听：拱手听命。将军令：宿卫官陈玄礼在马嵬驿突然率部下屯兵不肯西行，迫使唐玄宗赐死杨国忠、杨玉环（贵妃）兄妹。④ 鸾舆：皇帝所乘坐的车驾，亦代指皇帝。⑤ 昭阳殿：汉宫名，为汉成帝宠妃赵飞燕寝宫，这里借指唐宫。梨花月色：喻杨贵妃娇容。白居易《长恨歌》："玉容寂寞泪阑干，梨花一枝春带雨。"⑥ 建章宫：汉武帝所建宫殿名，这里借指唐宫。梧桐雨声：白居易《长恨歌》："春风桃李花开日，秋雨梧桐叶落时。"是描写唐明皇对杨贵妃的思念之情。

【品评】以"马嵬坡"为题材的诗词曲不知凡几，甜斋此曲却能翻空出奇，出之以杨妃的视角与口吻。"妾虽亡天子还京"句更妙，竟以杨妃亡灵的声情出之，尤为耐人寻味。结句"马嵬坡尘土虚名"也颇有深意，杨玉环的悲剧不过是"女人祸水论"的牺牲品，皇上照还京，顶了罪过虚名的杨玉环，却只能付与马嵬尘土了。

［双调·清江引］相思

相思有如少债的[①]，每日相催逼。常挑着一担愁，准不了三分利[②]。这本钱见他时才算得。

【注释】① 少债：欠债。② 准：偿还。

【品评】小曲比喻新奇，语言爽利，一如小儿女声吻口气。看他用韵，斩钉截铁，不押而叶，不期而遇，可谓百中无一，难有其匹。至于意味，更堪细玩，褚人获谓“其得相思三昧者欤”（《坚瓠壬集》卷三）！乃为的评。任讷《曲谐》中则谓：“以放债喻相思，亦元人沿用之意，特以此词为著耳。”

［越调·凭阑人］春情

髻拥春云松玉钗[①]，眉淡秋山羞镜台。海棠开未开，粉郎来未来[②]。

【注释】① “髻拥”二句：形容闺中女子为春情所困扰，懒于梳妆打扮的情态。春云：喻指女子蓬松的头发。秋山：喻女子黛眉。羞镜台：即羞对镜台。“羞”在这里是懒于的意思。② 粉郎：三国时魏国的何晏（平叔）貌美而皮肤白晰，如常敷粉，后遂以“敷粉何郎”代指美男子。事详南朝宋刘义庆《世说新语·容止》。

【品评】寥寥数语，神情毕现。海棠将开未开，情郎将至未至，恋爱中的等待，是最富于包孕的时刻。小曲将复杂微妙的内心活动，通过懒于梳妆、羞对镜台的内心独白，揭示了出来。人物亦因此而被写活了。

［中吕·阳春曲］赠海棠[①]

玉环梦断风流事[②]，银烛歌成富贵词[③]。东风一树玉胭脂[④]，双燕子，曾见正开时。

【注释】① 海棠：喻指美女。参见前马致远［南吕·四块玉］《马嵬坡》注②。这里或为某歌妓名。② “玉环”句：用马嵬坡杨玉环被赐死事。以杨贵妃喻所赠女子之美。③ “银烛”句：由苏轼《海棠》诗中“只恐夜深花睡去，故烧高烛照红妆”点化而来。富贵词：海棠与牡丹同被视为富贵之花。④ 东风：指春风。玉胭脂：喻指鲜艳的海棠花光泽似玉，红似胭脂。

【品评】小曲以花喻人，含蓄蕴藉中暗藏凄婉，仿佛为女子的命运担忧。结二句以双燕子饱览海棠开得正妍，寓花开花落自有时，似亦含惆怅与叹惋。

[中吕・朝天子]西湖

里湖，外湖①，无处是无春处。真山真水真画图，一片玲珑玉。宜酒宜诗，宜晴宜雨，销金锅锦绣窟②。老苏③，老逋④，杨柳堤梅花墓⑤。

【注释】① 里湖、外湖：杭州西湖以苏堤为界，分里湖与外湖。② 销金锅：是说西湖为繁华、靡费之游冶去处。宋周密《武林旧事》卷三："西湖天下景，朝昏晴雨，四时总宜。……日糜金钱，靡有纪极。故杭谚有'销金锅'之号。"③ 老苏：指苏轼。他曾两度出任杭州知府，现存的"苏堤"，就是他第二任上疏浚西湖时修筑的。④ 老逋：即北宋诗人林逋，字君复。他终身不仕，亦不婚娶，隐居西湖孤山，赏梅养鹤，有"梅妻鹤子"之说。卒谥"和靖先生"。⑤ 杨柳堤：即苏堤。梅花墓：即和靖墓。

【品评】此曲用笔简淡而粗豪，多以全景和远景出之，有酣畅淋漓之美。即使写具体景观，也以写意笔法为之，全是远眺式的。全曲疏爽俊逸，泼墨泼彩，有很强的艺术概括力。

[商调・梧叶儿]钓台①

龙虎昭阳殿②，冰霜函谷关③，风月富春山④。不受千钟禄⑤，重归七里滩⑥，赢得一身闲。高似他云台将坛⑦。

【注释】① 钓台：指汉代隐士严光垂钓处，在今浙江桐庐南富春江畔。参阅前张可久[双调・殿前欢]《次酸斋韵(二首)》注①。② 昭阳殿：汉武帝时的后宫宫殿。汉成帝时为赵飞燕寝宫。此代指汉光武帝刘秀的皇宫。③ 函谷关：秦之东面关隘。在今河南灵宝南。因其关城藏于谷中，允称险关。④ 富春山：亦称"严陵山"、"陵山"。在今浙江桐庐县西，为严光(子陵)归隐后躬耕之处。⑤ 千钟禄:即"千钟粟",指丰厚的俸禄。钟:古代量器。一钟为六斛四斗。⑥ 七里滩:亦称"严陵濑",即钓台。⑦ 云台将坛:云台为东汉南宫中之高台。汉明帝时朝廷曾将中兴功臣二十八名将领图像绘于其上,后因以用作表彰功臣的典故。事详《后汉书·马武列传》。将坛指汉高祖刘邦筑坛拜韩信之坛。参阅前张可久之[中吕·卖花声]《客况》注③。

【品评】一身闲胜于登坛拜将,仕途险似"冰霜函谷关"。元曲家惯常之咏也。甜斋十年飘泊,感同身受,他将严陵钓台与云台将坛作强烈对比,用意深刻。

[商调·梧叶儿]革步[①]

山色投西去[②],羁情望北游,湍水向东流。鸡犬三家店[④],陂塘五月秋[⑤],风雨一帆舟。聚车马关津渡口[⑥]。

【注释】① 革步:这里指改旱路行程为水路舟行。② 投:朝、往。③ 湍(tuān)水:急流。④ "鸡犬"句:化用唐温庭筠《商山早行》诗:"鸡声茅店月,人迹板桥霜。"三家店:指偏僻的山村。⑤ 陂(bēi)塘:池塘。五月秋:是说气候凉爽。⑥ 关津:水陆交通要道的码头。

【品评】此曲可视为甜斋十年飘泊生涯的一个缩影。风雨兼程,水路陆路;鸡声茅店,关津码头;辗转东西,不分季候。虽无一字写及疲劳厌倦,气息中已露出游子愁怀。

[商调·梧叶儿]春思(二首)

芳草思南浦[①],行云梦楚阳[②],流水恨潇湘[③]。花底春莺燕[④],钗头金凤凰,被面绣鸳鸯。是几等儿眠思梦想[⑤]。

鸦鬓春云亸[⑥],象梳秋月攲[⑦],鸾镜晓妆迟[⑧]。香渍青螺黛⑨，盒开红水犀，钗点紫玻璃。只等待风流画眉⑩。

【注释】① 芳草：隐含怀人之意。汉淮南小山《招隐士》："王孙游兮不归，春草生兮萋萋。"南浦：指与情人分手的地方。战国楚屈原《九歌・河伯》："送美人兮南浦。"又南朝梁江淹《别赋》："送君南浦，伤如之何！"② 楚阳：即楚阳台。代指男女幽欢之处所。战国楚宋玉《高唐赋・序》："旦为行云，暮为行雨，朝朝暮暮，阳台之下。"③ 潇湘：湘江之别称。唐李白《远别离》："远别离，古有皇英之二女，乃在洞庭之南，潇湘之浦。海水直下万里深，谁人不言此离苦！"这里以娥皇、女英等待舜而不见舜至，溺湘江而死，喻离别之恨及思念之情。④ "花底"三句：以成双成对的春莺燕、金凤钗和绣鸳鸯，以喻闺中人期盼情郎归来的心情。⑤ 几等儿：犹言"几般儿"。即多么地、何等地。⑥ 鸦鬓：形容乌黑的鬓发。亸(duǒ)：偏欹。此形容无心梳妆，鬓发散乱。⑦ 象梳：象牙制成的梳子。秋月：喻指压头梳的形状。攲(qī)：倾斜。⑧ 鸾镜：镜的美称。相传汉代罽(jì)宾国王得到一只鸾，三年不叫。将其置于镜前，鸾视自己的影子以为同类，就悲鸣而死。事详南朝宋刘敬叔《异苑》。⑨ "香渍"三句：以香料涂于发髻、打开胭脂盒、备好琉璃钗，等候意中人。⑩ 风流画眉：用张敞画眉事。参阅前张可久［中吕・朝天子］《闺情》注①。

【品评】风流凄婉，晏、欧继响。念远怀人，春思伤情，此中国文学传统题材，经典既多，超越殊难。甜斋此二曲，重在挖掘人物细微的心理活动，层次感与纵深感均很强烈，别饶一段情趣。

曹德（三首）

曹德，字明善，生卒年不详，衢州（今属浙江）人。曾任衢州路吏、山东宪吏。后至元五年(1339)，曾在都下作[清江引]（又名[岷江绿]）二曲讥讽权贵伯颜专权，滥杀无辜，并大书揭于五门之上，遂遭伯颜缉捕，南逃至吴中僧舍中避祸。后伯颜事败，方再入京城。他与任昱、薛昂夫等有唱和。《录鬼簿》称其曲“华丽自然，不在小山之下”。《太和正音谱》将其列入“词林之英杰”一百五十人中。《全元散曲》录存其小令18首。

[中吕·喜春来]和则明韵①(二首)

春云巧似山翁帽②，古柳横为独木桥。风微尘软落红飘，沙岸好，草色上罗袍③。

春来南国花如绣，雨过西湖水似油。小瀛洲外小红楼④，人病酒⑤，料自下帘钩⑥。

【注释】① 则明：曲家任昱的字。原和曲共3首，这里选的是第2、第3曲。任昱原作未见其现存曲中。此曲或作卢挚作。② 山翁帽：晋山简喜倒戴白头巾，称山翁帽。见《晋书·山简传》。③ 草色句：化用南朝梁何逊《与苏九德别》诗中“春草似青袍”句意。④ 小瀛洲：杭州西湖中岛名。⑤ 病酒：即中酒，指饮酒过量或连续醉酒，所造成的身体不适。⑥ 料：估量，猜想。自：始。下帘钩：指和衣安寝。

【品评】二小曲写得空灵飘逸。前一首以诗笔为画笔，有如册页上小品，寥寥数笔，情趣盎然。“山翁帽”之喻已是奇笔，而“草色上罗袍”更是奇上之奇。后一首于泼彩纵笔写足江南风景之后，又小心点染，着意收拾，小楼、饮者、帘钩，真可谓巧丹青手也。

[三棒鼓声频][1]题《渊明醉归图》

先生醉也，童子扶者。有诗便写，无酒重赊。山声野调欲唱些，俗事休说[2]。　问青天借得松间月，陪伴今夜。长安此时春梦热[3]，多少豪杰，明朝镜中头似雪，乌帽难遮[4]。　星般大县儿难弃舍，晚入庐山社[5]。比及眉未攒[6]，腰已折，迟了也去官陶靖节。

【注释】① 三棒鼓声频：传为元代行乞时所唱的时令小调，宫调已失。《全元散曲》作[不知宫调]。② 俗事：尘俗之事。这里主要指功名利禄。③ 长安：历数代之古都，此代指京都。春梦：追逐功名富贵之梦想。春，喻好景不长。宋赵德麟《侯鲭录》卷七中说，苏轼贬谪海南昌化时，“有老妇年七十，谓坡云：‘内翰昔日富贵，一场春梦。’坡然之。里中呼此媪为春梦婆。”后遂以一场春梦喻指富贵梦。④ 乌帽：即乌纱帽，官帽。古代官员所戴的一种用乌纱制成的帽子。⑤ 庐山社：即白莲社。由晋名僧慧远法师在庐山虎溪东林寺发起组织的佛社。此承上句而来。星般大县儿，指陶潜曾为彭泽令。《莲社高贤传》：“远法师与诸贤结莲社，以书招渊明。渊明曰：‘若许饮则往。’许之，遂造焉。忽攒眉而去。”⑥“比及”三句：是说陶渊明解官已迟，若未曾折腰之前就辞官归隐，加入莲社，就无可挑剔了。比及：待到，这里是假使、如果之意。攒：这里是皱(眉)的意思。陶靖节：陶渊明谥号为靖节先生。

【品评】三棒鼓即曲有三叠。一叠言钦羡之意；二叠述隐逸之惬意、适志，并反衬以京城还在热梦中沉溺的不省悟者；三叠则作起了翻案文章，“指责”陶渊明省悟已晚，辞官归隐已迟。假如早些悟透，何必再去折腰？三叠乃是奇文，亦是曲中之要义。此曲由图说起，层层深入，由钦羡而质疑，因质疑而议论风生——这是同类曲中所少见的，也是其大妙之处。从形式上看，此曲语言通俗流畅，一气呵成，酣畅淋漓而又承转自如，极饶民间文学韵味，无疑是元散曲中之佳构。

高克礼（二首）

高克礼，字敬臣，号秋泉。河间（今属河北）人。一说为济南人。生卒年未详。《录鬼簿》将其列为“方今才人”，评曰：“小曲、乐府，极为工巧，人所不及。”曾与乔吉、萨都剌、杨维桢等有交游，当为同辈人。曾任县尹。至正八年（1348）任庆元（今属浙江）理官。治事以清正为本，简淡自处。《太和正音谱》列其于“词林之英杰”一百五十人中。《全元散曲》仅录存其小令4首。

［双调·雁儿落带过得胜令］[①]

寻致争不致争[②]，既言定先言定。论至诚俺至诚，你薄幸谁薄幸[③]？　　岂不闻举头三尺有神明[④]，忘义多应当罪名。海神庙见有他为证[⑤]，似王魁负桂英，碜可可海誓山盟。缕带难逃命[⑥]，裙刀上更自刑，活取了个年少书生。

【注释】① 此带过曲咏宋元民间盛传的《王魁》故事。大意是：士子王魁科场落第，流落街头。敫桂英援之以手，并多方帮助王魁，资助盘缠，让他再去求取功名。王魁发誓不负桂英。后王魁高中状元，背心另娶，桂英愤而自刎，其鬼魂夺了王魁性命。其本事出于宋张邦畿《侍儿小名录拾遗》引《摭言》。宋元南戏、元杂剧以及明清传奇中均有以此为题材的剧目。② 致争：竭力争辩。③ 薄幸：薄情，忘恩负义。④ 举头三尺有神明：宋元民间俗语，意为行事不能昧心，神明可鉴。⑤“海神庙”三句：桂英送王魁上朝取应之前，曾一同往海神庙盟誓，请海神作证。王魁曾言：“吾与桂英不相负，若生离异，神当击之。”碜（chěn）可可：宋元俗语。形容凄惨可怕的样子。这里有发毒誓之义。碜，用同“瘆”和“痒”。⑥“缕带”三句：桂英的鬼魂复仇时是用缕带（裙带）将王魁勒死的，而她得知王魁负心，愤而自杀则是用刀子(自刑)。年少书生:指王魁。此句起始任本作“绣带里难逃命”,用“缕带”似更妥帖,此从《全元散曲》。

【品评】此以散曲形式吟咏广为流传的民间故事,类于民间说唱,拓展了散曲文学的题材范围。它多用民间俗语,代拟桂英声吻,神情毕现,酣畅淋漓。这就更证明了散曲“为戏曲之本基”(刘永济先生语)的说法是有根据的。同时,此曲也表明了作者的民间文学立场。

[越调·黄蔷薇带过庆元贞][1]天宝遗事[2]

又不曾看生见长[3],便这般割肚牵肠[4]。唤奶奶酩子里赐赏[5],撮醋醋孩儿也弄璋[6]。　断送他潇潇鞍马出咸阳[7],只因他重重恩爱在昭阳,引惹得纷纷戈戟闹渔阳。哎,三郎[8],睡海棠[9],都则为一曲舞《霓裳》[10]。

【注释】① 黄蔷薇带过庆元贞:越调带过曲,定格句式是:[黄蔷薇]五五、六六,四句四韵;[庆元贞]七七七、五五,五句五韵。② 天宝遗事:此曲写唐明皇、杨贵妃事。天宝:唐玄宗年号(742—755)。③ “又不曾”句:是说杨贵妃与安禄山的关系。相传杨贵妃曾认安禄山为义子,故有此语。意思是并非眼看着他长大的。④ 割肚牵肠:宋元俗语,犹牵肠挂肚。这里是说杨贵妃与安禄山并无血缘关系,没有必要百般惦记,事事牵挂。⑤ 唤奶奶:即叫妈妈。宋元俗语称亲娘为奶奶。酩子里:亦作“瞑子里”,意为背地里、暗地里。全句是说安禄山叫杨贵妃妈妈,无非是为了得到封赏。⑥ 撮醋醋:当亦是宋元俗语,其义未详。弄璋:指生男孩子。《诗·小雅·斯干》:“载弄之璋。”郑玄笺:“男子生而玩以璋者,欲其比德焉。”按:“撮”有变出义,全句当是说如何撮弄出个弄璋的儿子来。含戏谑、揶揄意。⑦ “断送他”三句:是说“安史之乱”爆发,唐玄宗仓皇幸蜀(出咸阳),根由皆为玄宗宠幸杨贵妃,惹出了“渔阳鼙鼓动地来”。咸阳:故址在今陕西西安市西之渭城,为战国时秦孝公所建都城。此代指京城。昭阳:本为汉宫名,汉武帝未央宫八区中有昭阳殿,汉成帝妃赵飞燕曾居于此。这里代指唐玄宗后宫。渔阳:唐郡名,故治在今天津蓟县,为安禄山起兵处。⑧ 三郎:唐玄宗李隆基是唐睿宗李旦第三子,故有此称。⑨ 睡海棠:指杨贵妃。参阅前孙周卿[双调·沉醉东风]《宫词》注⑥。⑩《霓裳》:舞曲名。相传本为婆罗门曲,传自西凉,河西节度使杨敬述将其献与唐玄宗,经玄宗修改润色后,名以《霓裳羽衣曲》。

【品评】以散曲叙事,一如上曲韵致。惟作者将酿成“安史之乱”的原因一味推到李、杨身上,带着浓重的“女人祸水”意识,这就只能说是一种局限了。

李伯瞻（一首）

李伯瞻，蒙古名彻彻千，又名薛彻千，汉名屺，字伯瞻，号熙怡。居于龙兴（今江西南昌）。为元初功臣李恒之孙。其先姓于弥氏，世为西夏国主，唐末赐姓李。其曾祖时内附，以淄州为乡郡。父世安，累官至中书平章。伯瞻曾于泰定间（1324—1327）官翰林直学士，除中议大夫。天历间（1328—1330）归省龙兴。顺帝时曾任兵部侍郎。善书画，通音律。其散曲情怀淡泊，表现出对官场生活的厌倦与归隐之想。《太和正音谱》将其列于“词林之英杰”一百五十人中。《全元散曲》录存其小令7首，残曲1首。

[双调·殿前欢]省悟①

去来兮，黄鸡啄黍正秋肥。寻常老瓦盆边醉②，不记东西。教山童替说知：权休罪③，老弟兄行都申意④。今朝溷扰⑤，来日回席⑥。

【注释】① 省悟：原为一组同题重头曲，共7首，此为第2首。② 老瓦盆：指民间粗陋之酒器。③ 权：姑且。罪：怪罪。④ 行（háng）：用于名词或代词后边表示复数。相当于“们”、“等”。有时也解释为那边（厢）、那里。申意：说明心意。这里是致歉意的意思。⑤ 溷（hùn）扰：打扰，叨扰。⑥ 回席：回请。即设宴邀请别人饮酒以示答谢。

【品评】小曲摄取了醉酒后懵懵懂懂时叮嘱小童的细节，活脱脱画出了一个性情豪爽、却又不忘礼数的饮者形象。语言俚俗而有味，声吻酷肖，令人过目难忘。

吕止庵(一首)

吕止庵,别有吕止轩,各本所收作品时有交错,一般疑为一人。生卒年及生平经历均不详。其散曲多感时伤怀、发摅积郁之作,间亦流露出兴亡感慨与故国情怀,或宋亡不仕之遗民曲家。《全元散曲》录存其小令32首,套数4套。《太和正音谱》评其词"如晴霞结绮"。

[仙吕·醉扶归]①

频去教人讲②,不去自家忙③。若得相思海上方④,不道得害这些闲魔障⑤。你笑我眠思梦想,只不打到你头直上⑥。

【注释】 ① 醉扶归:仙吕宫曲牌,定格句式为五五、七五、七五,六句六韵。② 频:急迫。③ 自家忙:自己心里着急。④ 海上方:即海上仙方,秦始皇曾多次着方士到海上寻访仙方灵药,以求长生不死,却始终未曾找到。详《史记·秦始皇本纪》。这里是说相思病无药可医。⑤ 不道得:亦作"不道的"、"不到"。是不至于之意。魔障:本为佛家语。梵语魔罗,意译为障,梵汉夹杂而云魔障,泛指波折与意外。这里是指为相思所折磨。⑥ 打到:轮到,降到。头直上:即头顶上。

【品评】 小曲写恋爱心理,细微生动。急着使别人去通情愫吧,又不好意思;不着别人去吧,自己内心又情急如焚,于是她自己觉得是害下了相思病。尾二句尤为有趣,纯是内心独白:这有什么好笑的?轮到谁头上谁心里苦。曲子通体都是内心活动,语言泼辣有味,人物形象栩栩如生。

查德卿（十首）

查德卿，生平、籍里均不详。《录鬼簿》未载。明人李开先评元人散曲，首推张可久、乔吉，次则举查德卿（见《闲居集》卷五《碎乡小稿序》），可知其颇负盛名。其散曲作品题材较广，风格典丽。《全元散曲》录存其小令22首。《太和正音谱》列其于“词林之英杰”一百五十人中。

［仙吕·寄生草］感世①

姜太公贱卖了磻溪岸②，韩元帅命博得拜将坛③。羡傅说守定岩前版④，叹灵辄吃了桑间饭⑤，劝豫让吐出喉中炭⑥。如今凌烟阁一层一个鬼门关⑦，长安道一步一个连云栈⑧。

【注释】① 感世：《全元散曲》题作《感叹》。② “姜太公”句：言姜太公（吕尚）应固守隐居地磻溪，不该出山辅佐周文王。相传吕尚曾隐于磻溪（今陕西宝鸡东南），后遇周文王，又辅佐周武王灭商纣。这里是说轻易离开磻溪去做官，不值得。③ “韩元帅”句：韩信初从项羽，因不被重视而归于刘邦。在萧何荐举下，刘邦筑坛拜韩信为大将，终辅佐刘邦得天下。命博得：用性命换得。④ “羡傅说”句：意为傅说（yuè）不出仕才是值得羡慕的。傅说为殷高宗时贤相，相传原为筑墙的奴隶。事详《史记·殷纪》。岩：即傅岩（今山西平陆）。版：即版筑。古时筑墙，以两版相夹，填土夯实，去版而墙成。⑤ “叹灵辄”句：意为灵辄受了赵宣子一饭之恩，就用性命去报答，也很不值得。据《左传·宣公二年》，晋灵公时的大夫赵宣子于首阳山（今山西永济蒲州南）打猎，在桑阴中遇到饿昏过去的灵辄，便给他东西吃。吃了一半，灵辄又将另一半留与自己的母亲。后晋灵公要刺杀赵宣子，派灵辄作伏兵，他倒戟救了赵宣子，以报当年一饭之恩。⑥ “劝豫让”句：豫让为战国时晋国人，曾事于智伯，深受信用。后智伯为赵襄子所灭，豫让便以漆涂身，吞炭变哑，以便于刺杀赵襄子，为智伯报仇。因事败被縶而自杀。这句是诘豫让何必吞炭？言外之意也是不值得的。⑦ 凌烟阁：封建王朝为表彰功臣而图其像悬于阁中。参阅前吴西逸［双调·殿前欢］注⑧。⑧“长安道”句：形容仕途艰险。连云栈：在褒斜谷（今陕西汉中西北）。此泛指危途。

【品评】此曲通篇用典，然能浑融淹贯，文气不断，实为不易。作者几乎是全面质疑传统价值观，亦见出元代士人在失落中的冷峻反思，带有鲜明的时代烙印。显然，不可简单视为否定一切，陷于虚无。此为这一时期特定社会背景下的一种思潮，元曲家每每如此。

［仙吕·寄生草］间别[①]

姻缘簿剪做鞋样[②]，比翼鸟搏了翅翰[③]。火烧残连理枝成炭[④]，针签瞎比目鱼儿眼[⑤]，手揉碎并头莲花瓣[⑥]。掷金钗撷断凤凰头[⑦]，绕池塘摔碎鸳鸯弹[⑧]。

【注释】① 间别：因互相产生嫌隙而分别。② 姻缘簿：民间传说男女婚姻缘分前生注定在册，由月下老人以红线牵成。详唐李复言《续玄怪录·定婚店》。③ 比翼鸟：鸟名，相传此鸟一目一翅，非雌雄成双并拢不能高飞，故将其喻指夫妻相携。《尔雅·释地》：“南方有比翼鸟焉，不比不飞，其名谓之鹣鹣。”翅翰：别本或作“翅膀”。翰，鸟羽、翅膀。④ 连理枝：喻夫妇恩爱和睦，誓死相随。民间传说韩凭妻为宋王所夺，夫妇以死抗争。宋王不准他们夫妻合葬，可两个坟上长出的树却枝条相牵连。详晋干宝《搜神记》卷十一。⑤ 签：戳刺。比目鱼：亦喻夫妻相携相得。《尔雅·释地》：“东方有比目鱼，不比不行，其名谓之鲽。”⑥ 并头莲：即并蒂莲，并排长在一枝茎上的两朵莲花。喻夫妇共存共荣。⑦“掷金钗”句：是说将凤形金钗摔在地上，断了凤头。金钗往往是两情相爱的信物。撷，《全元散曲》作“撅”。⑧ 摔碎鸳鸯弹：“摔”，别本或作“挼（ruó）”，《全元散曲》作捽（zuó）。鸳鸯弹：即鸳鸯蛋。

【品评】纯为民歌情调。全曲八句，句句都是使性子语。莫以为这是焚琴煮鹤的煞风景事，它其实是气话。小儿女间或有了误会性冲突，或产生了龃龉，于是风风火火说了一大篇心不由己的废话，惟此方见出作者的匠心独运来。有趣。

[仙吕·一半儿]拟美人八咏[1]

春梦

梨花云绕锦香亭[2],蝴蝶春融软玉屏,花外鸟啼三四声。梦初惊,一半儿昏迷一半儿醒。

春困

琐窗人静日初曛[3],宝鼎香消火尚温[4],斜倚绣床深闭门。眼昏昏,一半儿微开一半儿盹。

春妆

自将杨柳品题人[5],笑捻花枝比较春,输与海棠三四分。再偷匀[6],一半儿胭脂一半儿粉。

春愁

厌听野鹊语雕檐[7],怕见杨花扑绣帘[8],拈起绣针还倒拈。两眉间,一半儿微舒一半儿敛。

春醉

海棠红晕润初妍[9],杨柳细腰舞自偏,笑倚玉奴娇欲眠[10]。粉郎前[11],一半儿支吾一半儿软。

春绣

绿窗时有唾茸粘[12],银甲频将彩线挦[13],绣到凤凰心自嫌[14]。按春纤,一半儿端详一半儿掩[15]。

春　　夜

柳绵扑槛晚风轻，花影横窗淡月明，翠被麝兰熏梦醒。最关情[16]，一半儿温馨一半儿冷[17]。

春　　情

自调花露染霜毫[18]，一种春心无处托，欲写又停三四遭[19]。絮叨叨，一半儿连真一半儿草[20]。

【注释】 ① 拟美人八咏：元人杨朝英编《太平乐府》以此八曲属查德卿；而元周德清《中原音韵》和明蒋一葵《尧山堂外纪》，皆以此八曲属临川陈克明。一般认为周德清与陈克明同为江西人，其说较为可靠。近人吴梅即从此说。此依任本原貌，姑置于查德卿名下。② "梨花"句：言梨花雪白簇簇，有如白云绕着亭台。③ 琐窗：雕刻精致的、有连琐图案的窗子。日初曛：谓渐渐进入黄昏。曛，日落时的余光。④ 宝鼎：香炉。⑤ 品题：评论人物，比较品位。⑥ 匀：搽，敷。⑦ 雕檐：雕花的廊檐。"野鹊"任本作"野雀"，此从《全元散曲》。⑧ "怕见"句：柳絮纷飞，意味着春天将要逝去，是惜春之意，故着一"怕"字。杨花：即柳絮。⑨ "海棠"句：以杨贵妃醉酒，唐玄宗称其"海棠睡未足"形容美人醉态。参阅前孙周卿[双调・沉醉东风]《宫词》注⑥。⑩ 玉奴：古代往往称女子为玉奴，唐玄宗妃子杨玉环亦被称作玉奴。此代指美人。⑪ 粉郎：本指三国魏何晏。此代指美人的情郎。参阅前徐再思[越调・凭阑人]《春情》注②。⑫ 唾茸：又称唾缕。女子刺绣时吐出咬断的丝线头。⑬ 银甲：形容女子晶莹的指甲。挦(xián)：扯取，拔出。⑭ "绣到"句：是说绣凤凰图案时，由凤求凰联想到情爱之事，而感到难为情。自嫌：自己觉得不好意思。⑮ 端详：反复仔细去看。⑯ 关情：牵惹情怀。⑰ 温馨：麝兰香味的被子给人的感觉。冷：由于孤独而感到的冷清。⑱ 自调花露：自己动手用花的颜色和露调制的彩墨。霜毫：毛笔。⑲ 又停：《全元散曲》作"写残"。⑳ 真：真书，又叫正书，即楷书。草：指草书。

【品评】 这组曲子撷取了八种场景，细致刻画了闺中女子的形象，有如八幅栩栩如生的仕女图，仿佛重彩工笔的美人绣像八扇屏，情景俱到，生动传神。向来人们对这组曲评价很高。明王世贞《艺苑卮言》评《春妆》一首云："情中冶语也。"元人周德清更是击节赞赏，曰："俊词也。此调作者虽众，音律独先。"(《中原音韵》)近人吴梅以为这组曲"能道出美人风韵，所以可贵"(《顾曲麈谈》)。正如古代绘画中有"仕女"一门一样，词曲中亦有"闺情"一类，不可简单以思想单薄或情色之标签贴之。况且，元代士人张扬情欲，对女性的美重新认识，本身就有积极的意义在其中，切忌简单化的评骘。

赵显宏（四首）

赵显宏，号学村。生平、籍里均不详。大约延祐末到至治(1320—1323)前后在世，与孙周卿约略同时。其散曲作品多写田园生活的恬静自适，抒发对功名富贵的厌弃与不屑，推想可能是终生布衣的失意文人。《全元散曲》录存其小令21首，套数1套。《太和正音谱》列其于“词林之英杰”一百五十人之中。

[黄钟·昼夜乐][1]冬

风送梅花过小桥，飘飘，飘飘地乱舞琼瑶[2]。水面上流将去了，觑绝时落英无消耗[3]，似那人水远山遥[4]。怎不焦，今日明朝，今日明朝，又不见他来到。　[幺]佳人，佳人多命薄，今遭，难逃，难逃他粉悴烟憔[5]。直恁般鱼沉雁杳[6]，谁承望拆散了鸾凰交[7]，空教人梦断魂劳。心痒难揉，心痒难揉，盼不得鸡儿叫。

【注释】① 昼夜乐：黄钟宫曲牌，双叠。定格句式为七二七、四八七、三四四六，上片十句十韵；下片换头句式为七二二七、四八七、三三六，十句十韵。原为一组重头曲，分别咏春、夏、秋、冬。此为第4首。② 琼瑶：本指美玉。此形容梅花飘落如雪。③ 觑绝时：一直看至再也看不见了。落英：落花。消耗：消息。④ 似那人：《全元散曲》作“似才郎”。⑤ 粉悴烟憔：即烟粉憔悴。烟粉，这里代指女子的容颜。⑥ 鱼沉雁杳：书信断绝。汉乐府《饮马长城窟行》：“呼儿烹鲤鱼，中有尺素书。”后遂以鱼代指书信。汉代传说有鸿雁传书救苏武事，故又以雁代指书信。⑦ 承望：料想，料到。

【品评】曲以梅花飘落起兴，细致描写了闺妇怅远怀人的心理情态。作者善用比兴，多用重叠字句，深得《风》、《骚》之旨趣。全曲一气贯注，情恳词切，悱恻缠绵，笔调婉转，直有心随花去、情逐水流之慨，情韵凄清，叹喟尤深。

[双调·殿前欢]闲居①(二首)

去来兮,东林春尽蕨芽肥②。回头那顾名和利,付于希夷③。下长生不死棋④,养三寸元阳气⑤,落一觉浑沦睡⑥。莺花过眼⑦,鸥鹭忘机⑧。

去来兮,桃花流水鳜鱼肥⑨。山蔬野菜偏滋味⑩,旋泼新醅⑪。胡寻些东与西,拼了个醒而醉,不管他天和地。盆干瓮竭⑫,方许逃席。

【注释】① 闲居:此二曲为同题重头 4 首中的第 1、第 2 首。② 蕨(jué):即蕨菜。一种野生植物。嫩株可食。宋陆游诗有句:"蕨芽珍嫩压春蔬。"(《饭罢戏示邻曲》)③ 希夷:指宋初道士陈抟,宋太宗曾赐其号希夷先生。相传他一觉可睡至上百日而不醒。④ "下长生"句:以下棋喻养生,语含双关。⑤ 元阳气:即元气。亦称原气。既是哲学概念,也是中医学术语,通常指人的精神和生命力的本原。东汉王充《论衡·言毒》:"万物之生,皆禀元气。"⑥ 浑沦:即囫囵。这里是不计时间沉睡之意。⑦ 莺花过眼:是说视富贵繁华如过眼云烟。莺花,本指春天的热闹繁华,借喻人生富贵生活。⑧ 鸥鹭忘机:指隐居生活。参阅前白朴[双调·沉醉东风]《渔夫》注④。⑨ "桃花流水"句:袭用唐张志和《渔歌子》词句。鳜(guì)鱼:即花鲫鱼。亦称鳜斑鱼。⑩ 偏:偏宜。这里是分外之意。⑪ 新醅(pēi):新酿出尚未过滤的酒。⑫ "盆干瓮竭"二句:是说将酒全喝光方能离席。盆、瓮都是指粗陋的盛酒器。逃席:本指席间不辞而别,此指离席。

【品评】二曲写田园生活的自由自在,无拘无束,令人神往。从前一曲"回头"句看,作者似亦曾有过"功名万里忙如燕"的经历,两相对照,"去来兮"就更有吸引力了。全曲文字朴茂,出语豪爽,不假修饰,近于前期曲家的本色作风。

[双调·殿前欢]题歌者楚云

楚云闲①,任他孤雁叫苍寒,去留舒卷无心惯②,聚散之间。趁西风出远山③,随急水流深涧,为暮雨迷霄汉。阳台事已,④秦岭飞还。

【注释】① 楚云:字面上指楚天的流云,同时又是歌者的艺名,语含双关。闲:悠闲。② "去留"二句:仍在云闲上作文章,言来去卷舒自由自在,无意久滞一处;聚散只在顷刻之间。同时也隐含另一层意义:冲州撞府献艺的楚云,四处飘游,不习惯于在一地长住。③ "趁西风"三句:亦含双关,言听其自然随机而行。将云行自在与艺人漂泊绾结在一起说事。④ "阳台事已"二句:借楚宋玉《高唐赋序》中"巫山云雨"典故,隐喻艺人献艺事竟,就要由楚赴秦,继续飘流。秦岭飞还:飞还秦岭之倒装。这里的秦楚,是方位上的泛指。

【品评】此曲略似关汉卿套数[南吕·一枝花]《赠珠帘秀》,仿佛咏物——通体都在"帘"、"秀"上作文章,句句写"帘",实则字字都是在写人。楚云其人失考,但她是"歌者"却是明确的。曲中每句似都在写云,又每句都在扣紧楚云其人。构思之巧妙,文心之缜密,自不待言。值得注意的是,作者写到了天空之苍寒,秦岭之遥迢,于艺人随遇而安的生活之外,也流露出对其生活艰难的深切同情。

景元启（一首）

景元启，其姓氏一作杲，又作栗，似误。生平事迹无所考。其散曲多写男女情爱之事，同时也对隐居生活津津乐道。《太和正音谱》将其列于“词林之英杰”一百五十人中。《全元散曲》录存其小令 15 首，套数 2 套。

[双调·殿前欢]梅花

月如芽，早庭前疏影印窗纱①。逃禅老笔应难画②，别样清佳。据胡床再看咱③，山妻骂：为甚情牵挂？大都来梅花是我④，我是梅花。

【注释】① 疏影：指梅花。南宋林逋《山园小梅》诗：“疏影横斜水清浅，暗香浮动月黄昏。”② 逃禅老笔：南宋画家杨无咎（1097—1171），号为“逃禅老人”，以擅画梅花而名于世，并常对着梅花写生。③ 胡床：即交椅。再看：细看，端详揣摩。咱（zá）：这里作语尾助词，无义。④ 大都来：只不过。

【品评】作者痴爱梅花，竟然魂不守舍，读之令人忍俊不禁。更妙在于这种对于梅花的痴狂，居然引起了妻子的醋意，冷冷丢下一句：“为甚情牵挂？”结二句似在回答妻子，又似自言自语，令人为之绝倒。可不是吗，林逋不是号称“梅妻鹤子”嘛？妻子泼醋似乎也不无根据。此杰作也！

李乘(德载)(二首)

李乘(德载)生平事迹不详。《太和正音谱》将其列入“词林之英杰”一百五十人之中。任本原作李乘(德载),未知乘是其名、德载是其字否?亦未知其所据。《全元散曲》只作李德载。其散曲作品今存小令10首。

[中吕·喜春来]赠茶肆[1]二首

茶烟一缕轻轻飏,搅动兰膏四座香[2],烹煎妙手赛维扬[3]。非是谎,下马试来尝。

金尊满劝羊羔酒[4],不似灵芽泛玉瓯[5],声名喧满岳阳楼[6]。夸妙手,博士更风流[7]。

【注释】① 赠茶肆:作者用[中吕·喜春来]写了一组重头曲,共10首,这里选的是原第1、第9首。喜春来:《全元散曲》作“阳春曲”。② 兰膏:用兰泽提炼而成的香脂,此喻茶香之四溢。③ 维扬:扬州的别称。旧时维扬人以烹调厨艺名于世。④ 羊羔酒:宋元人每称美酒为羊羔酒。⑤ 不似:不如、不及。灵芽:茶叶之美称。⑥ 岳阳楼:此非实指,乃泛指有名的地方。⑦ 博士:唐人称茶坊侍应为茶博士,宋元人则将茶肆、酒楼侍应统称为博士。此句“更”字《全元散曲》作“便”。

【品评】李德载的这一组《赠茶肆》组曲,是元散曲中不可多得的、独具特色的作品。十首合起来看更有意趣,从采、制、烹、饮以及沏茶用水等各个环节,多角度描写了茶道之美。这里所选两首,前一首为开篇曲,总写茶之诱人,近于今天的广告词,谐谑有趣;后一首倡茶抑酒,亦带俳谐韵味。说来茶益健康,这后一首还颇有一点科学性哩。小曲活泼跳脱,极饶说唱文学的味道,一首首犹如一幅幅风俗画。读之,仿佛可嗅到幽微的茶香。

杨朝英（三首）

杨朝英，生卒年不详。字英甫，号澹斋，青城（今山东高青）人。一说青城当指今四川都江堰市东南的青城山。曾官郡守，迁郎中，中年后退隐。与贯云石相友善，贯曾为其所编《阳春白雪》作序。又与阿里西瑛、乔吉、吴西逸等相唱和。除《阳春白雪》之外，还辑有《太平乐府》，为元散曲的保存与传世颇有贡献。元人杨维桢对他评价甚高，谓"士大夫以今乐府鸣者，奇巧莫如关汉卿、庾吉甫、杨澹斋、卢疏斋"（《周月湖今乐府序》）。《全元散曲》录存其小令27首。《太和正音谱》评其词"如碧海珊瑚"。

［双调·水仙子］自足

杏花村里旧生涯①，瘦竹疏梅处士家②，深耕浅种收成罢。酒新篘③，鱼旋打④，有鸡豚竹笋藤花。客到家常饭，僧来谷雨茶⑤，闲时节自炼丹砂⑥。

【注释】①"杏花村"句：指诗酒生涯。唐杜牧《清明》诗："借问酒家何处有，牧童遥指杏花村。"②"瘦竹"句：竹与梅为高士隐者所钟爱的清雅之物。如晋代高士王徽之酷爱竹，宋苏轼则说："宁可食无肉，不可居无竹。无肉令人瘦，无竹令人俗。"宋代隐士林逋则爱梅近痴，号为"梅妻鹤子"。处士：隐逸而有才德之士。③篘（chōu）：滤酒器具，也指过滤酒。④旋（xuàn）：刚刚。⑤谷雨茶：谷雨前采制的新茶，又称"雨前茶"。⑥炼丹砂：古代道士炼制丹砂以和药，传说可延年益寿。丹砂：即朱砂。

【品评】写田园恬淡生涯，不可谓不美，然与前辈曲家相较，新意不多。惟僧来道去，又自炼丹砂，见出作者兼收并蓄，三教合流的意识。这倒透露出元代思想文化的一点新消息。

［双调·清江引］

秋深最好是枫树叶，染透猩猩血[1]。风酿楚天秋[2]，霜浸吴江月[3]。明日落红多去也[4]。

【注释】① 猩猩血：形容枫叶经霜鲜红似血。② “风酿”句：萧瑟秋风使得南方秋色渐浓。酿：渐渐形成。楚天：泛指南方。③ “霜浸”句：寒霜使江面月色显得更白。吴江：吴淞江。这里泛指江南的水域。④ 落红：本指落花。这里也兼指枫叶。

【品评】写江南秋色，诗情画意。肃杀中点缀以烂漫的红枫叶，很有生气。叹息落红纷去，更着一丝惆怅。

［商调·梧叶儿］客中闻雨

檐头溜[1]，窗外声，直响到天明。滴得人心碎，聒得人梦怎成[2]？夜雨好无情，不道我愁人怕听[3]。

【注释】① 溜（liù）：迅速的水流。② 聒（guō）：嘈杂，喧闹。③ 不道：亦作不道的，不道得，是怎肯、难道之义。这里是不管不顾的意思。

【品评】人在客中，心绪已自烦愁，更兼雨溜檐头，无休无歇，彻夜不停，岂能不令人意乱心烦，陡增愁思。小曲抓住一个游子生涯中的细节，以少胜多，由浅入深，通过生动的描写，揭示出对漂泊不定生活的怨尤。构思有趣而别致，写法灵动而简练。

周德清（二首）

周德清(1277—1365)，字日湛，号挺斋，高安(今江西高安)人。著名音韵学家、散曲家，南宋词人周邦彦之后裔。因家境贫困而终身未仕。著有《中原音韵》，开创了近古以来今音韵学派。《中原音韵》有他的学生虞集、欧阳玄以及同好罗宗信的序，又有西域名流琐非复初的序。欧阳玄称他是"通声音之学，工乐章之词"的"词律兼优者"。清人刘熙载谓《中原音韵》"永为曲韵之祖"(《艺概》)。其散曲今存小令31首，套数3套，残曲6首。《太和正音谱》评其词"如玉笛横秋"。

[中吕·喜春来]① 春晚

镫挑斜月明金韂②，花压春风短帽檐③，谁家帘影玉纤纤④，粘翠靥⑤，消息露眉尖⑥。

【注释】① 喜春来：《全元散曲》作[阳春曲]。下曲亦同。② 镫挑斜月：镫是马镫，骑马时两边的脚踏，其形如弯弯斜月。金韂(chàn)：马鞍下面的金黄色垫子。因其分披两边，除装饰之外，也起障泥作用，故亦称金障。③ "花压"句：是指考中状元跨马游街或新婚时帽上往往要簪花，帽檐便被花所遮盖。春风：指人生得意之时。全句写人在春风得意之时的神态。④ 玉纤纤：喻指女子纤细白晰的手指。⑤ 翠靥(yè)：古代妇女面部装饰品。⑥ 消息：这里指两情相悦时脸上所流露出的表情。

【品评】周挺斋到底是出手不凡。小曲写男子春风得意，跨马簪花，瞥见纤纤玉手露出帘栊，且对自己含情脉脉，顾盼有余，不由得意马心猿。这未必就是作者自家生活的实写，不过是捕捉了生活中的一个特定场景，略作点染，意在表现生活中几乎每天都在发生的情事而已。是佳趣，亦是妙笔。且审音精严，择字恰切，谐于宫商，合于节奏，不愧为音韵家之作也。

[中吕·喜春来]别情

月儿初上鹅黄柳①,燕子先归翡翠楼,梅魂休暖凤香篝②。人去后,鸳被冷堆愁③。

【注释】① 鹅黄柳:形容新柳抽芽时其色嫩绿而略偏淡黄。鹅黄,本指幼鹅毛色黄嫩,此喻柳树新芽之娇嫩。② "梅魂"句:言春暖后梅花开过(休),熏笼(香炉)香味亦漠漠淡去。篝(gōu):即熏笼。③ "鸳被":绣有鸳鸯的锦被,喻指夫妇共寝之被。冷:冷清,孤独。

【品评】小曲淡淡着墨,迤逦写来,直至末二句才见出因别而愁。前三句呈鼎足对,写月、柳,写燕归楼中巢穴,写梅花过尽熏笼香冷,未着一字于人,是写酒先状花事,以客行主法也。谐律而声稳,已是第二义了,咏之自明。

钟嗣成（二首）

钟嗣成，字继先，号丑斋，大梁（今河南开封）人。久居杭州，屡试不第。曾辟从吏，不屑就之。顺帝时（1333后）著《录鬼簿》二卷成，有至顺元年（1330）自序，为研究元曲的案头必备之书，有功于曲学者多矣。《录鬼簿续编》称其“德业辉光，文行温润，人莫能及”。通音律，善隐语，富于藏书。所作杂剧7种，今皆不传。其散曲今存小令59首，套数1套。其曲擅于将牢骚愤懑寓于滑稽俳谐之中，语言质朴有味，自成一家。《太和正音谱》评其词“如腾空宝气”。

［南吕·骂玉郎带过感皇恩采茶歌］①恨别

风流得遇鸾凰配②，恰比翼便分飞③，彩云易散琉璃脆。没揣地钗股折④，厮琅地宝镜亏⑤，扑通地银瓶坠⑥

香冷金猊⑦，烛暗罗帏。支刺地搅断离肠⑧，扑速地淹残泪眼，吃答地锁定愁眉。　　天高雁杳⑨，月皎乌飞⑩。暂别离⑪，且宁耐，好将息。你心知，我诚实，有情谁怕隔年期。去后须凭灯报喜，来时长听马频嘶。

【注释】① 骂玉郎带过感皇恩采茶歌：南吕宫带过曲，由三曲组成，此三曲均未见独立使用的。［骂玉郎］又名［瑶华令］，句式为七五七、三三三，六句六韵。［感皇恩］句式为四四、三三三、四四、三三三，十句五韵。［采茶歌］，又名［楚江秋］，句式为三三七、七七，五句五韵。此作［感皇恩］曲只截取了后五句。② 鸾凰配：喻美好的姻缘。③ 恰：刚刚，才。比翼：即比翼鸟。喻结为夫妻。④ 没揣地：没料到，突然地。钗股折：喻分别。⑤ 厮琅：与下句的“扑通”均为象声词。亏：缺意。古镜通常为圆形，似满月，亏，就是月缺。这里以镜亏喻指离别。⑥ 银瓶坠：本指银制之瓶，汲水器具，亦指酒器。此用唐白居易《井底引银瓶》诗中“井底引银瓶，银瓶欲上丝绳绝”

意，亦喻分离。⑦ 金猊（ní）：狻（suān）猊状香炉。狻猊，即狮子。⑧ 支剌地：与下面两句中的“扑速地”、“吃答地”均为口语中象声词，无实际意义。⑨ 雁杳：喻书信断绝。⑩ 月皎：用《古诗十九首》中《明月何皎皎》诗意，言忧愁难遣。乌飞：喻时光飞逝。乌，指传说中的日中三足鸟，词曲中常以其指代太阳。⑪ “暂别离”以下八句：乃转以征人口吻劝慰思妇。宁耐：忍耐。将息：保重、休养。灯报喜：民间有“灯花爆，贵客到”的说法，谓灯花吉利报喜。《西京杂记》中还有“灯火华（花）得钱财”的说法。

【品评】 以口语为主，大量运用象声词排比，为其特色之一；利用曲牌有二十一句百十余字之长处，竭尽铺排之能事，反复渲染，广喻博比，较词之长调，更其细腻，为此曲又一特出之处；更妙在于两端逼写，自然转入征人口吻，由内心独白变而为对话体，已邻于戏曲的表现手法，或径视为得古乐府与张若虚《春江花月夜》之神髓。

[双调·凌波仙][1]吊陈以仁[2]

钱塘人物尽飘零[3]，赖有斯人尚老成[4]。为朝元恐负虚皇命[5]。凤箫闲鹤梦惊[6]，驾天风直上蓬瀛[7]。芝堂静[8]，蕙帐清，照虚梁落月空明。

【注释】 ① 凌波仙：双调曲牌，即[水仙子]，又作[湘妃怨]。作者以此牌写有十九首吊宫大用等曲家的曲子，原分列于《录鬼簿》名家小传后，本无题，题为后人所补。② 吊陈以仁：《全元散曲》作《吊陈存父》。存父，一作存甫，为以仁字。《录鬼簿》小传中称其为杭州人，曾作杂剧 2 种，今不存。③ 飘零：飘泊与流落。此有不知所之意味。④ 老成：既指年辈高，又有“文章老更成”意。⑤ 朝元：指道教徒朝拜老子。南宋张孝祥《望江南·南岳铨德观作》：“朝元去，深殿扣瑶钟。”虚皇：道教神名，即太虚神。唐吴筠《步虚词》之九：“爰从太微上，肆觐虚皇尊。”⑥凤箫：相传秦穆公女儿弄玉随萧史学吹箫，引来鸾凤，双双乘鸾凤仙去。事详汉刘向《列仙传·萧史》。鹤梦：当是用辽东丁令威化鹤仙去事。丁令威在灵虚山学道，后化鹤归乡，城廓如故人已非，世间已逾千年。事见旧题晋陶潜《搜神后记》卷一。“闲鹤”任本作“寒鹤”，前者似更妥帖，故从《全元散曲》。⑦ 蓬瀛：神仙居所，即海上三仙山之蓬莱、瀛洲与方丈合而为三神山。事详《史记·秦始皇本纪》。⑧“芝堂”三句：是说道士居处的清静。芝堂：即芝房，本指成丛的灵芝，亦指道士居室。蕙帐：帐的美称。唐许敬宗《游清都观寻沈道士得清字》诗：“蕙帐晨飙动，芝房夕露清。”

【品评】从曲中多与道教与道士相关吊语来看，这位陈存甫先生很有可能出家入道，是一位道士曲家，故钟嗣成的吊词颇为神秘，要读懂并不容易，就此亦可见出钟氏的博学旁搜，是有学问的曲家。《录鬼簿》自序已然透露出一些消息。

汪元亨（七首）

汪元亨，字协贞，号云林，别号临川佚老。生卒年不详，为元末明初曲家。饶州(今江西鄱阳)人。曾任浙江省掾，后徙居常熟。他生当乱世，散曲作品中流露出浓重的厌世避世思想。有散曲集《小隐余音》等，卢前曾辑其散曲。所作杂剧3种，今俱不传。其散曲今存小令百首，题为《警世》者20首，题作《归隐》、《归田》者80首。或又百首总题作《归田录》。开明人同题连作数十首甚至上百首散曲的先河。

[正宫·醉太平]归隐[1]

辞龙楼凤阙[2]，纳象简乌靴[3]。栋梁材取次尽摧折[4]，况竹头木屑。结知心朋友着疼热[5]，遇忘怀诗酒追欢悦[6]，见伤情光景放痴呆[7]。老先生醉也[8]。

【注释】① 归隐：《全元散曲》题作《警世》，共20首。以下3首皆为同题重头曲。② 龙楼凤阙：指京都皇城。③ 纳：归还，交出。象简：即牙笏。象牙制成的笏板，既做记事之用，又是官阶品级的象征。明以前五品以上官员上朝用牙笏。乌靴：即朝靴。官员上朝时所穿黑色靴子。④ 取次：随便，任意，或没来由。⑤ 着：关心体贴。⑥ 忘怀：彼此无嫌隙，互不介意。⑦ 放痴呆：即做出痴呆的样子。是说糊涂些，不去招惹身外之事。⑧ 老先生：作者自指。

【品评】念叨了一番"颠倒经"之后，放呆装痴，除了诗酒欢悦，诸事不萦心怀。然而，做得到吗？不过是一种精神麻醉罢了，就中不难窥见其内心的隐痛。

[正宫·醉太平]归隐

憎苍蝇竞血[1]，恶黑蚁争穴。急流中勇退是豪杰，不因循苟且[②]。叹乌衣一旦非王谢[③]，怕青山两岸分吴越[④]，厌红尘万丈混龙蛇[⑤]。老先生去也！

【注释】① “憎苍蝇”二句：喻厌恶追逐功名利禄。② 因循苟且：指随波逐流，昏昏噩噩，蹉跎岁月。③ “叹乌衣”句：化用唐刘禹锡《乌衣巷》诗：“旧时王谢堂前燕，飞入寻常百姓家。”④ 青山：指吴山，又称胥山，为古代吴国的界山。春秋战国时期，吴越两国长期纷争，战事不已。⑤ 混龙蛇：比喻贤愚混淆。

【品评】以蝇争蚁斗喻世间追逐功名利禄，是受了马致远[双调·夜行船]《秋思》的影响。“混龙蛇”之喻又是受张鸣善[双调·水仙子]《讥时》的启发。此曲独特处在于由历史上的人世沧桑引入对现实社会的思考，而且两相映衬，如此，“急流中勇退是豪杰”方始有了更充分的根据。

[正宫·醉太平]归隐

源流头俊杰[①]，骨髓里骄奢。折垂杨几度赠离别[②]，少年心未歇。吞绣鞋撑的咽喉裂[③]，掷金钱踅的身躯趄[④]，骗粉墙掂的腿脡折[⑤]。老先生害也[⑥]！

【注释】① “源流头”二句：源流头，本指水的源头，引申为事物的根柢、本性。这里指所谓的“俊杰”们的本性、本质，与“骨髓里”对举。二句意为：且看那些“俊杰”们的本质，是从骨子里就骄奢淫佚的。② “折垂杨”句：汉唐京城习俗，送别时须至灞桥折杨柳枝相赠。这里是说“俊杰”们多次（几度）与有情人作别，乃言其骄纵、淫佚。③ 吞绣鞋：即鞋杯，又称金莲杯。取女子绣鞋，将酒杯置于其中，行酒取乐。当时文人杨维桢等就曾以此津津乐道。事详元陶宗仪《南村辍耕录》卷二十三《金莲杯》。④ 踅（xué）：口语中来回走或中途折回。趄（qiè）：口语中趔（liè）趄指身体歪斜，脚步颠倒。⑤ 骗：方言口语中指跳越。粉墙：一般指花园中的矮墙。掂（diàn）：通踮。指脚尖着地，提起脚跟。脡（tǐng）：小腿，俗称腿肚子。这句是说逾墙偷情而弄伤了腿。⑥ 老先生害也：此句老先生非自指，而是指那些犹存

“少年心”的“俊杰”们。

【品评】这一曲与“归隐”似没什么关系。大约是讽刺杨维桢等人的名士风流吧。它以辛辣的笔调，嘲讽了那些“俊杰”们的乖张行为。曲子带着浓重的个人意气。其实杨维桢的乖张与离经叛道，有着复杂的背景。反转来，杨或许会认为汪氏冬烘而带头巾气呢。

［正宫·醉太平］归隐

度流光电掣①，转浮世风车②。不归来到大是痴呆，添镜中白雪。天时凉捻指天时热③，花枝开回首花枝谢，日头高眨眼日头斜。老先生悟也！

【注释】① 流光：时光，光阴。电掣：如闪光般迅疾。② 浮世：人间，人世。③ 捻指：犹弹指，即一瞬间。

【品评】感叹世事虚浮无定，人生倏尔百年，莫如及早省悟，归去来兮。“天时凉”以下三句，读之令人怵目。

［双调·沉醉东风］归田

籴陈稻新舂细米①，采生蔬熟做酸齑②。凤栖杀凰莫飞③，龙卧死虎休起。不为官那场伶俐④，槿树花攒秀短篱⑤，到胜似门排画戟⑥。

【注释】① 籴（dí）：买进粮食。② 酸齑（jī）：切碎腌制的咸菜。③ “凤栖杀”二句：喻占据要津者到死也不让出位子。是对元代官场黑暗，吏制腐败的牢骚语。④ 伶俐：干净利落。这句是说自己不入仕途是干得很漂亮的一件事。⑤ 槿树花：即木槿花。落叶灌木或小乔木，叶卵形而互生，花钟形而单生，通常有红、白、紫等色。攒（cuán）：聚集。⑥ 门排画戟（jǐ）：指官宦人家门庭前的排场。画戟：用作装饰门庭或仪仗的彩绘的戟。

【品评】隐士家风，以淡泊自处为乐。然曲中仍透出掩抑不住的牢骚来。槿花篱边攒秀与权贵豪门排画戟的对比亦颇有意味。

[双调·折桂令][1]

二十年尘土征衫[2],铁马金戈,火鼠冰蚕[3]。心不狂谋,言无妄发,事已多谙[4]。黑似漆前程黯黯,白如霜衰鬓斑斑。气化相参[5],谲诈难甘[6]。冷笑渊明,[7]高访图南[8]。

【注释】① 折桂令:此曲《全元散曲》据《雍熙乐府》题作《归隐》。② 征衫:战袍。③ "铁马金戈"二句:言屡经沙场,征战杀伐。铁马金戈:亦作金戈铁马。形容征战之事。南宋辛弃疾《永遇乐·京口北固亭怀古》:"想当年、金戈铁马,气吞万里如虎。"火鼠冰蚕:古代传说中的两种珍异动物。火鼠毛织成的布耐火烧,称火浣布;以冰蚕丝织成的织物既耐火烧,又水打不湿。事详旧题汉东方朔《十洲记》和晋王嘉《拾遗记·员峤山》。这里借指戎马生活的艰危。④ 谙:谙熟,熟知。⑤ 气化:生死。参:参悟。⑥ 谲(jué)诈:诡诈、欺诳。难甘:不情愿。⑦ 冷笑渊明:渊明冷笑的倒装。⑧ 高访:尊敬地探望。图南:宋代著名隐士陈抟的字。

【品评】作者是否真有过沙场征战的经历,自可不论。然其饱经忧患,世事参透,则是显而易见的。这不仅可以从他的散曲作品中见出,也可以从他大致人生经历中依稀触摸到。"气化相参,谲诈难甘"二句,大可玩味。能悟死生之大,始能心地澄明,弃绝狡诈处世。老先生之悟,已触及到很深的层面了。

[中吕·朝天子]归隐

荣华梦一场,功名纸半张,是非海波千丈。马蹄踏碎禁街霜[1],听几度头鸡唱[2]。尘土衣冠,江湖心量[3]。出皇家凤网[4],慕夷齐首阳[5],叹韩彭未央[6]。早纳纸风魔状[7]。

【注释】① 禁街：即御街。通往宫廷的道路。② 头鸡唱：头遍鸡鸣。指拂晓鸡鸣即起，以便及时赴早朝。③ 心量：胸怀与气度。④ 凤网：凤阙之网。喻指官场中错综复杂的关系。⑤ 夷齐首阳：周武王时，伯夷、叔齐不食周粟，隐居于首阳山中。此以夷、齐作为隐士的代表人物。⑥ 韩彭：指韩信与彭越。二人都是辅佐汉高祖刘邦得天下的开国元勋，又都被以谋反罪名而处死。此以韩、彭与上句夷、齐对举、反衬，以彰显激流勇退者的高明。未央：汉宫名，这里代指韩、彭被处决的处所。⑦ “早纳纸”句：汉初蒯通（彻）曾劝韩信叛汉自立，事发后佯狂遁去。风魔，即疯魔，本指精神失常，此指佯狂。全句是说应像蒯通一样，早做佯狂隐去的打算。

【品评】揭出龙廷凤阙之险恶，力倡及早隐遁，是作者在散曲创作中所反复强调的。此曲以史为鉴，在对比反衬中说事，且从禁街凤网写到江湖心量，似更有说服力。

张鸣善(一首)

张鸣善,生卒年未详。名择,号顽老子,以字行,平阳(今山西临汾)人,流寓扬州,元亡后寓居吴江。《录鬼簿》将其列为"方今才人相知者"。至正二十六年(1366)曾为夏庭芝《青楼集》作序。元时做过淮东道宣慰司令史,入明擢江浙提学,后以病辞。著有《英华集》及杂剧3种,均佚。散曲今存小令13首,套数2首。《太和正音谱》评其曲谓:"张鸣善之词,如彩凤刷羽。藻思富赡,烂若春葩,郁郁熠熠,光彩万丈,可以为羽仪词林者也。"

[双调·水仙子]讥时

铺眉苫眼早三公①,裸袖揎拳享万钟②,胡言乱语成时用。大纲来都是哄③!说英雄谁是英雄④?五眼鸡岐山鸣凤⑤,两头蛇南阳卧龙⑥,三脚猫渭水非熊⑦。

【注释】① 铺眉苫(shān)眼:眉眼松弛垂下,引伸为装模作样。三公:一说为大司马、大司徒、大司空;一说为太师、太傅、太保。这里泛指朝廷中有权有势者。② 裸拳揎袖:捋袖挥拳,形容粗野的样子。享万钟:指享受很高的俸禄。古时一钟为六斛四斗,一斛为十斗。这里是虚指的概数,极言多。③ 大纲来:宋元口语,犹言总而言之。哄:欺骗,瞒哄。④"说英雄"句:任本原无"谁"字,按曲谱据别本补。⑤ 五眼鸡:亦作乌眼鸡、忤眼鸡,好斗的鸡。岐山鸣凤:指周文王姬昌。他曾为殷时诸侯,居于岐山之下。《太平寰宇记》上说,周文王初兴时,"有鸾鹭鸣于岐山,时称此山为凤凰山"。后遂以"岐山鸣凤"喻指人间豪杰。⑥ 两头蛇:有巨毒的头部岐生之蛇,被视为不详之物。南阳卧龙:指诸葛亮。他出山前曾隐居隆中,即今湖北襄阳的古隆中,襄阳古代又称南阳。《三国志·诸葛亮传》:徐庶曾对刘备说:"诸葛孔明,卧龙也。"⑦ 三脚猫:宋元俗语,喻指成事不足败事有余的不中用者。明郎瑛《七修类稿》卷五一"三脚猫"条载:"俗以事不尽善者为三脚猫。"渭水非熊：指吕尚。传说周文王出猎前占卜，卜辞云"非熊非罴，非龙非螭，所获霸王之辅"。结果于渭水之阳遇垂钓者吕尚，后吕终辅文王成其霸业，事详《史记·齐世家》。

【品评】此曲嘲笑怒骂，痛快淋漓，揭穿了元代官场用人制度中贤愚不辨，黑白颠倒，用非其人的荒诞现实。类似情况在马致远、郑德辉等的杂剧中亦多有用例，剧作家往往借角色之口破口大骂，看来这绝不是个别孤立的现象。对此曲，评家一向赞不绝口。如王世贞《艺苑卮言》谓末三句是"诨中奇语"；蒋一葵《尧山堂外纪》称张鸣善"每以诙谐语讽人"，读之"令人绝倒"。首尾各三句，皆为"鼎足对"，俳谐之中，寓不尽牢骚。在这"颠倒歌"中，依稀可见元代选官制度之弊端，同时亦可见出士人们虽愤怒无比，却又万般无奈。

孟昉（一首）

孟昉，字天暐，本为西域回族人，寓于大都。延祐间曾为胄监生。至正十二年(1352)，为翰林待制，官至江南行台监察御史。入明后隐居于镜湖(今浙江绍兴会稽山北麓)。其文在元时已负盛名。苏天爵《题孟天暐拟古文后》有云："太原孟天暐，学博而识敏，气清而文奇，盖欲杰出一世，其志不亦伟乎！"(《滋溪文稿》卷三〇)有《孟待制文集》，惜不传。其散曲今仅存小令13首。

[越调·天净沙]① 七月

星依云渚溅溅②，露零玉液涓涓③，宝砌衰兰剪剪④。碧天如练，光摇北斗阑干⑤。

【注释】①《全元散曲》孟昉[越调·天净沙]共13首，总题《十二月乐词并序》，每首令曲咏一月，加闰月。此为第7首，咏的是七月。② 云渚：即天河，又称银河、银汉等。溅溅：水流湍急的样子。③ 露零：是指露水降落。玉液：仙家借指美酒，此指夜露。涓涓：细水缓缓流动的样子。④ 宝砌：可能指想象中月宫的亭台楼阁，以及堆垒之山石。剪剪：整齐的样子。⑤ 北斗阑干：北斗七星于天将晓时倾斜到天边。阑干：横斜的样子。

【品评】元人曲子每每描写节令民俗，马致远以及无名氏都写过"十二月"类的组曲。此曲咏"七夕"，目光一直在天上，笔调很特别，有如一幅写意水墨画，有几分神秘，有几分朦胧，更给人留下无尽的想象空间。至于"七夕"牛郎织女传说以及人间种种风俗，小曲并未涉笔，然观此星夜银汉画图，联想自会是无穷无尽的。

倪瓒（三首）

倪瓒(1301—1374)，字元镇，初名珽，号云林子、幻霞子、沧浪漫士、净名庵主等，无锡(今江苏无锡)人。元代著名画家，性狂放，虽出富家，却不治生产，自称“懒瓒”、“迂倪”。至正初忽散其家财，四处云游，浪迹于太湖、泖湖一带，寄居田庄佛寺。擅画山水，作品萧疏淡远，简中寓繁，格调极高，是元代文人画最有代表性的画家之一，与黄公望、吴镇、王蒙合称“元四家”。诗文有《清閟阁集》12 卷行世，其散曲即收于其中，今存小令 12 首。

[黄钟·人月圆][①]

伤心莫问前朝事[②]，重上越王台[③]。鹧鸪啼处，东风草绿，残照花开[④]。　怅然孤啸[⑤]，青山故国，乔木苍苔。当时明月[⑥]，依依素影[⑦]，何处飞来。

【注释】① 人月圆：原为词牌，元人袭用为曲牌，双叠，定格句式为上片七五、四四四，下片四四四、四四四，十一句四韵。② 前朝：这里指宋朝。③ 越王台：在今浙江绍兴西南的会稽山上，相传越王勾践曾在此屯兵，以期复国。④ 此曲上片整个化用唐人窦巩《南游感兴》诗意。原诗为：“伤心莫问前朝事，惟见江流去不回。日暮东风春草绿，鹧鸪飞上越王台。”⑤ “怅然”句：惆怅而孤独地发出悲怆的长啸。或以为古时之啸，是一种类似于吹口哨般的摅发情绪，是一种技巧性很强的活动。⑥ 当时：犹当年，指宋朝时候。⑦“依依”句：言月色依人，是人的主观意绪移情于月，古代诗词曲中常用手法。素影：白色的月光。

【品评】这是一首典型的怀古伤情之曲。作者重登越王台，即景抒怀，伤心无限。倪瓒晚年，已是元末，仍念念不忘宋亡之痛，可知终元一代的汉族士人，民族意识是根深蒂固的。上片融化前人诗意如同己出，且与下片衔接自如，了无痕迹，绝非一个“巧”字即可言尽。劈头里即是“伤心”二字，又借“前朝”文面，遂引发了深入骨髓的伤痛。下片扣紧眼前景物，所思却是故地旧事：残照苍苔，明月孤影，长啸声远，渺渺幽思。面对此情此景，人何以堪！结末三句，遥想当年，与月相伴，怅然一句，意味悠长。画家为词曲，虽逸笔草草，却写尽了胸中意气。

［双调·折桂令］拟张鸣善①

草茫茫秦汉陵阙②，世代兴亡，却便似月影圆缺。山人家堆案图书③，当窗松桂，满地薇蕨④。侯门深何须刺谒⑤，白云间自可怡悦⑥。到如今世事难说，天地间不见一个英雄，不见一个豪杰。

【注释】① 张鸣善：名择，号顽老子，平阳人，元代著名曲家，《太和正音谱》谓其词“藻思富赡，烂若春葩”。倪瓒此曲步张鸣善同调牌曲原韵而作。② 陵阙：泛指皇陵。陵为墓，阙是陵墓门前的柱子。③ 山人：山野之人的省称，此为作者自称。④ 薇蕨：两种野生植物，根、叶可食用。⑤ 刺谒：投名拜见。刺：名刺，古时之名帖，犹今之名片。⑥ “白云间”句：化用南朝陶弘景诗《诏问山中何所有赋诗以答》：“山中何所有？岭上多白云。只可自怡悦，不堪持赠君。”

【品评】倪瓒于元末乱世，颇多兴亡感慨。曲中将兴亡陵替，江山得失，比作月有盈亏圆缺一般，是别有一番意趣的。秦、汉繁华，烟消云散；昔日皇家陵园，已是草萋萋、莽苍苍。审视历史，面对现实，真的是“世事难说”。好在有图书满屋，松桂凭窗，“山人”于清贫中自得其乐，洁身自好，难怪吴王张士诚兄弟召不动这位“懒瓒”。何须干谒侯门，白云深处乐得清闲自在。联系作者一生足迹遍于太湖、三泖之间的经历，曲中所描述的那份洒脱，倒也令神仙也羡慕三分哩！从结二句看，作者对未来并不曾绝望，似乎企盼着代有人出，以建立一种新的秩序。不过，表达得相当含蓄，元人每每如此。

［越调·凭阑人］赠吴国良①

客有吴郎吹洞箫，明月沉江春雾晓②。湘灵不可招③，水云中环珮摇④。

【注释】① 吴国良：倪瓒好友，宜兴荆溪人。倪瓒曾将所绘《荆溪清远图》赠与吴国良，跋曰："荆溪吴国良，工制墨，善吹箫……今年夏，予以事至郡中，泊舟文忠（指苏轼）祠后，国良便从溪上具小舟相就语，为援箫作三五弄，慰予寂寞，并以新制桐花烟墨为赠。予嘉其思致近古，遂写《荆溪图》以赠之。"（《清闷阁全集》卷九）此令曲便是赞美吴国良吹箫技巧之高妙。② "明月"句：以江上月落与雾濛春晓来形容箫声之悠美，乃所谓"通感"是也。③ 湘灵：湘水女神。《楚辞·远游》："使湘灵鼓瑟兮，令海若舞冯夷。"这里是言因箫声而引起飘渺之联想。④ "水中"句：箫韵节奏之联想。环珮：古人衣带上所系之装饰性玉器。

【品评】古典文学中描写音乐往往运用"通感"。白居易《琵琶行》中"间关莺语花底滑，幽咽泉流水下滩"等句自不必说，苏轼《前赤壁赋》中以"舞幽壑之潜蛟，泣孤舟之嫠妇"写洞箫之声亦是明例。倪瓒此曲亦复如是。"明月沉江春雾晓"一句，既是景物描写，也是音乐构成的意境通感，这位画家欣赏音乐时的感受是完全独特的——他将艺术打通了。虽是小小令曲，又是赠人之作，却精致幽雅，其情其景，令人神往。后两句更是将人引入神仙之境：箫声在烟水迷茫中荡漾，又仿佛闻得凌波微步、珮环轻摇的神女飘然而至，以文字写音乐之美，至此极矣！

刘庭信（七首）

刘庭信，生卒年不详。益都（今山东青州）人。原名廷玉，行五，身长而黑，人称“黑老五”，又称“黑刘五舍”。《青楼集》说他是南台御史刘廷翰之族弟，“所赋词章极多，至今为人传诵”。《录鬼簿续编》则称其“风流蕴藉，超出伦辈”。又称他的[南吕・一枝花]《春日送别》等，“语极俊丽，举世歌之”。他的曲风新鲜活泼，多不避俚俗口语，在后期曲家中独树一帜。《全元散曲》录存其散曲小令 39 首，套数 7 套。《太和正音谱》评其词“如摩云老鹘”。

[正宫・醉太平][1]

泥金小简[2]，白玉连环[3]，牵情惹恨两三番[4]，好光阴等闲[5]。景阑珊绣帘风软杨花散[6]，泪阑干绿窗雨洒梨花绽[7]，锦斓斑香闺春老杏花残。奈薄情未还[8]。

【注释】① 此曲《全元散曲》有题，作《忆旧》。② 泥金小简：烫金的信笺。③ 白玉连环：指用白色玉石串成的项链。④ 牵情惹恨：任本作“牵恨惹恨”，此以《全元散曲》。⑤ 等闲：寻常，随意。此指轻易抛掷（美好时光）。⑥ 景阑珊：好景将尽。阑珊：衰微，零落。⑦ 泪阑干：泪水纵横。阑干：纵横散乱的样子。⑧ 奈：无奈。薄情：即薄情人。是对所爱者的昵称。

【品评】睹物怀人，情牵恨惹。况又是暮春时节，愁上添愁。“景阑珊”三句成鼎足对，对仗工稳，意象凄迷；伤春与恨别，两面夹写，同其幽怨也。

[正宫・塞鸿秋]悔悟

苏卿写下金山恨[1]，双生得个风流信。亚仙不是夫人分[2]，元和终受十年困。冯魁到底村[3]，双渐从来嫩[4]，思量惟有王魁俊[⑤]。

【注释】① “苏卿”二句：用宋元间广为流传的苏卿、双渐恋爱故事。庐州名妓苏卿与书生双渐相爱，双渐求仕久未归，茶商冯魁使计将苏卿买去。苏卿在金山寺留下书信。双渐中状元后，得知苏卿事，追至金山，又连夜赶到临安（今浙江杭州），终于与苏卿团圆。事见宋罗烨《醉翁谈录》。② “亚仙”二句：用唐白行简传奇文《李娃传》事，宋元戏曲多有以此为本事者。荥阳生郑元和长安名妓李娃（戏曲中作李亚仙）相爱，遭到荥阳生父亲的横加干涉，于被鞭笞之后，郑生沦落为乞丐。在亚仙的帮助下，郑生取得功名，夫妇终于团聚。③ 冯魁：买走苏卿的茶商。到底村：毕竟鄙俗。④ 嫩：指经历不多，缺乏生活经验。⑤ 王魁俊：是说王魁表面英俊。王魁负桂英事可参阅前高克礼[双调·雁儿落带过得胜令]注①。

【品评】取一系列婚变故事，扣紧《悔悟》之题，字里行间流露出对风尘女子的同情。末句以反语出之，谓妓女为负心汉所误，多半是因涉世未深，这就从一个角度上揭示了悲剧的原因。当然，我们无法苛求作者，显然他还未能从更深的层面（如社会性原因等）去思考问题。

[越调·寨儿令]戒嫖荡[①]（二首）

没算当[②]，不斟量，舒着乐心钻套项。今日东墙[③]，明日西厢[④]，着你当不过连珠箭急三枪[⑤]。鼻凹里抹上些砂糖[⑥]，舌尖上送与些丁香。假若你便铜脊梁，者莫你是铁肩膀[⑦]，也擦磨成风月担儿疮[⑧]。

搭扶定[⑨]，推磨杆，寻思了两三番。把郎君几曾是人也似看？只争不背上驮鞍，口内衔环，脖项上把套头拴。咫尺的月缺花残[⑩]，滴溜着枕冷衾寒[⑪]。早回头寻个破绽，没忽的得些空闲[⑫]，荒撇下风月担儿赸[⑬]。

【注释】① 戒嫖荡：原为一组同题重头曲，共15首，这里选的是第2、第5首。② "没算当"三句：是说未曾仔细盘算、思考，便高高兴兴去自投罗网，钻人家设好的圈套。套项：套脖子的圈套。③ 东墙：喻多情女子对男子的追求。典出战国楚宋玉《登徒子好色赋》："臣里之美者莫若臣东家之子……此女登墙窥臣三年，至今未许也。"此代指妓院。④ 西厢：泛指情人幽会之处所，典出唐元稹《莺莺传》传奇与元王实甫《西厢记》杂剧。此亦代指青楼妓院。⑤ 连珠箭急三枪：喻指接连不断地行男女欢情之事。⑥ "鼻凹里"二句：分别指鸨儿与妓女勾引嫖客的手段，是说给你一丁点甜头，目的却在攫取你的金钱。⑦ 者莫：又作折莫、遮莫等。尽管，纵使。⑧ 风月担儿疮：喻指因嫖妓而染上的性病。俗又称花柳病或梅毒。⑨ "搭扶定"二句：以驴子拉磨喻嫖妓者上了圈套后，为人驱使的样子。搭扶：把扶，扶住。⑩ "咫尺的"句：言距离虽近却不能真心相爱。咫：八寸。月缺花残：喻姻缘的不完美。⑪ 滴溜着：犹言转眼间。滴溜：快速旋转，即滴溜转。枕冷衾寒之"冷"字，《全元散曲》作"剩"。⑫ 没忽的：即一下子。空闲：此指空隙、机会。⑬ 荒撇：抛弃。赸(shàn)：离去，走开。

【品评】纯用口语，生动活泼。所言亦足令耽于情色者戒。然所谓"鸨儿爱钞，姐儿爱俏"，烟花中亦不能一概而论，宋元明清戏曲小说中不乏书生妓女真情相爱的作品，作者自己就曾与歌妓马般般丑两情相笃。所谓"戒嫖荡"也只是就一般而言，而且是针对男子耽色寡情者言之罢了。

[双调·折桂令][①]

想人生最苦离别。三个字细细分开，凄凄凉凉无了无歇。别字儿半晌痴呆[②]，离字儿一时拆散，苦字儿两下里堆叠。他那里鞍儿马儿身子儿劣怯[③]，我这里眉儿眼儿脸脑儿乜斜[④]。侧着头叫一声行者[⑤]，搁着泪说一句听者：得官时先报期程，丢丢抹抹远远的迎接[⑥]。

【注释】① 折桂令：作者写有一组重头曲，总题作《忆别》，共12首。这里选的是原第2、第4、第9首。② "别字儿"三句：是拆字为曲的手法。别字音与"憋"字谐，憋，有呆板、痴傻义，故言。"离"字的繁体字"離"是左右结构，故云“拆散”。“苦”字是上下结构，因说堆叠。另，堆叠隐含有牵挂之意。③ 劣怯：即趔趄，指脚下无根，踉踉跄跄的样子。此形容离别之际，心情黯淡，打不起精神的样子。④ 乜（miē）斜：眯缝着眼睛斜视。这是形容女子离别时不忍正视，神情恍忽的姿态。⑤ 行者：犹言走吧，上路吧。者：语尾助词。下句的听者亦同，犹言听着。⑥ 丢丢抹抹：羞羞答答。

【品评】拆字说事，巧；写分别时两个有情人的神情，妙。只有用口语，才能得如此神似。结二句叮咛语，口吻毕肖，大得《西厢记》中长亭送别笔意之神髓。

［双调·折桂令］

想人生最苦离别。雁杳鱼沉，信断音绝。娇模样其实丢抹[①]，好时光谁曾受用，穷家活逐日绷拽[②]。才过了一百五日上坟的日月[③]，早来到二十四夜祭灶的时节[④]。笃笃寞寞终岁巴结[⑤]，孤孤另另彻夜咨嗟，欢欢喜喜盼的他回来，凄凄凉凉老了人也。

【注释】① 丢抹：梳妆打扮。这里是漂亮的意思。② 绷拽（yè）：勉力支撑。是说生活艰难。③ 一百五日：指寒食日。在清明节前一或两天。这一天距上一年的冬至日，刚好是 105 天。上坟的日月：指清明节。④ 祭灶的时节：指农历腊月二十四日（北方则多为二十三日）祭灶日。一些地区亦称此日为小年。⑤ 笃笃寞寞：本指辗转反侧，转来转去。这里是辛辛苦苦的意思。巴结：竭尽努力。

【品评】用口语对仗，堪称一绝。写翘首盼望团聚之苦，辛辛苦苦度日之难，方见出闺妇的一往情深。末二句于平淡中寄寓深味：等待的过程也是人老去的过程，读之令人低回不尽，但觉其凄黯耳。

［双调·折桂令］

想人生最苦离别。不甫能喜喜欢欢[①]，翻做了哭哭啼啼。事到今朝，休言去后，且问归期。看时节勤勤的饮食②，沿路上好好的将息。娇滴滴一捻儿年纪③，碜磕磕两下里分飞④，急煎煎盼不见雕鞍⑤，呆答孩软弱身己⑥。

【注释】① 不甫能：亦作不付能。刚刚，好不容易。② 看时节：即按时节。③ 一捻儿：一点点。这里是小小年纪之意。④ 碜磕磕：亦作“碜可可”。凄惨可怕。⑤ 急煎煎：急忙忙的。含因急于成事而受折磨之义。⑥ 呆答孩：宋元口语，发痴、发呆的样子。答孩是语缀。身己：自己的身体。

【品评】写思念与盼归，声吻酷肖，神情毕现。纯是内心独白，又全以口语出之，一如作者曲风，俚而不俗，俗而有味。盖见其锤炼日常生活用语的功力。

汤式(二首)

汤式,字舜民,号菊庄,象山(今属浙江)人。一说为宁波人。由元入明,曾补本县吏,非其志之所在。后落魄江湖。与贾仲明、杨景贤等交厚。通音律,善为杂剧、散曲。明成祖在燕邸时,他曾得宠遇,永乐间恩赉甚厚。他的杂剧作品今皆不传,散曲今存小令170首,套数68套,另有残套。有《笔花集》抄本传世。所作多题情赠友、记游怀古之类,风格清丽,技法圆熟,在元末明初曲家中自成一家。《太和正音谱》评其词"如锦屏春风"。

[双调·沉醉东风]维扬怀古①

锦帆落天涯那搭②?玉箫寒江上谁家③?空楼月惨凄,古殿风潇洒④,梦儿中一度繁华。满耳边声起暮笳⑤,再不见看花驻马⑥。

【注释】① 维扬怀古:《雍熙乐府》卷一七此曲未注撰人。维扬:今江苏扬州。② 那搭:何处。搭:地方,处所。《全元散曲》"搭"作"答"。③ 玉箫:用秦穆公女弄玉随萧史学吹箫事。此指江上吹箫女。唐杜牧《寄扬州韩绰判官》诗:"二十四桥明月夜,玉人何处教吹箫?"《全元散曲》此句"寒"作"属"。④ "古殿"句:"洒"字《全元散曲》作"飒"。⑤ "满耳"句:"边"字《全元散曲》作"涛"。⑥ 看花驻马:用隋炀帝为观扬州琼花而下江南幸扬州事。

【品评】扬州曾是歌舞繁华之地,后土祠中一树琼花,惹来多少龙骑凤辇、文人骚客?扬子江上吹箫玉人,更兼涛声暮笳,映现在作者眼底的却是一片凄凉。于是繁华旧梦与眼前惨凄萧飒形成强烈对比。短短数句,苍凉悲慨,足见作者之身手不凡。尾句尤见精警,诵之但觉凄怆。

[中吕·山坡羊]书怀示友人①

驰驱何甚②,乖离忒恁,风波犹自连头浸。自沉吟,莫追寻,田文近日多门禁③。炎凉本来一寸心。亲,也在您④,疏,也在您。

【注释】① 书怀示友人:此题下原有重头曲共4首,此曲为第2首。② "驰驱"二句:言奔波飘泊,离别多多。何甚:如何这样厉害。乖离:分别,离别。驰驱,《全元散曲》作"驱驰"。③ "田文"句:言便是去当食客,亦无门可投,连孟尝君也不收门人了。田文:即孟尝君,战国时齐国贵族,以礼贤下士而闻名,相传其门下有食客数千人。事见《史记·春申君列传》。④ 也在您:《全元散曲》作"也在恁"。

【品评】这是一首牢骚曲。驰驱奔波,身如飘蓬,却似乎一无出路。门纳珠履三千客的孟尝君,若生今日,怕也要杜门谢客了。作者对当时社会的揶揄够尖刻、也够辛辣的。曲中对世态炎凉也顺势嘲弄了一笔,可概见当时世风之浇离,人情之淡薄。

刘燕歌（一首）

刘燕歌，元代歌妓，善歌舞，能词曲。元夏庭芝《青楼集》谓其所赋[太常引]饯齐参议还山东一曲，“至今脍炙人口”。其生平事迹，他籍无所载。

[仙吕·太常引][1]

故人别我出阳关[2]，无计锁雕鞍[3]。今古别离难，蹙损了蛾眉远山[4]。一尊别酒，一声杜宇[5]，寂寞又春残。明月小楼间，第一夜相思泪弹。

【注释】① 太常引：仙吕宫曲牌，定格句式为七五、五七、四四五、五七，九句七韵。亦有作四句者，句式是七五、五七，四句四韵。② 阳关：古关名，在今甘肃敦煌西南。本指通往西域的必经关隘。唐王维的《渭城曲》中有“劝君更尽一杯酒，西出阳关无故人”二句，后遂以阳关代指送别。③ “无计”句：是说没有办法挽留将远行之人。雕鞍：本指雕花的马鞍，这里指远行人的坐骑。④ 蹙（cù）：皱起。蛾眉远山：喻指女子的眼眉，又作远山眉。《西京杂记》卷二：“文君姣好，眉色如望远山。”蹙损了，《青楼集》作“兀谁画”。⑤ 杜宇：即杜鹃。传说古蜀帝王望帝，因通其相之妻，惭而亡去，其魂化为杜鹃鸟，声声悲啼。事见《华阳国志·蜀志》。

【品评】小曲情真意切，出语自然，宜其低回婉转，反复含咏；怅怅然有寥落之思，味之有魂销南浦、频频回首之致。

无名氏(二十首)

[双调·水仙子]遣怀

百年三万六千场[1],风雨忧愁一半妨[2]。眼儿里觑[3],心儿上想,教我鬓边丝怎地当[4]?把流年子细推详[5]:一日一个浅酌低唱[6],一夜一个花烛洞房,能有得多少时光?

【注释】① 场:本指戏剧演出的舞台,这里借指一天的活动。② 一半妨:意思是三万六千场活动,有一半因天气条件和个人忧愁,要受到妨碍。③ 觑:看。④ 怎地当:如何能承受得了。⑤ 流年:时光,年华。子细:即仔细。推详:详细推算。⑥ 浅酌低唱:又作浅斟低唱,一面慢慢饮酒,一面欢听轻歌曼舞。宋柳永《鹤冲天》词:“忍把浮名,换了浅斟低唱。”

【品评】作者算了一笔账:按人生百年算,也不过是三万六千天。风雨忧愁——包括人生的三灾八难,五痨七伤,以及种种磨难,怕是一半儿的时间得要减去的。剩下的一半儿,即一万八千,好时光已然过去,抚头上霜雪,看镜中衰颜,似乎还得减。这样算下来,真的是怵目惊心。小曲以戏场比拟人生,又以人生有减法无加法来“推详”,结果是不算不知道,一算吓一跳,算出无尽的悲哀来。结三句尤妙,其积极一面是:不能虚掷蹉跎年华,应热爱生命,珍惜时光,免得老来悲伤;消极一面是:倏尔百年,人生空幻,“不如快活了便宜”。语言上是平白道来,骨子里却是苦苦求索,求索的正是所谓人生的意义。故,它是举重若轻,寓深于浅的。

[仙吕·寄生草]闲评

问甚么虚名利,管甚么闲是非。想着他击珊瑚列锦帐石崇势[①]，只不如卸罗襕纳象简张良退[②]，学取他枕清风铺明月陈抟睡[③]。看了那吴山青似越山青[④]，不如今朝醉了明朝醉。

【注释】①“想着他”句：用西晋石崇与王恺斗富事。击珊瑚：石崇为西晋富豪，他与晋武帝的舅舅王恺斗富，王恺将皇上所赐的二尺多高的稀世珍宝珊瑚树，在石崇面前炫耀，不意被石崇用铁如意当场击碎，旋又取出一大堆三四尺高的稀世珊瑚给王恺看。事见《世说新语·汰侈》。列锦帐：亦用石崇、王恺斗富事。王恺用紫丝锦制成四十里长的步障，石崇不以为然，遂以锦缎制成了可排列五十里的步障。事见《晋书·石崇传》。②卸罗襕：脱掉官服，即辞官。罗襕：古代丝制公服，按官位品级高下，有紫、绯、绿等颜色区别。纳象简：收起朝笏。笏是古代官员上朝时手执之记事板，也是品级的象征，以玉、象牙等制成。张良退：指汉朝开国功臣张良功成身退，辞官隐去。③陈抟睡：相传宋初隐士陈抟一觉能睡百余日不醒。④“看了”句：化用宋林逋“吴山青，越山青，两岸青山相送迎”（《长相思》）词句。全句是说遍游历好山好水好去处。

【品评】富贵如过眼云烟，官场则无比凶险，一睡可解百忧，一醉能消千愁。元曲家如此想这般说的时候，怕是万般无奈的。不消说，这是一种消极反抗，无力挣扎，然其背后所潜藏的显然是棱棱圭角，锐锐芒刺。他们浩叹的声息可闻可感；他们心中的块垒可触可扪。此曲使熟典，用俗语，大雅大俗，自嗟嗟人，既溯流风又称独写耳。

［商调·梧叶儿］

秋来到，渐渐凉，塞雁儿往南翔。梧桐树，叶又黄。好凄凉，绣被儿空闲了半张[①]。

【注释】①“绣被儿”句：言一人独处，闺中孤凄。古代称夫妇合用被为“鸳鸯被”、“合欢被”，空闲了半张，乃寓良人未归，闺思念远之意。

【品评】倾怀而诉，含无穷幽怨。言文一致，得质朴本色之趣，纯是民歌作风。结末二句，睹物思旧，微意自在，不须说尽而揭出全篇，得古乐府精义也。

［中吕・喜春来］①

窄裁衫褃安排瘦②，淡扫蛾眉准备愁，思君一度一登楼③。凝望久，雁过楚天秋。

【注释】① 喜春来：《全元散曲》此曲题作《闺情》。② 褃（kèn）：即裉。指上衣靠腋下的接缝部分。③ 一度：一回，一次。

【品评】思致奇妙。"安排瘦"、"准备愁"，乍看似不可思议，细味则不能不令人拍案。"思君"句亦妙，登楼颙望，古人多有写及者，"一度一登"，未知几许，却是这位无名氏曲家的异想，也是曲中闺妇之痴处。结二句的"久"字既与上文接脉，亦见出时序之无情流逝。"雁过"句又透过一层，不言人而写雁，弥见幽寂伤怀。诵之有徘徊再三、泪洒西风之感。

［正宫・叨叨令］

黄尘万古长安路①，折碑三尺邙山墓②。西风一叶乌江渡③，夕阳十里邯郸树④。老了人也么哥，老了人也么哥！英雄尽是伤心处。

【注释】① "黄尘"句：形容古往今来，士子们为求取功名利禄而奔竞于通往京都的路上。黄尘：极言人流滚滚，纷至沓来，卷起尘土飞扬。长安：本为周秦汉唐古都，这里代指京都。② 折碑：折断、破损的墓碑。邙山：即北邙山，在今河南洛阳东北。汉魏以来，王公贵戚多葬于此。亦泛指墓地。③ 乌江渡：在今安徽和县东北四十里处。楚汉相争时，项羽败退乌江，自刎于此。详《史记・项羽本纪》。④ 邯郸树：用黄粱梦事。此指人生如梦，富贵如过眼云烟。事详唐沈既济传奇文《枕中记》。

【品评】感叹人生如梦，英雄失路，人老去，事无成，元人伤心语也。前四句成联璧对，沉雄浑厚，慷慨苍凉。

［正宫・叨叨令］

绿杨堤畔长亭路①，一尊酒罢青山暮②。马儿离了车儿去，低头哭罢抬头觑。一步步远了也么哥，一步步远了也么哥！梦回酒醒人何处？

【注释】① 长亭：古时设在路旁供休憩的亭舍，亦用作饯别处。《白孔六帖》卷九："十里一长亭，五里一短亭。"② 青山：古代诗词曲多以衬托离情别意。元王实甫《西厢记・长亭送别》："青山隔送行，疏林不作美，淡烟暮霭相遮蔽。"

【品评】此曲颇似《西厢记・长亭送别》的浓缩。"马儿"二句描写细腻，低头抬头间人已远去，大有"四围山色中，一鞭残照里"之韵致。

［正宫・叨叨令］

溪边小径舟横渡①，门前流水清如玉。青山隔断红尘路②，白云满地无寻处。说与你寻不得也么哥，寻不得也么哥！却原来侬家鹦鹉洲边住③。

【注释】① 渡：渡口。② 红尘路：通往人烟凑集和繁华闹市的路径。红尘：有二义：一指闹市繁华，二是佛家以其代指人世间。③ 鹦鹉洲：指隐士的居所。元白无咎（贲）曾作［鹦鹉曲］，首句即是"侬家鹦鹉洲边住"，后遂以其代指隐居之处。参阅前冯子振［鹦鹉曲］《山亭逸兴》注①。

【品评】此隐士理想之所在也。小舟自横，水清如玉，又与红尘隔断，这哪里是人世间可寻之地，分明是神仙居所嘛！显然，这是在美化隐居环境，隐士自家徒萦梦想耳。令曲短小有味，颇具自在清兴。

[中吕·红绣鞋]

又不是天魔鬼祟①,又不是触犯神祇②,又不曾坐筵席伤酒共伤食③,师婆每医的邪病④,大夫每治的沉疾⑤,可教我羞答答说甚的?

【注释】① 天魔鬼祟(suì):泛指外道邪门所言鬼物之害。② 神祇(qí):天地神灵。祇:地神。③ 伤酒:即中酒,病酒。指饮酒过量或连续饮酒而引起的身体不适。伤食:俗称存食。由于吃得过多或暴饮暴食所引起的肠胃道疾患。④ 师婆:巫婆。每:们。邪病:指天魔鬼祟一类症候。《全元散曲》"邪病"作"鬼祟"。⑤ 沉疾:老病,痼疾。

【品评】害相思病少女的自说自话,大有情趣。不打自招且和盘托出,正是所以得其妙的关窍。全曲纯用口语,俚而有味,读之令人忍俊不禁。

[越调·寨儿令]①

鸳帐里,梦初回,见狞神几尊恶像仪②。手执金锤,鬼使跟随,打着面独角皂纛旗③。犯由牌写得精细④,劈先里拿下王魁⑤。省会了陈殿直⑥,李勉那厮也听者⑦:奉帝敕来斩你伙负心贼⑧!

【注释】① 寨儿令:《全元散曲》作[柳营曲]。② 恶像仪:凶神恶煞般的相貌姿态。③ 独角皂纛(dào)旗:三角形黑色旗帜。纛:军中大旗。④ 犯由牌:宣布犯人罪状的告示牌。精细:细致明白。⑤ 劈先里:打头里。王魁:宋元传说中的负心汉。参阅前高克礼[雁儿落带过得胜令]注①。劈:《全元散曲》作"匹"。⑥ 省会:照会,知会。陈殿直:即陈叔文。殿直是官名。他授常州宜兴簿,家贫不能赴任,得妓女兰英资助,瞒着妻子与兰英成亲。后来他怕事发,竟将兰英及其使女推落水中。二女鬼魂向陈索命复仇。事见刘斧《青琐高议》。宋元南戏有《陈叔文负心》,佚。⑦ 李勉:据现存宋官本杂剧《李勉负心》残曲推断，是李勉与韩氏结为夫妻后，又与一女子相恋，双双逃往外地，连生二子。后李勉受到岳父斥责，竟迁怒于妻子韩氏，将她活活鞭打至死。⑧ 帝敕(chì)：皇帝诏令。这里因是梦中，故当指玉皇大帝的敕令。

【品评】宋元间市民阶层对男子负心似乎特别痛恨。这当然与“朝为田舍郎，暮登将相堂”的社会存在现象有关，更重要的是就中折射出市民阶层的观念形态与价值取向，以及他们的审美趣味。此曲明显受到戏曲与说唱文学的影响，径直以一纸判词的形式，将负心汉们一并收监，虽是梦中场景，表达的仍是市民阶层的情感。小令劈头即入梦，写得紧凑、凝练，想象奇诡，语言生动，富于民间说唱文学气息。

[中吕·喜春来]

江山不老天如醉①，桃李无言春又归，人生七十古来稀。图甚的，尊有酒且开怀。

【注释】① “江山”三句：是说自然界的规律亘古不变，春去春又回，而人生易老，青春一去更不复回。天如醉：形容春天里草熏风暖，烂漫花开，阳光和煦，令人陶醉。桃李无言：亦作桃李不言。古谚。语出《汉书·李广传赞》：“谚曰：‘桃李不言，下自成蹊。’这里是说言虽小，可以喻大。”颜师古注：“言桃李以其华(花)实之故，非有所招呼，而人争归趣(趋)，来往不绝，其下自然成蹊，以喻人怀诚信之心，故能潜有所感也。”

【品评】小曲将人生与自然界加以对照，极言人生苦短，当开怀畅饮，行乐适意，潜意识中仍是伤感与无奈，曲折表达的也还是元人的失落与怅惘。

[中吕·普天乐]①

木犀风②，梧桐月。珠帘鹦鹉，绣枕蝴蝶。玉人娇一晌欢③，碧酝酿十分悦④。断角疏钟淮南夜⑤，撼西风唤起离别。知他是团圆也梦也,欢娱也醉也,烦恼也醒也。

【注释】① 普天乐:此曲《全元散曲》题作《秋夜闺思》。② 木犀:桂花的别称。桂花属木犀科。③ 一晌:一会儿,指不太长的时间。④ 碧醖酿:指酒色如碧。⑤ 断角疏钟:断续的号角声与间或的钟声。淮南:指淮河以南长江以北地区,即今安徽中部。此为泛指。

【品评】此曲写法上颇为特殊。闺中人回忆起与意中人别离前一系列细节,而且竭力渲染当时景物、闺中陈设,以及一晌贪欢与酒醉之悦。"断角"二句陡然惊醒,这才想起离别在即。末三句尤为别致,能团圆便是梦中也无妨,得欢娱纵使醉中也将就,而醒来时呢,就只剩下忧愁与伤感了。反衬与蓄势用足,才更显离别之后的寥落与孤寂,怀远情深,尽在梦与醒二字之中矣。

[正宫·塞鸿秋]春怨

腕冰消松却黄金钏[①],粉脂残淡了芙蓉面。紫霜毫点遍端溪砚[②],断肠词写在桃花扇[③]。风轻柳絮天[④],月冷梨花院,恨鸳鸯不锁黄金殿[⑤]。

【注释】① 腕冰消:形容腕肌瘦损。冰:凝脂,形容肌肤丰腴柔嫩。黄金钏:黄金制成的手镯。② 紫霜毫:紫色兔毛制成的笔。端溪砚:指以古端州(今广东肇庆)端溪水下之石所制成的砚台,唐以来为人们视为砚中珍品。这里泛指砚台。③ "断肠词"句:《全元散曲》作"断肠诗懒写春罗扇"。④ "风轻"二句:《全元散曲》作"柳絮香衮绵,花落闲庭院"。柳絮天:暮春景象,隐含春将逝去意。⑤ "恨鸳鸯"句:喻指不能与意中人团圆聚首。黄金殿:喻指两情绸缪之处所,由"春宵一刻值千金"引伸而来。

【品评】前六句三组对偶,锤炼而不见痕迹。结句点题,突出一个"怨"字。情恳词切,楚楚动人。

[双调・雁儿落带过得胜令]指甲

宜将斗草寻①,宜把花枝浸,宜将绣线挦,②宜把金针纫③。　宜操七弦琴,宜结两同心④,宜托腮边玉,宜圈鞋上金⑤。难禁,得一掐通身沁⑥。知音,治相思十个针。

【注释】① 斗草:亦称"斗百草"。一种古代民俗游戏。常于端午行之。妇女儿童竞采花草,比赛多寡优劣。唐白居易《观儿戏》诗:"弄尘复斗草,尽日乐嬉嬉。"寻:指(用手)挑拣、选择。② 挦:扯。③ 纫:将线穿过针孔。《全元散曲》作"纴"。④ 结同心:编织同心结。一种用丝线编织成的、用作男女相爱信物的民间小工艺品。⑤圈:卷缠。鞋上金:当指鞋上之金线饰物。全句是说宜于缝制精巧的鞋子。⑥ 掐:捏搓,按摸。通身沁:浑身舒畅。

【品评】连续八句以宜字起,亦一种曲中巧体。《全元散曲》题下有一"摘"字,可知此曲当以摘句连缀而成,亦巧也。明王世贞称此曲"艳爽之极,又出王、关上矣"(《艺苑卮言》附录一)。清李调元则称其为"咏物俊词也"(《雨村曲话》卷上)。元散曲中间有咏女子指甲、金莲等作品,不可以一句"无聊"而简单否定之。除了逞度曲技巧之外,还可见当时民俗与文人的特殊心理,至少具有某种认识价值。

[黄钟・红衲袄]①

那老子彭泽县懒坐衙②,倦将文卷押③。数十日不上马。柴门掩上咱④,篱下看黄花⑤。爱的是绿水青山,见一个白衣人来报⑥,来报五柳庄幽静煞⑦。

【注释】① 红衲袄:又名[红锦袍],黄钟宫曲牌,定格句式为六六六、五五、六六六,八句六韵。《全元散曲》此曲作[红锦袍]。② 那老子:指晋陶渊明。彭泽县：今属江西。陶渊明曾为此县县令，在官只八十日，因不愿为五斗米的俸禄而屈就折腰，辞官归隐。懒坐衙：不愿到官署（县衙）去处理公务。③ 文卷：公文案卷。押：批阅签名。④ 咱（zɑ）：口语中的语助词，无意。⑤ 黄花：菊花。⑥ 白衣人：童仆。此用白衣送酒事。典出南朝宋檀道鸾《续晋阳秋》。参阅前卢挚［双调·沉醉东风］《重九》注③。⑦ 五柳庄：陶渊明宅边有五棵柳树，曾作《五柳先生传》以自况。

【品评】曲咏陶渊明辞官归隐事。妙在结二句的出奇制胜：王弘派来给陶渊明送酒的白衣童仆，对五柳庄印象极佳，他大约是向王弘报告吧，说五柳庄幽静极了，美极了。这完全是曲家的想象之词，没有文献根据，但合理而有趣。看似随手之笔，却令人难以忘却。

［黄钟·贺圣朝］①

春夏间，遍郊原桃杏繁，用尽丹青图画难②。道童将驴鞴上鞍③，忍不住只恁般顽④，将一个酒葫芦杨柳上拴。

【注释】① 贺圣朝：黄钟宫曲牌，定格句式为三三三七、七六，六句四韵。② 丹青：本指红、青两种颜料，借指绘画。图画：用作动词，犹描绘。③ 鞴（bèi）：将鞍、辔等置于马身上，即鞴马。④ 恁般顽：这么顽皮。

【品评】小景如画。远景是桃杏花繁的姹紫嫣红，近景是小童牵驴、隐士悠闲，而杨柳枝上挂一个酒葫便是“特写”了。寥寥数语，画面层次感极强。作者亦好丹青手。

［南吕·玉交枝］①

休争闲气，都只是南柯梦里②，想功名到底成何济③？总虚脾④，几人知？百般乖不如一就痴⑤，十分醒争似三分醉⑥。只这的是人生落得⑦，不受用图个甚的⑧！

【注释】① 玉交枝：亦作[玉娇枝]，南吕宫曲牌，定格句式为四四、七三三、七七四七，九句七韵。此曲《全元散曲》引《太和正音谱》（下）作[玉交枝过四块玉]，即[玉交枝]后尚有过曲[四块玉]，别本则有分为二曲者。② 南柯梦：用唐李公佐传奇《南柯太守传》事，喻人生只是一场幻梦。③ 成何济：犹有何益。济（jì）：有益，有利。④ 总：全都，一概。虚脾：虚假。“总虚脾”二句《全元散曲》作“总虚华几人知”。⑤ 乖：乖巧，精明。一就：一味，始终。痴：与乖相对，呆傻、木讷。⑥ 争似：胜似，强于。⑦ 只：仅止。这的是：这才是。落得：本为结果义，这里是得到满足意思。⑧ 受用：享受。

【品评】元代士人在竭蹶中挣扎，在彷徨中浩叹，于是发出此等表面旷达超脱，内心极度痛苦的无奈之语。否定了一切，骨子里又不能完全放下，这是深不可解的矛盾。是自慰语，也是痛楚语，更是吟呻语。其言愈足悲矣！

[双调·殿前喜][1]

谪仙醉眼何曾开[2]？春眠花市侧。伯伦笑口寻常开[3]，荷锸埋[4]。曾何碍，糟丘高垒葬残骸[5]。先生也快哉！

【注释】① 殿前喜：双调曲牌，与[殿前欢]不同。定格句式为七五、七三、三七五，通体押韵。或作与[殿前欢]同者，误。详《钦定曲谱》卷三。此曲为《全元散曲》录存的[双调·殿前喜过播海令大喜人心]之首曲，即后面尚有[播海令]、[大喜人心]两只过曲。② 谪仙：指唐代诗人李白。李白“往见贺知章，知章见其文，叹曰：子，谪仙人也”。事见《新唐书·文艺列传中·李白》。③ 伯伦：指晋刘伶，伯伦为其字，纵酒放达，曾作《酒德颂》。他与阮籍、稽康等名士并称为“竹林七贤”。④ 荷锸（chā）埋：扛着铁锹埋葬。《晋书·刘伶传》：刘伶“常乘鹿车，携一酒壶，使人荷锸而随之，谓曰：‘死便埋我。’其遗形骸如此”。⑤ 糟丘：形容酿酒的糟滓堆积如山。此喻耽酒胜于性命。

【品评】此乃纵酒宣言。元人纵酒，实是心头有垒块，故其酒词愈狂，愈遗形骸。“糟丘”句可与白朴[仙吕·寄生草]《劝饮》对读。

[双调·驻马听]

月小潮平，红蓼滩头秋水冷。天空云净，夕阳江上乱峰青。一蓑全却子陵名①，五湖救了鸱夷命②。尘劳事不听③，龙蛇一任相吞并④。

【注释】① “一蓑”句：是说严子陵隐于富春山，以垂钓名世，成就了隐士之名。一蓑：一披草编成的雨衣，形容隐士生活的清贫。② “五湖”句：春秋时越国大夫范蠡辅佐越王勾践灭吴兴越后，功成身退，泛舟五湖，得以保全性命。鸱夷：本指革囊，即皮口袋。范蠡适齐，曾自号鸱夷子皮。《史记·越王勾践世家》：“范蠡浮海出齐，变姓名，自谓鸱夷子皮，耕于海畔，苦身戮力，父子治产。”③ 尘劳：佛家以尘俗事务的烦扰谓之尘劳。这里泛指尘俗事务。④ “龙蛇”句：言不问兴亡之事，任他谁吞并谁。龙蛇：喻刘邦与项羽。唐高适《自淇涉黄河途中作》诗之十二：“屠钓称侯王，龙蛇争霸王。”

【品评】赞子陵、鸱夷，倡身退蛰居，不理尘俗务，休问兴亡事。或以为这差不多是一种鸵鸟哲学，元曲家每每如此。欲问，真的是心里话吗？答曰：牢骚话，愤懑语，无奈之叹，使气之慨，如何当得真呢！首四句写景，山月秋水，清雅隽永，得远韵余味，洵善状山水者也。

[双调·清江引]

春梦觉来心自警①，往事般般应②。爱煞陶渊明，笑煞胡安定③，下梢头大都来不见影④。

【注释】① 春梦：喻指已成过眼云烟的功名富贵，昔日繁华。② “往事”句：是说一件件往事历历在目，皆在梦中得以应验。③ 胡安定：未详何人。据曲中上下文推测，其经历与一生结局当与陶渊明恰好相反，形成鲜明对比与反衬。或疑指唐代诗人胡曾，他屡试不中，仍汲汲于功名。后为被视为叛臣的高骈效力，高骈被杀，胡曾最终也未曾有多大建树。胡氏有《安定集》，然其字、号皆不详，故曲中胡安定是否指胡曾，未敢遽断。④ 下梢头：下场，结局。大都来：不过是，大抵是。不见影：犹一场空。

【品评】元曲家每以陶渊明作为自己的楷模，而以汲汲于功名者作为嘲笑与揶揄的对象。作者在此基础上又透进了一层，以为浮生如梦，一切空无，爱也好，笑也罢，归结到最后，又都是一枕黄粱，梦里南柯一场空。这就连陶渊明也否定了。作者大约有过宦海沉浮的体验，一旦退出激流旋涡，便与功名利禄决裂得更彻底。小曲有意将梦与现实模糊起来，其反思极为冷峻，也相当极端。

[正宫·醉太平]

堂堂大元，奸佞专权①。开河变钞祸根源②，惹红巾万千③。官法滥刑法重黎民怨④，人吃人钞买钞何曾见⑤？贼做官官做贼混愚贤。哀哉可怜！

【注释】① 奸佞（nìng）：谄媚巧伪、拨弄是非而又阴险狡猾的朝臣。佞：善以巧言献媚取宠者。② 开河：元顺帝至正四年（1344）夏，连降暴雨，黄河大堤决口，灾害严重，两岸人民流离失所。至正十一年（1351），发民夫十余万、戍军二万余人，由工部尚书贾鲁主持治河。各级官吏乘机横征暴敛，肆意搜刮，一时民怨沸腾，直接导致了农民起义。变钞：指丞相脱脱变更钞法。发行至正新钞，与至元宝钞同时并用。由于滥发新钞，引起物价飞涨，钞币一贬再贬，百姓不堪其苦。③ 红巾：指元末由韩山童、刘福通等人领导的农民起义军。因他们皆以红头巾为标志，故号为红巾军。④“官法”三句：此为“鼎足对”式，按曲谱不宜每三句点断，故此从《全元散曲》。⑤ 人吃人：当时黄河泛区饥民相食的情况时有发生。如至正四年（1344），山东一带“五月大霖雨，河溢，平地水二丈。八月复霖雨，民饥相食，赈之”（《乾隆平原县志》卷九）。钞买钞：当时用旧钞（至元钞）换新钞（至正钞）要打折扣使用，并要收取所谓工料费，故百姓就又受到盘剥。

【品评】此曲为当时在民间广为流传的名曲。元陶宗仪称此曲“自京师以至江南，人人能道之”(《辍耕录》卷二三)。它无情地揭露了元末社会的种种腐败现象，真实地反映了当时人民群众的灾难深重，以及他们在天灾人祸面前的激愤，从而揭示了元末社会动乱和农民起义的根本原因。它是形象的历史，可视为史家活的材料。同时，它又是人民群众所创造的活的文学，元散曲的生命力由此可见一斑。小令辛辣活泼，直接干预现实生活。语言生动亢爽，音律和谐自然，堪称民谣中之杰构也。